ullstein

## Das Buch

Der Welt entfliehen, am Ostseestrand zwischen Dünen und wunderschönen Wildrosen. Das kann die Kinderärztin Sophie mit ihrer Tochter Mona wirklich gut gebrauchen, nachdem sie von ihrem Mann sitzengelassen wurde und ohne Job ist. In Karow auf Rügen nisten sich Mutter und Tochter im Ferienhäuschen der 81-jährigen Katharina Hag ein. Sophie kümmert sich liebevoll um ihre Vermieterin, und bald schon beginnt sie sich zwischen reetgedeckten Häusern und den prächtigen Dünenrosen heimisch zu fühlen. Sie weiß, hier kann ihr ein Neustart gelingen. Als Katharina ihr dann den warmherzigen Architekten Michael vorstellt, scheint auch eine neue Liebe möglich. Doch Michael ist bereits verlobt. Nur ein verschwundenes Gemälde verknüpft die Schicksalswege der beiden erneut …

## Die Autorin

Carin Winter hat Medizin studiert und mehrere Jahre als Ärztin in einem Dorf gearbeitet; später entdeckte sie die Lust am Schreiben. Teile ihrer Familie stammen von Rügen, ein Großonkel war dort auch Arzt. Carin Winter lebt in Weil der Stadt.

In unserem Hause sind von Carin Winter bereits erschienen:

*Die Inselärztin*
*Die Liebe der Inselärztin*
*Die Inselärztin und das Glück*

Carin Winter

# DAS HAUS HINTER DEN DÜNEN

*Eine Liebe auf Rügen*

Ullstein

Besuchen Sie uns im Internet:
www.ullstein-taschenbuch.de

MIX
Papier aus verantwortungsvollen Quellen
FSC® C014496

Originalausgabe im Ullstein Taschenbuch
1. Auflage April 2014

Umschlaggestaltung: ZERO Werbeagentur, München
Titelabbildung: © mauritius images/ib/
Daniel Schoenen (Landschaft); © Novarc Images/Alamy (Haus);
© Getty Images/Olli-Pekka Orpo (Frau)
Satz: LVD GmbH, Berlin
Gesetzt aus der Sabon
Papier: Pamo Super von Arctic Paper Mochenwangen GmbH
Druck und Bindearbeiten: GGP Media GmbH, Pößneck
Printed in Germany
ISBN 978-3-548-28606-8

Die echten Dünenrosen sind nicht mehr häufig anzutreffen. Sie sind einheimische Wildrosen und wachsen an Nord- und Ostsee auf kargem Boden, meist oben auf den Dünen, in niedrigen, dichten Sträuchern. Im Mai öffnen sich unzählige cremeweiße Blüten mit goldenen Staubfäden und wunderbarem Duft. Sie bekommen rote kleine Hagebutten, die sich im Herbst schwarz färben. Die echte Dünenrose übersteht auch harte Winter. Trotzdem wird sie mehr und mehr von einer asiatischen Sorte Dünenrosen und vor allem von der Kartoffelrose oder Kamtschatkarose mit ihren kräftigen Farben und dem hohen Wuchs verdrängt.

# I

Sophie Hesekiel, vierunddreißig Jahre alt, Kinderärztin und alleinerziehende Mutter, lag in ihrem Bett unter der Decke und vergoss Tränen der Enttäuschung und der Wut. Sie war gerade darüber informiert worden, dass Dr. Winterkorn, bei dem sie seit zwei Jahren als Assistentin arbeitete, seine Kinderarztpraxis an ein Ehepaar verkauft hatte. Die beiden brauchten sie nicht mehr zur Entlastung. Und für drei Ärzte war die Praxis einfach zu klein.

Das war eine schlimme Nachricht, denn nun stand sie ohne den Arbeitsplatz da, an dem sie sich so glücklich gefühlt hatte und den sie eigentlich noch viele Jahre hatte behalten wollen.

Sie wusste schon länger, dass Dr. Winterkorn seine Praxis verkaufen musste, aber sie war voller Zuversicht gewesen, bei einem neuen Eigentümer weiterbeschäftigt zu werden.

Doch an diesem wunderschönen Julitag, der so verheißungsvoll mit strahlender Sonne und kleinen weißen Sommerwölkchen begonnen hatte, brach der Telefonanruf mit dieser niederschmetternden Mitteilung ihres Chefs wie ein Sturmtief über sie herein. Und nun lag sie unter der Decke und wollte von der Welt nichts mehr wissen.

Nach einer Weile wurde ihr klar, dass sich so nichts ändert. Schließlich hatte sie schon mehrere Tiefpunkte in ihrem Leben überwunden und die Erfahrung gemacht, dass es nur einen Weg gab: Man musste sich selbst ans Werk machen, um wieder Oberwasser zu bekommen. Sie seufzte tief, hob die Decke an, holte sich ihr Tagebuch aus dem Nachttisch und setzte sich auf.

In dieses Tagebuch hatte sie sich schon öfters ihren Kummer von der Seele geschrieben. Und das Aufschreiben ihrer Enttäuschungen und ihres Unglücks hatte ihr in schwierigen Zeiten viel zuverlässiger als ein Rückzug unter die Bettdecke geholfen, ihre Krisen zu überwinden und sich einen neuen Weg zu suchen. Wenn sie ihn dann gefunden hatte und wieder auf Deck erschien, um Wind und Wellen des Lebens zu trotzen, notierte sie kurz unter die Seiten der Mutlosigkeit, dass ihre Flaute vorbei war, und zeichnete eine lachende Sonne dahinter. Anschließend klappte sie das Tagebuch zu und legte es wieder zurück an seinen Platz, wo es in aller Geduld ausharrte, bis sie es erneut brauchte.

Dr. Winterkorn, das wusste sie, hatte nicht kalten Herzens so gehandelt. Es gab keine anderen Interessenten für die Praxis als dieses Arzt-Ehepaar. Und es war ihm sicher sehr schwergefallen, den beiden die Praxis zu übergeben, weil Sophie dadurch ihren Arbeitsplatz verlor.

Dr. Winterkorn war mehr als ein Chef für Sophie gewesen. Er hatte sie von Anfang an unter seine Fittiche genommen wie ein gütiger Vater, ihr seine Fachkenntnisse vermittelt, sie getröstet, wenn ihr das Schicksal von einem kleinen Patienten sehr naheging oder wenn sie Probleme hatte. Und er hatte ihr schon sehr bald zugetraut, selbständig die kranken Kinder zu untersuchen und zu versorgen. Viele Mütter fanden es ganz gut, zur Abwechslung einmal von einer Frau beraten zu werden. Er konnte auch manchmal kurz und heftig aufbrausen, wenn er meinte, dass seine Assistentin nicht aufmerksam genug gewesen war, oder wenn sie zu schnell ein Antibiotikum verschrieb, denn man müsse mit so schweren Geschützen zurückhaltend sein. Aber kurze Zeit später lachte er dann schon wieder. Sein rundes Gesicht bekam kleine Fältchen um die Augen, und er klopfte ihr so heftig auf die Schulter, dass Sophie fast in die Knie ging. Er war ein korpulenter Mann mit dichten grauen Haaren, aber seine kräftigen Finger konnten auch ganz sanft sein und jede schmerzhafte Stelle bei einem Kind vorsichtig ertasten.

»Mädchen«, sagte er oft, »das beste Arbeitsmittel eines Arztes sind seine Hände, seine Augen, seine Fantasie und seine Erfahrung. Du wirst das auch noch lernen.«

Genau das wollte sie, eine gute Kinderärztin werden, und sie war auf dem besten Weg dazu. Aber dann, vor einem halben Jahr, hatte Dr. Winterkorn einen Unfall gehabt. Er war in seinem Garten gestürzt und so unglücklich mit dem Rücken auf eine kleine Steinmauer gefallen, dass er sich zwei Wirbel angebrochen hatte. Seither gab es immer wieder Tage, an denen er nicht in die Praxis kommen konnte, weil seine Schmerzen zu stark waren.

Und da er inzwischen fünfundsechzig Jahre alt war, hatte er sich mit seiner Frau und Sophie beraten und beschlossen, die Praxis ganz aufzugeben. Das Ehepaar wollte danach zu seinem Sohn an den Gardasee ziehen. Das warme Klima und auch das angenehm temperierte Wasser würden seinem Rücken guttun.

Sophie war schon bewusst gewesen, als sie vor zwei Jahren bei ihm eine Teilzeitstelle als Assistentin annahm, dass sie bei einem älteren Kollegen mit Veränderungen würde rechnen müssen. Aber so schnell hatte sie es nicht erwartet. Dr. Winterkorn hatte sich wochenlang bemüht, jemanden in der Umgebung zu finden, bei dem Sophie hätte weiterarbeiten können. Aber bis jetzt hatte sich nichts ergeben.

Sophie hörte auf zu schluchzen und schnäuzte sich kräftig die Nase, dann holte sie tief Luft und setzte sich auf die Bettkante. Sie schlug die letzten beschriebenen Seiten in ihrem Tagebuch auf. Was da stand, war über zwei Jahre her und der Beginn einer guten Zeit.

»Hurra«, hatte sie notiert, »ich habe eine Teilzeitstelle als Assistentin in Thedinghausen. Ein ganz schnuckeliger kleiner Ort, nicht allzu weit weg von Bremen, mit vielen Dörfern in der Umgebung. Dr. Winterkorn hat mir auf Anhieb gefallen und ich ihm auch. Und das Schönste ist: Seine Frau will sich um Mona kümmern, wenn ich noch in der Praxis bin und der Kindergarten schließt. Bin ich ein Glückskind? Ich bin ein Glückskind!« Der Text endete mit der obligaten Sonne, die dann über ein Jahr lang geschienen hatte.

Sie blätterte nicht weiter um, sie wollte noch einmal an diese glückliche Zeit denken. Ja, damals hatte sie eine erfreuliche Zukunft vor sich gesehen mit Leonardo, dem Vater ihres Kindes, der in Bremen ein beliebtes, gut gehendes Restaurant besaß. Sie hatten Pläne geschmiedet, sich irgendwo zwischen Bremen und Thedinghausen eine gemeinsame Wohnung zu suchen.

Sophie hatte die ganze Gegend um den kleinen Ort Thedinghausen erkundet, Patienten aus allen zwölf Ortsteilen kennengelernt und mit Mona und Leonardo das Schloss besucht, den Taubenturm und das Packhaus. Sie hatten zusammen sonnige Tage im einzigartigen Baumpark verbracht und viel gelernt über die dreihundertfünfunddreißig Arten Laubbäume, die dort im Laufe der Jahre angepflanzt worden waren. Sie war mit Mona mit der Museumsbahn nach Bremen gefahren, und die Einkaufszentren in Verden oder Achim kannte sie in- und auswendig. Thedinghausen lag nicht in der Pampa! Jeder Arzt oder jede Ärztin müsste sich eigentlich die Finger danach lecken, wenn hier eine Kinderarztpraxis verkauft wurde. Warum stürmten sie nicht zur Tür herein und riefen: Hier? Warum wollten alle bequem in der Großstadt sitzen und dort das dicke Geld machen?

Das einzig ernsthafte Angebot war von diesem Ehepaar gekommen, und nun hatte Dr. Winterkorn keine Wahl gehabt und ihnen zugesagt.

Aus ist der Traum von einer Weiterbeschäftigung und vielleicht sogar von einer Gemeinschaftspraxis mit einer Kollegin, dachte Sophie, und schon wieder kullerten die Tränen. Und ein paar galten auch Leonardo, denn auch er war nicht mehr da. Aber daran wollte sie jetzt nicht mehr denken.

Sie klappte das Tagebuch wieder zu und starrte aus dem Fenster. Draußen schien immer noch die fröhliche Julisonne und passte überhaupt nicht zu ihrer trüben Stimmung. Ein Gewitter mit Sturm und Regen würde jetzt besser passen. Aber das Wetter nahm darauf keine Rücksicht.

Nach einer Weile ging sie ins Wohnzimmer, setzte sich an den ovalen Tisch und blätterte in dem Tagebuch noch einmal ein paar Seiten zurück.

Wie oft war bei ihr schon Land unter gewesen? Und wie war sie jedes Mal wieder auf festen Boden gekommen?

Ihre schwäbische Großmutter fiel ihr ein, die immer gesagt hatte: »Das Fallen ist keine Kunst, aber das Wiederaufstehen.« Die schwäbische Großmutter lebte nicht mehr und war weit weg im Süden begraben, im Schwarzwald. Aber im Herzen war sie Sophie immer noch nahe.

Der Schwarzwald hatte seinen festen Platz in Sophies Herzen, auch wenn sie seit über dreizehn Jahren nicht mehr dort gewesen war. Schließlich war sie in der Nähe von Freiburg geboren und aufgewachsen, und irgendwann einmal wollte sie mit Mona in diese wunderbare Gegend fahren und ihr alles zeigen.

# 2

Nach dem Abitur hatte es Sophie in Richtung Bremen verschlagen. Da war sie bereits zwanzig Jahre alt gewesen. Gymnasium und Studium hatten ihre Eltern für sie eigentlich von Anfang an ausgeschlossen. Die kleine Bäckerei hatte gerade mal für den Lebensunterhalt gereicht. Trotzdem dachte sie jeden Tag daran, ihr größtes Ziel nie aus den Augen zu lassen: Sie wollte Ärztin werden, Kinderärztin, und wenn möglich dazu einen netten Kollegen heiraten und mit ihm zusammen eine Praxis aufmachen.

Immerhin durfte sie eine Ausbildung zur Krankenpflegerin machen, wenigstens ein kleiner Schritt in die Richtung, die sie sich so leidenschaftlich wünschte.

An dem Tag, an dem sie zum ersten Mal das Krankenhaus betrat, wo sie alles über Pflege lernen würde, hatte sie begonnen Tagebuch zu führen. Sie versprach sich und dem Tagebuch, das Abitur nachzuholen und es irgendwie zu schaffen, danach Medizin zu studieren.

Sophie sah man es nicht an, dass sie so fest entschlossen ihre Ziele verfolgen konnte. Sie hatte eine zarte Haut, helle, lange Haare, die sie zu einem Zopf geflochten trug, der im Rücken fast bis zur Taille reichte. Sie wirkte eher zerbrechlich als stark, aber das täuschte. Mit viel Fleiß und Energie schaffte sie alle Prüfungen, und ein halbes Jahr nachdem sie nun Fachkraft für Krankenpflege war, hatte sie dann auch das Abitur in der Tasche und einen Studienplatz für Medizin in Bremen. Dort lernte sie Kris, Medizinstudent im dritten Semester, kennen. Er war groß, blond und sehr charmant.

An dieser Stelle klebte im Tagebuch ein Foto, das von Kris und ihr gemacht worden war, als sie beide glücklich und voller Unternehmungslust waren: Sophie, zwanzig Jahre alt, mit langem Zopf, im geliebten Flatterrock, strebt eifrig auf die Uni zu. Ihr Gesicht, das sie auf dem Foto strahlend Kris zuwendet, wird von kleinen Löckchen eingerahmt, und sie strahlt wie ein Honigkuchenpferd. Auch Kris lacht sie an, und im Hintergrund sieht man eins der großen Gebäude, wo sie beide Medizin studieren würden.

Sophie schaute vom Heft hoch und zum Fenster hinaus. Der strahlend blaue Himmel wölbte sich über dem Apfelbaum vor ihrem Balkon. Im Herbst würde sie wieder ihre geliebten Boskoops ernten. Die Äpfel sahen auf den ersten Blick nicht sehr attraktiv aus, aber wenn man dann hineinbiss, konnte man nur selig die Augen schließen. Für Kenner waren sie einzigartig im Geschmack. Das hatte Leonardo einmal gesagt und sie dabei viel sagend angesehen. Aber an Leonardo wollte sie jetzt nicht denken.

Sie betrachtete noch einmal das Foto vor der Bremer Uni. Die praktische Frisur trug sie auch heute noch, und auch ihre Vorliebe für lange Röcke war geblieben. Nur ihr Gesicht war ein wenig schmaler geworden und herber, nicht mehr so weich wie früher.

Sie blätterte weiter. Auf den Seiten standen nur wenige Sätze. Ein Brief von ihrer Mutter lag dazwischen, in dem sie Sophie mitteilte, dass sie am Packen sei, um nach Neuseeland zu reisen. Und es stehe in den Sternen, ob und wann sie zurückkommen würde. Sie wollte sich einen lang ersehnten Traum erfüllen.

Sophie war damals zwar bestürzt gewesen, weil sie nie daran gedacht hätte, dass sich ihre Eltern einmal trennen würden. Aber sie war mit dem Studium und ihrer Liebe zu Kris so glücklich, dass sie nicht lange darüber nachgrübelte und auch nicht viel ins Tagebuch schrieb. Sie konzentrierte sich auf ihr Leben, das ihr viele gute und glückliche Jahre verhieß.

# 3

Ein Jahr lang waren Sophie und Kris eifrige Studenten und glücklich miteinander. Doch dann verliebte sich Kris in eine andere Frau. Sie war dunkelhaarig und konnte es sich wie Kris leisten, auch einmal ein Bummelsemester einzulegen, oft auszugehen und Prüfungen zu verschieben. Sophie hingegen wollte so schnell wie möglich ihr Studium durchziehen und musste dazu noch Geld verdienen. Sie arbeitete tageweise als Pflegerin und schob Nachtwachen. Dann hatte sie keine Lust mehr, in einer Kneipe herumzusitzen, und so ging Kris alleine und lernte Gina kennen.

Sophie war wochenlang unglücklich, und prompt füllten sich die Seiten im Tagebuch wieder mit verzweifelten, aber auch zornigen Sätzen, Ausrufezeichen und vielen Tränen. Erst nach langer Zeit entschied sie, dass das Leben auch ohne Kris weiterging und gar nicht mal so schlecht war. Man konnte sich an vielen Dingen erfreuen, auch ohne ihn. Aber sie wollte nicht so schnell wieder in eine neue Liebe hineinrutschen, das nahm sie sich fest vor. Erst einmal hatte das Examen Vorrang und die Weiterbildung zur Kinderärztin.

Sophie schlug das Tagebuch wieder zu, stand auf und sah auf die Uhr. Sie musste Mona vom Kindergarten abholen. Es ging auf Mittag zu, und nach dem Essen wollte Dr.

Winterkorn mit ihr noch einiges besprechen. Sie legte das Tagebuch in die Schublade zurück, ging ins Bad und wusch sich das Gesicht. Als sie sich im Spiegel betrachtete, zog sie eine Grimasse. Dann lief sie mit entschlossenen Schritten die Treppe hinunter und durch den kleinen Vorgarten ihrer Vermieterin Richtung Ortsmitte. Eine alleinerziehende Kinderärztin ohne Arbeitsplatz, ohne Brüder, Schwestern, zahlungskräftige Eltern oder Erbtante war fast ein kleiner Weltuntergang. Aber irgendwie würde sie es auch diesmal schaffen, das Wiederaufstehen. Es war nur die Frage, wie und wann.

Als Sophie durch die Pforte zum Kindergartenspielplatz trat, kam Mona ihr freudig entgegengerannt. Sie schwenkte ein Blatt Papier, auf das sie eine Katze gemalt hatte. Mit fünf Jahren konnte sie bereits richtig gut zeichnen, und eine Katze wünschte sie sich schon lange.

»Genau so soll sie aussehen«, erklärte sie, »weiß mit schwarzen Flecken und schwarzen Pfötchen. Sie soll Melli heißen. Wann kriege ich endlich eine, Mama?«

Sophie stöhnte innerlich. Das Thema Katze war im Moment alles andere als aktuell. Bevor sie nicht wusste, wie es mit ihr weitergehen würde, war an so ein Tier nicht zu denken.

»Wir gehen jetzt erst mal zu Dr. Winterkorn«, erwiderte Sophie. »Dort kannst du mit Racker spielen, und über eine Katze sprechen wir, wenn dein Geburtstag in Sicht ist, in Ordnung?«

Damit habe ich mich ganz gut aus der Geschichte gezogen, dachte Sophie. Monas Geburtstag war im Dezember, und bis dahin hatte sie noch viel Zeit.

Racker, so hieß der Hund von Dr. Winterkorns Frau Erna, war eine kleine freche Mischung aus Dackel und Terrier und für Mona ein wunderbarer Spielkamerad im Garten. Nur leider weniger zum Schmusen geeignet, dafür hatte Racker keine Zeit und keine Lust. Und Mona war auch eher ein Wirbelwind, und so passten die beiden ganz gut zusammen.

»Aber wir könnten doch schon mal ein Katzenkörbchen kaufen und kleine Schüsseln fürs Fressen«, schlug Mona vor.

Sophie blieb stehen und ging vor ihrer Tochter in die Hocke. »Hör zu, Mona«, sagte sie eindringlich, »bei uns wird es eine Veränderung geben. Ich weiß noch nicht, ob wir überhaupt hier in Thedinghausen bleiben können. Vielleicht müssen wir umziehen, und bevor ich das nicht weiß, kaufen wir noch nichts.«

»Ich mag aber nicht umziehen«, entgegnete Mona heftig. »Mir gefällt es hier.«

»Mir auch, aber das wird sich erst in den nächsten Wochen zeigen, ob wir hierbleiben können.«

Mona schwieg eine Weile nachdenklich, dann meinte sie: »Wenn Tante Erna und Onkel Roland an den Gardasee gehen, gefällt es mir vielleicht doch nicht mehr so gut hier, dann können wir auch woanders wohnen.«

Dass das Arztehepaar zu seinem Sohn nach Italien ziehen wollte, wusste sie schon länger, und sie war traurig darüber. Sie hatte sich im Haus Winterkorn von Anfang an wohlgefühlt, und »Tante Erna« und »Onkel Roland« gehörten für sie zur Familie.

Sie hat keine Oma und keinen Opa, dachte Sophie bedauernd. Meine Eltern sind geschieden. Mein Vater sitzt wieder verheiratet im Südschwarzwald fest und kämpft dort ums Überleben seiner Bäckerei. Und von meiner Mutter kommt ab und zu ein Brief aus Neuseeland. Sie ist seit Jahren nicht mehr hier gewesen.

Sophie spürte eigentlich erst seit Mona auf der Welt war die Enttäuschung darüber, dass keine Großeltern da waren, weder von ihrer Seite noch von der Leonardos, der jetzt irgendwo in Sizilien bei seiner Familie in den Weinbergen lebte. Für seine Eltern war Sophie nichts anderes gewesen als eine vorübergehende Bettgenossin, die sie ihrem Sohn gönnten, aber die sie niemals als seine Frau akzeptieren würden. Das hatten sie ihm immer wieder in Briefen und Telefonaten eindeutig klargemacht. Und dass er seit fünf Jahren eine Tochter hatte, die er sehr liebte, das hatte er ihnen nie erzählt. Aber an Leonardo wollte sie, verflixt noch mal, jetzt wirklich nicht denken.

Sie hätte ihre Mutter gebraucht damals, als sie schwanger wurde. Sophie war noch mitten in der Weiterbildung zur Kinderärztin gewesen und neunundzwanzig, als Mona auf die Welt kam. Sie hatte gehofft, dass ihre Mutter auf diese Neuigkeit hin zurückkommen würde. Aber die hatte andere Pläne. Sie arbeitete am anderen Ende der Welt wieder in einer Bäckerei, und wenn sie genug Geld zusammenhatte, reiste sie durch Neuseeland. Das war ihr gutes Recht, aber trotzdem, Sophie vermisste sie, und Mona kannte ihre Großmutter bisher nur von Fotos.

# 4

Der Juli in diesem Sommer war heiß, aber Sophie liebte solche Sonnentage. Ihr Rock aus einem hellblauen luftigen Baumwollstoff flatterte ihr um die Füße. Sie trug Sandalen und ein Top mit schmalen Trägern. Ihre Haut war schon seit Wochen leicht gebräunt. Zum Glück bekam sie selten einen Sonnenbrand wie so viele andere blonde Frauen.

Sie sah zu Mona, die neben ihr her hüpfte, und wunderte sich wieder einmal, solch eine Tochter zu haben. Mona war groß für ihr Alter, mit dunklen kurzen Haaren und völlig auf Jeans und Shirts festgelegt. Man hatte null Chance, sie zu einem Kleid oder einer Bluse überreden zu können. Und dabei gab es so hübsche Sachen für Mädchen. Aber nein, selbst jetzt in der Hitze hatte sie auf Jeans bestanden, die sie oberhalb ihrer verschrammten Knie abgeschnitten hatte. Sie spielte Fußball mit allem, was sich rollen ließ, und kletterte auf jeden Baum. Manchmal kam es Sophie so vor, als hätte man ihr Kind im Krankenhaus vertauscht. Dabei waren es wahrscheinlich nur die Gene ihres Vaters Leonardo, dem sie so ähnlich war. Immerhin hatte sie auch sein sonniges Gemüt geerbt und seine Unbekümmertheit.

Deswegen hatte sich Sophie auch damals, als die Trennung von Kris nach langer Zeit überwunden war, in diesen gut aussehenden Italiener verliebt. Er war das genaue Gegenteil von Kris – dunkel, eifrig bestrebt, ihr zu gefallen, und bei aller Leichtigkeit auch zielbewusst. Er betete sie an, und das tat ihrer angekratzten Seele so gut.

Leonardo besaß ein kleines, gut gehendes Restaurant in Bremen mit drei Mitarbeitern. Sophie bereitete sich gerade auf die Prüfungen vor, als sie ihn kennenlernte. In den Semesterferien arbeitete sie weiterhin als Pflegerin im Krankenhaus. Und wenn sie frei hatte, ging Leonardo mit ihr tanzen oder shoppen oder an der Weser entlang spazieren. Er nahm sich Zeit für sie. Und er war stolz auf sie und stolz auf sich und sein Restaurant, und beide verband sie die Begeisterung für ihren Beruf.

Die Liebe hielt, obwohl viele von Sophies Bekannten und Freundinnen immer wieder den Kopf schüttelten und Leonardo der Tochter eines reichen Weingutbesitzers in Italien versprochen war. Sowohl ihre Familie als auch seine drängten ihn zwar immer mehr zurückzukommen. Aber er wollte mit Sophie zusammen in Bremen bleiben und war zuversichtlich, dass seine italienische Familie das eines Tages verstehen würde.

Sophie bestand ihre letzten Examen, bekam ihre erste feste Stelle im Krankenhaus als Assistenzärztin und verdiente endlich genug Geld zum Leben. Und dann wurde sie schwanger, und Leonardo und sie waren noch glücklicher als bisher, denn Mona war ein Wunschkind.

Sie schreckte aus ihren Gedanken auf, als Mona plötzlich vorauslief und durchs Gartentor der Winterkorns verschwand.

Alte Geschichten, dachte sie, hob den Kopf und atmete tief durch. Wunderschöne und leider später weniger schöne, alte Geschichten, aber im Moment nebensächlich. Jetzt geht es um meine und Monas Zukunft, alles andere kann in meinem Tagebuch schlummern, bis ich es wieder hervorhole. Es ist Sommer, ich bin ausgebildete Kinderärztin mit Doktortitel, vierunddreißig, ohne Job und ohne Mann, dafür mit einer wunderbaren kleinen Tochter. Ich muss der Realität ins Auge schauen und nicht in Erinnerungen schwelgen, so verführerisch sie auch sind. Also, auf in den Kampf!

Das Ehepaar Winterkorn saß hinter dem Haus auf der Terrasse. Es gab Eiskaffee und für Mona Eisschokolade. Ein Himbeerkuchen duftete köstlich, und die Schlagsahne schmolz in der Sonne vor sich hin. Der »Kampf« begann also durchaus angenehm, man konnte beinahe den Kummer vergessen, der Sophie noch vor zwei Stunden ins Bett hatte flüchten lassen.

Dr. Winterkorn kam gleich zur Sache. »Sophie, Sie wissen sicher, dass mich die Sache auch traurig stimmt. Ich habe Ihnen von ganzem Herzen gewünscht, dass Sie weiter in der Praxis arbeiten können. Aber nun hören Sie zu, was wir uns überlegt haben. Ich zahle Ihnen die nächsten drei Monate das Gehalt weiter. Bis dahin findet sich hoffentlich eine neue Stelle für Sie. Nein, sagen Sie jetzt nichts, das sind Sie wert. Und wir werden Sie und Mona vermissen, wenn wir am Gardasee sitzen.«

»Wenn Sie am Gardasee sitzen«, erwiderte Sophie sanft, »sind Sie mit Ihren Enkeln beschäftigt und werden hoffentlich nicht dauernd an uns denken. Aber danke für die drei Monate, damit fällt mir schon mal der erste große Stein vom Herzen.«

»Und wir werden noch mal Kollegen und Kolleginnen

hier in der Umgebung anschreiben, ob sie nicht doch eine gut ausgebildete, erfahrene Kinderärztin benötigen«, warf Erna Winterkorn ein. »Und Sie schauen im Internet nach Stellenangeboten. Ich kann mir nicht vorstellen, dass Sie lange arbeitslos sein werden.«

»Wenn gar nichts anderes geht, mache ich eben eine Zeitlang Urlaubsvertretungen«, meinte Sophie zögernd, »die kriegt man immer. Ich weiß nur nicht, wer dann Mona betreuen kann.«

»Da wird sich doch jemand finden lassen«, erklärte Erna energisch. Sie fuhr sich mit beiden Händen durch die kurzen grauen Haare. »Ich werde mich bei meinen Jogging-Frauen umhören. Wir lassen Sie nicht im Stich, Sophie.«

Mona spielte auf der Wiese im hinteren Teil des Gartens mit ihrem Ball. Dort gab es sogar ein kleines Tor, auf das sie schießen konnte. Racker lief aufgeregt und laut bellend hinter ihr her.

Die letzten zwei Jahre war es Sophie fast jeden Tag bewusst gewesen, welch ein Glück sie hatte, bei den Winterkorns gelandet zu sein. Sie waren von Anfang an wie eine Familie für sie, und sie hatte zum ersten Mal ein Gefühl von Nestwärme gehabt. Das war nun alles vorbei, und sie musste wieder ganz allein sehen, wie sie zurechtkam.

»Was ist mit Ihrer Mutter?«, fragte der Doktor. »Kann sie nicht für ein paar Wochen kommen? Oder überhaupt für ganz, das wäre jetzt das Beste für Sie und Mona.«

»Sie hat nicht genug Geld«, antwortete Sophie zögernd. »Und ich glaube auch nicht, dass sie das will. Sie scheint in Neuseeland ihren Platz gefunden zu haben. Ich möchte sie nicht dazu drängen zurückzukehren, nur weil es mir nicht gut geht. Ich schaffe das schon.«

Es war wunderbar ruhig hier im Garten, mehrere riesige alte Buchen spendeten Schatten, und vom Rosenbeet wehte ein feiner blumiger Duft herüber. Ein Eichhörnchen sprang über den Rasen und kletterte dann auf einen der Bäume. Zwei Amseln zankten sich um einen Wurm im Kräuterbeet, und irgendwo in der Ferne sang eine Drossel.

So möchte ich es auch einmal haben, dachte Sophie. Ein kleines Haus, einen Garten, noch ein zweites Kind und einen liebvollen Mann, der einen Beruf hat, wo er oft zu Hause arbeiten und ich in Ruhe in die Praxis fahren kann. Aber das war alles weit, weit weg.

Sie seufzte.

# 5

Wie steht es mit Leonardo«, fragte Dr. Winterkorn, »schickt er denn Geld?«

»Natürlich.« Sophie schenkte sich ein weiteres Glas vom Eiskaffee ein und häufte sich Sahne darauf. »Er ist ja nun ein reicher Mann, sehr beschäftigt in seinen Weinbergen, und wird demnächst wieder Vater. Diesmal offiziell.« Sie spürte, wie Tränen in ihren Augen brannten, und blinzelte sie weg.

Nach einem Jahr sollte man doch so weit sein, darüber reden zu können, ohne zu weinen.

»Seine Familie weiß immer noch nichts von Mona?«, erkundigte sich Erna.

»Nein, er hat nicht den Mut dazu. Er wirkt so stark und selbstsicher, wenn man ihn nicht gut kennt, aber er hängt im Grunde an seiner Großfamilie. Und da ist er nun mal eingeknickt, als die italienische Familie ihm das Ultimatum gestellt hat: entweder zurückzukommen und die schöne Laurenzia zu heiraten samt Weinbergen oder für immer ein verlorener Sohn zu sein. Er würde nie wieder in seiner Heimat willkommen sein, auch nicht besuchsweise. Er wollte hierbleiben. Ich habe ihm sogar zugeredet zu fahren. Es ist ihm furchtbar schwergefallen. Aber ich glaube nicht, dass es unter diesen Umständen mit uns gut gegangen wäre. Er hat geweint, als er sich verabschiedet hat. Ein stolzer Italiener und Tränen!«

»Als ich Sie vor zwei Jahren zum ersten Mal gesehen habe, Sophie«, sagte Dr. Winterkorn lächelnd, »habe ich gedacht: ein zartes verträumtes Pflänzchen. Aber dann habe ich schnell gemerkt, dass das zarte Pflänzchen viel robuster ist, als es aussieht. Bei Leonardo war es anders herum, wenn ich mich nicht täusche.«

»Er war sehr gefühlvoll und zuverlässig, meine zweite große Liebe«, antwortete Sophie. »Manchmal denke ich, ich habe in dieser Hinsicht kein Glück.«

»Sagt eine bezaubernde vierunddreißigjährige Frau, über die jeder Mann, der das Glück hat, von ihr erhört zu werden, stolz wie ein König sein könnte«, meinte Erna.

Nun konnte Sophie auch schon wieder lachen. Erna hatte eine Art, ihr Mitgefühl auszudrücken, aber dann auch wieder Mut zu machen, die Sophie guttat. »Was man nicht halten kann, muss man fallen lassen«, hatte Sophies Großmutter oft gesagt. Was würden wir nur ohne unsere Großmütter und Wahlomas machen, dachte Sophie, die Frauen, die so viel erlebt hatten und so viel wussten. Aber nun stand wieder eine Trennung an, und sie kam sich so allein vor wie schon lange nicht mehr. So einfach war das Fallenlassen nicht, auch wenn man wusste, dass es keine andere Lösung gab.

Als Dr. Winterkorn kurz ins Haus ging, um noch einige Unterlagen zu holen, fragte Erna: »Ihren Rügenurlaub im August werden Sie aber nicht abblasen, Sophie, oder?«

»Ich habe schon daran gedacht, doch Mona freut sich so darauf, und ich könnte diese zwei Wochen Auszeit auch ganz gut gebrauchen, zum Nachdenken. Ich denke, wir fahren wie geplant. Vor allem muss ich dann nicht zusehen, wie Sie Ihr Haus räumen und die Praxis übergeben, mit all den kleinen Patienten, die ich inzwischen ins Herz geschlossen habe. Wenn wir zurückkommen, wird alles erledigt sein und bereits wieder Alltag. Nur für mich nicht.«

»Wir gehen mit einem lachenden und einem weinenden Auge«, gab Erna zu. »Das ist Ihnen hoffentlich klar. Wir hatten hier viele schöne Jahre, und Roland lässt seine geliebten Strauchpäonien und seine Rosen zurück. Aber uns erwarten eben dort unten der Sohn mit Frau und Kindern und wieder ein Garten, in dem sich Roland bestimmt sofort nützlich macht. Und wir werden am See wohnen mit eigenem Strand und im warmen Sand liegen, der Rolands Rücken sicher guttut. Ich hoffe, ihr kommt eines Tages zu uns zu Besuch. Es gibt nämlich auch ein Gästezimmer.«

Mona, die gerade an den Tisch gekommen war, um sich etwas zu trinken zu holen, rief begeistert: »Ja, das machen wir, nicht wahr, Mama? Dieses Jahr fahren wir an die Ostsee und nächstes Jahr an den Gardasee. Das wird gut, das wird gut.« Und singend hüpfte sie dann wieder davon.

Erst am Abend, als Mona bereits im Bett lag und schlief und Sophie noch ein wenig auf dem kleinen Balkon ihrer Wohnung die warme Sommernacht genießen wollte, holte sie ihr Tagebuch noch einmal hervor.

Sie war dreiunddreißig Jahre alt und schon ein Jahr bei Dr. Winterkorn in der Praxis gewesen, als Leonardo nach Italien zurückkehrte, um Laurenzia zu ehelichen und damit zwei Großfamilien endlich glücklich und zufrieden zu machen. Sie und Leonardo hatten bereits eine Wohnung in Aussicht gehabt, nicht weit von Thedinghausen entfernt, und über einen Heiratstermin nachgedacht. Dann kam das Ultimatum und die Drohung, ihn für immer aus der Familie auszustoßen. Und als er schließlich fortfuhr, war Sophie wieder einmal so unglücklich, dass das Tagebuch hatte herhalten müssen.

Heute noch traten ihr die Tränen in die Augen, wenn sie die Eintragungen las. Leonardo war noch nicht aus ihrem Herzen verschwunden. Es gab so vieles, was sie an ihn erinnerte: die vielen Fotos, auf denen sie zusammen glücklich lachten, vier goldene Armreifen, die er ihr zur Geburt von Mona geschenkt hatte, Ohrstecker mit glitzernden Strasssteinen, CDs mit italienischen Liedern und natürlich ihr gemeinsames Kind Mona. Er hatte seine Tochter über alles geliebt. Und für Mona war ihr Papa der Beste gewesen. Sie war ganz still geworden, als er nicht mehr da war. Erna hatte sich in dieser Zeit mit viel Geduld und Verständnis um sie gekümmert und auch immer mit ihr über ihren Vater gesprochen. Das hatte viel dazu beigetragen, dass Mona mit der Zeit wieder lachen und fröhlich sein konnte.

Aber vergessen hatte sie ihn nicht. Neben ihrem Bett stand ein Foto von ihm, auf dem er strahlend in die Kamera schaute mit seinen braunen Augen und den schwarzen Haaren, die ihm immer ins Gesicht hingen. Mona sagte ihm jeden Abend gute Nacht.

Nein, Leonardo war nicht vergessen.

Sophie hatte sich damals in die Arbeit gestürzt und war froh gewesen, bei Winterkorns untergekommen zu sein, bei denen sie so viel Liebe und Trost gefunden hatte.

Nach den vielen Seiten mit Tränen, Enttäuschung, Trauer und Zorn endete dieses Kapitel im Tagebuch mit den Sätzen: »Leonardo ist endgültig fort. Er schreibt und telefoniert, so oft er kann, aber mit ihm wird es keine Zukunft für uns geben. Also muss ich versuchen, ihn zu vergessen. Das ist nicht leicht. Wir wohnen in einer netten kleinen Stadt, haben eine gemütliche Wohnung, und ich lerne bei Dr. Winterkorn sehr viel. Das ist bestimmt genauso wichtig wie ein Mann an meiner Seite. Und dafür bin ich dankbar. Mein Ziel, später einmal eine eigene Praxis zu haben, möglichst mit einer Kollegin zusammen, rückt näher. Und Mona fühlt sich im Kindergarten wohl. Sie spricht oft von ihrem Vater, aber sie kann auch wieder fröhlich sein. Mir tut es gut, dass ich es geschafft habe, genau das zu werden, was ich mir immer gewünscht habe: Dr. Sophie Hesekiel, Kinderärztin. Das hört sich gut an. Ich habe zum Glück viel zu tun, habe Mona, und eines Tages werde ich die Trennung von Leonardo überwunden haben. Es geht zwar langsam, aber es geht wieder aufwärts.«

Das ist nun fast ein Jahr her, dachte Sophie, und ich hätte nie gedacht, dass ich so schnell wieder mein Tagebuch brauche. Ich war so sicher, die nächsten Jahre bei Dr. Winterkorn bleiben zu können. Und nun ist wieder Land unter. Es reicht nicht, dass Leonardo uns verlassen hat, es kommt noch schlimmer: Ich kann nicht weiter hier arbeiten, und Winterkorns ziehen fort.

Sie nahm einen Stift und schrieb: »Alles ist zurück auf Anfang. Ich habe keinen Job mehr, Winterkorns ziehen an den Gardasee, und ich kann nicht mit. Warum gibt es keinen reichen Mann, der mir die Praxis kauft? Ein junger Arzt zum Beispiel, der unbedingt aufs Land will und von einer Tante gerade so viel geerbt hat, wie die Praxis kostet? Wir könnten uns ein kleines Haus hier mieten. Oder wenn ich plötzlich im Lotto gewinnen würde, obwohl ich kein

Lotto spiele, oder wenn Dr. Winterkorn mir die Praxis samt Haus schenken würde ... aber so läuft das Leben nicht, leider. Großmutter würde jetzt sagen: ›Ja, wenn die Katzen Gäule wären, könnte man auf die Bäume hoch reiten.‹ Also gut, dann kein Wenn mehr. Ich muss mir einen neuen Job suchen. Was nicht leicht ist – besonders Teilzeit und fest angestellt –, und für Mona eine neue Betreuerin. Und sollte das hier nichts werden, auch eine neue Wohnung irgendwo in einer anderen Gegend. Ich wünsche mir, es wäre schon Weihnachten und es läge alles fertig unterm Christbaum. Aber eins werden wir nun tun, Mona und ich: Wir fahren in den Urlaub auf die Insel Rügen, den kann uns niemand wegnehmen!«

# 6

Vier Wochen später saß Sophie mit ihrer Tochter zusammen an einem Freitag früh um sieben Uhr im Zug nach Stralsund. Von dort aus sollte es mit dem Bus auf die Insel Rügen weitergehen. Draußen ging ein heftiges Sommergewitter nieder, und Sophie war froh, nicht mit dem Auto unterwegs zu sein. Doch die Bahn war schneller als die Wolken, ließ den Regen und das Gewitter bald hinter sich und tauchte wieder unter blauem Himmel auf.

Sophie öffnete das Fenster und ließ die frische, feuchte Luft herein. Einem Gewitter und Schicksalsschlägen kann man nicht immer ausweichen, dachte sie, aber sie gehen vorüber.

Sie freute sich auf den Urlaub, trotz allem. Es war das erste Mal, dass sie mit Mona allein verreiste. Einmal waren sie beide mit Leonardo an der Nordsee gewesen, zwei Wochen lang auf Amrum. Am Meer und Strand hatten sie sich alle drei so wohlgefühlt, dass sie beschlossen hatten, noch öfter an die See zu fahren. Aber nun war alles ganz anders gekommen, Leonardo war nicht mehr dabei.

Sophie war auch froh, gerade zu dem Zeitpunkt weg zu sein, in dem Winterkorns ihr Haus räumten. Sie hatten schon vor Tagen damit angefangen, und der Anblick eines großen Möbelwagens, der bereits vollgeladen war, als sie noch einmal einen Besuch machen wollte, hatte sie so deprimiert, dass sie schnell wieder umgekehrt war.

Roland und Erna Winterkorn würden am Wochenende nach Süden fliegen. Den großen Abschied von Sophie und Mona und dem Ort, in dem sie so lange glücklich waren, hatten sie schon hinter sich, und wenn Sophie zurückkam, war alles vorbei. Das Ehepaar, das die Praxis und das Haus gekauft hatte, würde vielleicht schon in Winterkorns Garten sitzen, wenn sie daran vorbeikam. Und an der Tür vor den Praxisräumen würde ein neues Schild hängen. Die kleinen Patienten und ihre Mütter würden sich schnell an das neue Ärztepaar gewöhnen und ihre Frau Dr. Hesekiel bald vergessen. Aber diese Gedanken wollte sie jetzt in den Hintergrund verbannen, lieber vorwärtsschauen auf ihre zwei Wochen Urlaub an der See.

Die Ferienwohnung, die sie gemietet hatte, lag nicht gerade am Meer, sondern in dem kleinen Ort Karow. Aber das Haus hieß »Haus hinter den Dünen«, das war schon mal vielversprechend. Und es gab ja überall Fahrräder, und ein wenig Bewegung würde nicht schaden. Mona konnte ja mit einem angehängten kleinen Rad, das bereits bestellt war, hinter ihr her strampeln.

»Hoffentlich ist unsere Vermieterin nett«, meinte Mona, die an einem Keks knabberte. »Und hoffentlich mag sie Kinder.«

»Ich denke schon, sonst würde sie ihre Wohnung nur an kinderlose Paare vermieten«, beruhigte Sophie sie. »Außerdem wird sie uns nicht viel sehen. Wir werden viele Ausflüge machen und oft ans Meer fahren, uns am Strand aufhalten. Sicher werden wir erst abends zurückkommen und dann bald ins Bett gehen.«

»Gibt es in dem Ort überhaupt einen Laden zum Einkaufen?«, wollte Mona wissen.

»Keine Ahnung, es sind nur wenige Häuser. Sonst müssen wir eben mit dem Bus nach Bergen fahren. Wird schon gehen. Es ist nicht weit.«

»Schade, dass in dem Haus nur die alte Frau wohnt und keine Kinder«, meinte Mona nach einer Weile.

Sophie blickte sie lächelnd an und strich ihr über die Haare. »So wie ich dich kenne, wirst du gleich am ersten Tag ein paar Spielkameradinnen kennenlernen und sie einladen, bei uns Marmeladenbrote zu essen und kalten Tee zu trinken. Kinder gibt es in dem Dorf bestimmt, und Ferien sind auch, da werden schon einige draußen herumspringen.«

»Kaufst du mir dann gleich einen Ball? Du hat es versprochen.«

»Na klar, wir werden schon irgendwo einen bekommen.«

Am Bahnhof von Stralsund schulterte Sophie ihren Rucksack und nahm ihre Tochter fest an der Hand. Es war ziemlich viel los an diesem Freitag vor dem Wochenende. Bei dem schönen Wetter wollten alle ans Meer, und da lockten Binz, Sellin oder Baabe am Ostrand der Insel. Aber zuerst einmal musste man bis Bergen fahren und dort noch einmal umsteigen.

Sophie sah mit Interesse aus dem Fenster des Busses, in dem sie gerade noch zwei Plätze ergattert hatten. Die Brücke von Stralsund auf die Insel, der Rügendamm, war schnell passiert. So viel anders als in Thedinghausen sah es hier gar nicht aus: Viel flaches Land, einige Erhebungen, Felder und

Wiesen, kleine Dörfer und einzelne Bauernhöfe zogen am Fenster vorbei. Pferde, Kühe und Schafe grasten auf den Weiden, die seitlich abgehenden Straßen waren schmal, mit Bäumen gesäumt.

Bergen selbst hatte, wie alle größeren Städte, Industrie in den Außenbezirken, aber dann Richtung Zentrum sah man wunderschöne Fachwerkhäuser. Der Busbahnhof lag direkt neben dem hübschen alten Bahnhofs-Empfangsgebäude, an dem sie vorbeifuhren.

Es war nicht schwierig, den nächsten Bus nach Binz zu finden, viele Menschen wollten auch dorthin, obwohl es schon langsam auf den Nachmittag zuging. Aber ein lauer Sommerabend am Strand mit romantischem Sonnenuntergang winkte, und daran anschließend ein sonniges Wochenende. Für Sophie und Mona endete die Fahrt allerdings bereits nach fünf Kilometern in Karow. Sie waren die Einzigen, die hier ausstiegen.

Da standen sie nun, an der B 196, und sahen sich zuerst einmal um. Überall erstreckten sich weite Felder, die meisten bereits abgeerntet, einige Wiesen dazwischen. Ein paar Baumgruppen lockerten die Landschaft auf, und eine schmale Straße führte in den Ort, der offensichtlich nur aus einer Handvoll Häusern bestand.

Weit konnte es nicht sein bis zu dem Haus, in dem sie die Ferienwohnung gemietet hatten. Dieses kleine Dorf war ziemlich schnell zu überblicken.

Links tauchte ein orangerot gestrichenes, altes Bauernhaus mit einem schönen Reetdach auf. Das musste die Kunstscheune sein, von der Sophie schon gelesen hatte.

Rechts gab es eine Fabrik, die landwirtschaftliche Maschinen herstellte. Also lebte man hier doch nicht ganz so hinterm Mond.

»Schau mal!«, rief Mona aufgeregt und lief ein Stück voraus. Auf einer eingezäunten großen Wiese standen zwei Shetlandponys und grasten in aller Ruhe. Einige Spielgeräte waren dazwischen aufgestellt – eine Rutschbahn, eine Schaukel und ein Klettergerüst. »Ist das unser Haus?«, fragte sie beglückt.

»Nein, leider nicht, aber wir sind auch gleich da«, antwortete Sophie. »Es liegt ein wenig abseits in einigen kleinen Dünen, auf denen Heidekraut wächst. Auf dem Foto sieht das sehr gemütlich aus, wie in einem Nest duckt es sich in eine Mulde.«

Und tatsächlich entdeckten sie kurz darauf ein Schild »Haus hinter den Dünen«. Ein unbefestigter Weg zweigte nach rechts ab, wo man es bereits am Fuße der kleinen Hügel sehen konnte.

Und dann standen sie vor der Haustür von Frau Katharina Hag. Sophie schaute nach oben. Dort, unterm Reetdach, wo ein schmaler Fenstergiebel herausragte, musste ihre Ferienwohnung sein. Bestimmt nicht sehr groß, aber sicher gemütlich. Und in dem kleinen Garten rund um das Haus mit grüner Wiese und einer hohen alten Weide war es bestimmt an einem heißen Sommertag sehr angenehm.

Mona durfte klingeln, und dann kam auch schon mit langsamen Schritten jemand zur Tür.

Als Frau Hag die Haustür öffnete, versteckte sich Mona schnell hinter ihrer Mutter. Fast genauso hat meine Großmutter ausgesehen, schoss es Sophie sofort durch den Kopf, und schon flog ihr Herz dieser unbekannten Frau zu.

Frau Hag war klein und zierlich. Die grauen gewellten

Haare trug sie am Hinterkopf zusammengesteckt. Ihr Gesicht voller Falten strahlte Freundlichkeit aus. Sie trug eine helle Bluse und eine dunkle Hose, alles sehr adrett. Sie stützte sich mit der linken Hand auf einen Stock, die rechte reichte sie Sophie und Mona. »Kommen Sie doch herein«, bat sie mit einer sanften, melodischen, unerwartet jungen Stimme. »Ich freue mich, dass Sie da sind. Ich habe einen Kuchen gebacken und hoffe, dass die kleine Mona ihn mag.«

Sie drehte sich vorsichtig um und hielt sich zusätzlich zu dem Stock an einem Handlauf fest, der im Flur angebracht war, dann ging sie langsam voraus. Sophie folgte ihr in die Küche. Auch hier gab es Haltegriffe. Auf dem runden Holztisch standen eine Kanne Saft und ein Pflaumenkuchen, der lecker duftete.

Frau Hag setzte sich auf einen gepolsterten Stuhl und bedeutete Sophie und Mona, ebenfalls Platz zu nehmen.

»Das ist ja wunderbar«, sagte Sophie, nahm den schweren Rucksack ab und setzte sich. Mona durfte neben ihr Platz nehmen. »Sind das Pflaumen aus Ihrem Garten?«

»Aber ja!«, erwiderte Frau Hag. »Und selbst gepflückt. Wenigstens die untersten kann ich noch holen. Ich bin nicht mehr gut zu Fuß, kann keine Leiter mehr hochsteigen, aber was ich mit den Händen erreichen kann, ernte ich noch gern. Ich lasse mich nicht so schnell unterkriegen!« Das klang ziemlich energisch, und sie lachte dabei übers ganze Gesicht.

»Ich könnte morgen die oberen auch noch pflücken«, schlug Mona unternehmungslustig vor. Ein Garten mit Obstbäumen, die man hochklettern konnte, war ganz in ihrem Sinn.

»Wenn deine Mutter dabei ist, gerne«, war Frau Hag einverstanden. »Aber nun langt mal zu. Ihr wart sicher viele Stunden unterwegs, und ihr dürft essen, so viel ihr wollt. Ich hätte beinahe schon ein bisschen genascht, aber das wäre nicht sehr höflich gewesen. Außerdem darf ich nur ein einziges Stück essen, ich habe zu hohen Blutzucker.«

»Das ist nicht so schön für Sie«, sagte Sophie. »Bei meiner Oma war das auch so. Aber sie hat immer gemeint, wenn der liebe Gott will, dass ich keine süßen Sachen esse, dann halte ich mich dran. Und sie ist über achtzig geworden.«

»Da hat Ihre Oma recht gehabt. Ich bemühe mich auch, alles richtig zu machen, doch es ist nicht immer leicht. Aber nun erzählen Sie mir ein wenig von sich. Wir werden in den nächsten zwei Wochen sicher öfter mal zusammensitzen und Tee trinken, hoffe ich doch.«

Es wurde ein netter Nachmittag, an dem Frau Hag von Sophie viel wissen wollte, nicht aus Neugier, sondern aus Interesse. Das merkte man daran, dass sie so aufmerksam zuhörte. Erst als Sophie in der kleinen Wohnung unterm Dach ihren Rucksack auspackte, wurde ihr bewusst, dass sie dieser Frau viel mehr erzählt hatte, als sie sonst von sich preisgab, aber sie bedauerte es nicht. Bei Frau Hag waren ihre Geschichten bestimmt gut aufgehoben.

Draußen wurde es schon langsam dunkel, und man konnte nicht mehr viel von dem Ort sehen. Außerdem waren sie beide ziemlich müde. Die Wohnung war tatsächlich sehr gemütlich, so direkt unter dem Dach, mit einer Eckbank in der Küche und drei kleinen Zimmern. Alles Nötige war vorhanden, und man war die zwei Wochen hier gut untergebracht. Mona schlüpfte in dem Zimmer, das zum Garten hinausging, ins Bett, und Sophie nahm sich das vorn hinaus. Dazwischen lag das kleine Wohnzimmer mit Fernseher und Sofaecke.

»Mir gefällt es hier«, verkündete Mona beim Gutenachtsagen. »Und morgen werde ich das Dorf erkunden. Irgendwo in der Nähe muss ein kleiner Bach sein, und das Haus mit den Ponys werde ich mir anschauen. Vielleicht darf ich mal reiten!«

Es wird ihr hier nicht langweilig werden, dachte Sophie zuversichtlich, auch wenn der Ort nicht gerade ein Touristenzentrum mit vielen Attraktionen ist. Ihr war es lieber so, wenn sie in einer ruhigen Ecke der Insel wohnen konnte. Und das schien Karow zu sein.

Als sie sich später erleichtert im Bett ausstreckte, drang durch das offene Fenster der Duft von frischem Heu. Draußen am dunklen Himmel blitzten die Sterne, ein halber Mond kam gerade um die Ecke. Und außer einem kurzen Rascheln auf dem Dach war alles still, wunderbar still, so dass sie ruhig und entspannt sofort einschlief.

# 7

Am nächsten Morgen wurde Sophie vom Zwitschern der Vögel in der hohen Weide geweckt. Irgendwo krähte ein Hahn, und unten hörte sie Frau Hag herumlaufen. Sie blieb noch eine Weile liegen, aber dann kam Mona herüber und erklärte, sie habe Hunger und wolle dann gleich zu dem Haus mit den Ponys gehen.

Sophie schaute aus dem kleinen vorderen Giebelfenster. Ein paar weiße Wolken zogen über den weiten Himmel. Es würde ein schöner Tag werden. Von hier oben hatte man einen guten Blick über den ganzen Ort. Das hintere Fenster ging zum Garten hinaus. Ein leichter Wind bewegte die Äste der Weide, und über die Dünen konnte man den Weg sehen, der nach Trips führte und zum Jasmunder Bodden. Das Heidekraut auf den Hügeln blühte bereits violett und bildete einen wunderschönen Kontrast zum blauen Himmel.

Sophie hatte nichts dagegen, dass Mona gleich nach dem Frühstück allein losziehen wollte. Man musste ja nicht sofort am ersten Tag einen Ausflug machen, der Strand war auch morgen oder übermorgen noch da. Außerdem würde er jetzt am Wochenende ziemlich bevölkert sein. Sie nahm sich vor, am späten Vormittag nach Bergen zu fahren und einiges einzukaufen. Dann wollte sie sich in den Garten setzen und einfach nichts tun, die Stille und die Umgebung auf sich wirken lassen und vielleicht ein wenig mit Frau Hag plaudern.

Mona polterte nach dem Frühstück unternehmungslustig die Treppe hinunter. In diesem kleinen Ort konnte man sie beruhigt allein gehen lassen, hier konnte sie sich nicht verlaufen.

Frau Hag trat aus ihrer Küche, als Sophie herunterkam, sie wirkte unruhig und stützte sich auf ihren Stock.

»Die Schwester ist noch nicht da gewesen«, wandte sie sich an Sophie. »Ich darf erst frühstücken, wenn sie mir die Insulinspritze gegeben hat. Vor einem Jahr konnte ich das noch selbst, aber meine Augen sind nicht mehr so gut, und manchmal habe ich es auch vergessen.«

Sie zitterte, und Sophie begleitete sie in die Küche zurück. »Ich könnte das in den nächsten zwei Wochen übernehmen, wenn es Ihnen und der Schwester recht ist«, erklärte sie. Frau Hag hatte sich mit Mühe auf ihren Stuhl gesetzt. »Dann müssen Sie nicht immer so lange warten. Und vielleicht ist die Schwester auch froh, wenn sie nicht hier herausfahren muss.«

Frau Hag blickte sie besorgt an. »Ich weiß nicht, ob ich Ihnen das zumuten möchte. Sie sind doch im Urlaub hier. Aber ich habe gestern schon daran gedacht, als Sie mir erzählten, dass Sie Kinderärztin sind. Ich bin zwar eine alte Frau und kein Kind mehr, aber ich denke, das macht nicht viel Unterschied.«

»Nein, bestimmt nicht, und Sie müssen sich auch keine Sorgen machen, dass mich so eine Injektion im Urlaub stört. Das sind gerade mal fünf Minuten morgens, für die ich Ihnen gerne zur Verfügung stehe. Sie haben doch sicher alles hier, was man dazu braucht?«

»Ja, das Insulin ist im Kühlschrank. Aber ich glaube, ich höre ein Auto. Sie hat mich also nicht vergessen.«

Die Krankenschwester kam mit Schwung zur Tür herein und begrüßte Frau Hag mit der Entschuldigung, sie habe zurzeit sehr viel zu tun. Sie hatte es sichtlich eilig. Als Sophie ihr dann vorschlug, sie könne die Spritzen und die Blutzuckermessungen übernehmen, solange sie hier sei, und auch sonst auf Frau Hag achten, setzte sie sich doch für einige Minuten zu ihnen an den Tisch. Und als Sophie dann noch hinzufügte, dass sie auch ausgebildete Krankenschwester sei, fragte die Schwester sie neugierig: »Sie haben beide Ausbildungen? Das ist sehr beruhigend. Also, ehrlich gesagt, dann bin ich mit der Lösung einverstanden. Wären Sie nur Ärztin, dann hätte ich Bedenken.« Sie hob entschuldigend die Hand. »Die Mediziner sind zwar in ihrem Bereich besser befähigt als wir, ganz klar. Aber Krankenpflege oder Altenpflege kann man deshalb nicht einfach so aus dem Ärmel schütteln. Nicht umsonst lernen wir das drei Jahre lang, es sind nun mal zwei verschiedene Berufe. Man kann ja auch nicht zu einem Schornsteinfeger sagen, er soll das Dach decken, er sei ja sowieso immer da oben.«

Sophie musste über den Vergleich lachen, aber sie stimmte der Krankenschwester zu, sie hatte es ja selbst erlebt, als sie die »Seiten gewechselt« hatte und feststellen musste, wie wenig Fäden oft zwischen den beiden Bereichen »gewebt« wurden.

»Wenn ich irgendetwas Beunruhigendes bemerken würde, rufe ich Sie auf jeden Fall an«, versicherte Sophie ihr.

»Gut, dann nehme ich das Angebot gerne an. Zwei meiner Kolleginnen sind in Urlaub und eine ist krank. Wir sind über jede Hilfe froh.«

Frau Hag strich Sophie dankbar über den Arm. Eine Geste, die Sophie anrührte, die Hand mit der dünnen faltigen Haut auf ihrer festen, leicht gebräunten. Eines Tages werden meine Hände auch so aussehen, dachte sie, und ich werde ein Leben hinter mir haben, auf das ich hoffentlich mit Frieden zurückblicken kann. Auch wenn im Moment meine Zukunft noch ganz unsicher ist.

Als hätte Frau Hag ihre Gedanken geahnt oder sie ihrem Gesicht angesehen, sagte sie: »Mein Leben ist nicht immer geradlinig verlaufen, und meine Wünsche sind nicht alle erfüllt worden, vor allem einer nicht ...« Sie hielt kurz inne und fuhr dann fort: »Und trotzdem, es ist gut gewesen, und ich bin für jeden Tag dankbar. Und das ist bei einundachtzig Jahren nicht selbstverständlich. Aber immer findet sich jemand, der einem hilft. Jetzt habe ich zwei Wochen lang eine Ärztin im Haus, so ein Luxus!«

Sophie und die Krankenschwester sahen sich lächelnd an. Diese Frau musste man einfach gern haben, da waren sie sich beide einig.

Als Sophie die Krankenschwester nach draußen begleitete, sagte diese: »Frau Hag ging es im vergangenen Winter ziemlich schlecht. Sie konnte kaum gehen, aber sie hat nie gejammert und sich immer bemüht, allein zurechtzukommen. Jetzt ist es wieder besser. Die warme Jahreszeit tut ihr gut. Und über die zwei Wochen, in denen sie nun nicht allein ist, freut sie sich ganz offensichtlich. Ich denke, sie hat schon Sorge, wie lange sie noch in ihrem Haus bleiben kann. Sie hat keine Verwandten, und ich weiß nicht, ob es noch einen Winter gut geht. Schauen Sie immer mal wieder zu ihr rein, wie sie klarkommt, ob sie noch alles im Griff hat oder ob es nicht mehr zu verantworten ist, sie allein hier wohnen zu lassen. Ich habe manchmal Angst, wenn ich morgens komme, dass sie vielleicht gestürzt ist und nicht mehr hochkommt.«

»Ich werde mich um sie kümmern«, versprach Sophie. »Meine Oma war genau so. Sie wollte selbständig bleiben bis zum Umfallen, und wenn sie zwei Stunden gebraucht hat, um ihr bisschen Geschirr zu spülen. ›Ausruhen kann ich mich im Grab‹, hat sie immer gesagt.«

Sie stand noch eine Weile in der Tür, als die Schwester gegangen war, und sah den schmalen Weg entlang, der zur Hauptstraße führte, die von hohen Bäumen und Gebüsch verdeckt wurde. Das Haus von Frau Hag lag zum Glück ziemlich entfernt von der Straße und war das letzte abseits des Weges zum kleinen Jasmunder Bodden. Dahin floss auch ein Bach, den Mona am Tag zuvor schon entdeckt hatte. Sophie ging ein kleines Stück an ihm entlang, kehrte aber bald wieder um. Bis zum Jasmunder Bodden waren es zwei Kilometer, und sie wollte ja noch einkaufen.

Frau Hag saß noch am Tisch, als Sophie zurück in die Küche kam. Sie hatte sich einen Malzkaffee gemacht und aß ein Toastbrot und wirkte jetzt wesentlich munterer als noch vor einer halben Stunde.

»Kann ich Ihnen etwas aus Bergen mitbringen?«, fragte Sophie und setzte sich zu ihr.

»Ja, das wäre nett. Ich habe hier einen kleinen Zettel. Können Sie das lesen? Wir haben früher nur Sütterlin-Schrift gelernt, und ich kann mich immer noch nicht recht an die neue gewöhnen.«

»Ich muss zwar immer etwas langsam buchstabieren, aber ich habe diese Schrift oft bei meiner Großmutter gesehen und geübt«, erwiderte Sophie.

»Wie gut, dass Sie hier sind, Frau Doktor«, sagte Frau Hag.

»Ich denke, diese vornehme Anrede lassen wir mal. Sie können mich gerne Sophie nennen. Mein ehemaliger Chef Dr. Winterkorn hat es auch so gemacht, mit Betonung auf dem IE. Nur wenn er ärgerlich war, hat er meinen Namen auf dem O betont, da wusste ich dann schon, was kommt.«

»Ich glaube nicht, dass ich jemals ärgerlich auf Sie sein werde«, meinte Frau Hag und tunkte ihren Toast in den Kaffee.

# 8

An diesem ersten Urlaubsabend malte Mona mit viel Fleiß ein Bild von dem, was sie am Tag alles entdeckt hatte. Sie war schon jetzt voll und ganz zufrieden mit dem Ort, denn sie hatte Lena, die Tochter der Familie mit den Ponys, kennengelernt. Lena war genauso alt wie sie. Und sie hatte mit ihr ausgemacht, jeden Tag zu kommen. Das Mädchen war froh, eine gleichaltrige Freundin gefunden zu haben. Sie war die Einzige hier im Kindergartenalter. Wegen der Ferien war der Kindergarten geschlossen und niemand zum Spielen da. Auch hatte sich für die nächsten zwei Wochen keine andere Urlauberfamilie angesagt.

Lenas Mutter war gleich am Vormittag mit ihrer Tochter zu Sophie herübergekommen. Sie war eine rundliche Frau mit freundlichen Augen, eine echte Rüganerin, wie sie erklärte. So durften sich nur die Einwohner nennen, die hier geboren und aufgewachsen waren.

»Sie können Ihre Tochter gern zu uns schicken, wenn Sie einmal allein etwas unternehmen wollen«, sagte sie. »Lena ist froh über Gesellschaft, und die Pferde sind Kinder gewöhnt und sehr geduldig.«

Sophie nahm das Angebot erfreut an und kaufte zwei Stunden in aller Ruhe in Bergen ein. Vom kleinen gemütlichen Laden bis zum Supermarkt gab es Einkaufsmöglichkeiten. Die paar Kilometer konnte man gut mit dem Fahrrad bewältigen. Bei Frau Hag hatte eins im Keller gestanden, das Sophie auch gleich benutzte.

Am Nachmittag war Lena dann mit Mona durchs ganze Dorf gegangen und hatte ihr all die Plätze gezeigt, wo man gut spielen konnte. Zum Beispiel am Karower Bach oder an einer versteckten Stelle, wo eine alte Scheune stand, in der man ins Heu hüpfen konnte.

Sophie verbrachte noch ein paar ruhige Stunden im Garten, unterhielt sich mit Frau Hag und genoss die angenehme Kühle unter der hohen Weide. Es war still hier und windgeschützt. In der Heide auf den Hügeln hinter dem Garten raschelten ein paar Amseln, und ganz hoch oben am Himmel flogen zwei Möwen vorbei. Sie war froh, dass sie nicht in einem der überlaufenen Badeorte eine Wohnung gebucht hatte. Obendrein konnte man hier um einiges billiger wohnen.

Am Abend sah Sophie sich die Wanderkarte von Rügen an und beschloss, am nächsten Morgen mit dem Bus nach Binz zu fahren, auch wenn am Sonntag sicher viele andere auf dieselbe Idee kamen. Man könnte sich den Strand anschauen, das Meer und die Sonne genießen und gegen Nachmittag wieder zu Hause sein. Danach wollte Mona sicher zu ihrer neuen Freundin, und sie selbst würde sich im Garten von Frau Hag nützlich machen. Vielleicht das Gras um die Weide mähen, damit sich Frau Hag nicht in den hohen Halmen verfing, oder zwischen den Blumen Unkraut jäten. Sonnenhut, Phlox und Herbstaster wieder Luft und Licht zu verschaffen, dazu bekam sie richtige Lust. Es würde sie an Dr. Winterkorn erinnern, der ihr immer alle Pflanzen in seinem Garten, auf den er so stolz war, gezeigt hatte. Und so ganz nebenbei hatte sie gelernt, wie sie hießen und wie man sie pflegen musste.

Für Mona konnte man in Binz auch sicher den ersehnten Ball erstehen. In Karow gab es keine Läden, eigentlich gar nichts außer der Kunstscheune, in der man sich die Bilder der aktuellen Maler anschauen konnte. Und dann war da noch das Gasthaus Käfer. Immerhin eine Möglichkeit, sich ab und zu dort ein Eis zu gönnen. Doch die Unterkunft hier war so gemütlich, dass Sophie nichts vermisste. Sie brauchte jetzt viel Ruhe zum Nachdenken, sie musste sich über ihr weiteres Leben im Klaren werden. Und ein ganz einfacher kleiner Ort auf Rügen ohne Touristen eignete sich dazu viel besser als eine Strandpromenade mit unzähligen Läden, die einen zum Kaufen animieren wollten. Sie würde die Badeorte am Meer natürlich gern besuchen, aber abends immer wieder aufatmend in ihre kleine bescheidene Wohnung unterm Reetdach zurückkehren.

Dass es tatsächlich noch sehr viele Urlauber auf der Insel gab, stellte Sophie am nächsten Tag fest. Der Bus, in den sie und Mona am Vormittag stiegen, war bereits so voll, dass sie stehen mussten. Natürlich, an diesem wolkenlosen Spätsommersonntag wollten viele noch einmal den Strand genießen. Vielleicht hätten sie doch erst am Montag fahren sollen. Aber nun waren sie unterwegs.

In Binz gab es dann ziemlich viel zu sehen. Sophie staunte, dass ein Ort, der so viel erlebt hatte, heute wie eine frisch gebackene Torte mit vielen liebevollen Verzierungen wirkte. Das Seebad hatte, Ende des neunzehnten und Anfang des zwanzigsten Jahrhunderts mit viel Prunk entstanden, nach dem Zweiten Weltkrieg eine Zeit der Vernachlässigung erlebt. Kurhaus, Hotels, Promenade und viele vornehme Villen im Bäderstil wurden vom Freien Demokratischen Gewerkschaftsbund vereinnahmt, der hier die Urlauber der DDR unterbrachte und wenig Sinn für hübschen Firlefanz hatte. Zudem waren auch hier 1953 bei der Aktion Rose viele private Besitzer enteignet und verhaftet worden. Und es waren sogar Plattenbauten errichtet worden. Aber das ist vielleicht gar nicht so schlecht, dachte Sophie, dann wird diese Zeit nicht so schnell wieder vergessen. Später, nach der Wende und durch die Rückübertragungen der Gebäude, wurden die großen Villen der sogenannten Bäderarchitektur rechts und links der Hauptstraße und an der Strandpromenade saniert und renoviert. Und Binz war im alten Glanz wiederaufgeblüht.

»Mama, wo ist der Strand?«, unterbrach Mona Sophies Gedanken. »Wir wollen doch ans Wasser, und ich möchte Muscheln suchen und eine Burg bauen.« Und so war Sophie wieder in der Realität angelangt und nahm den kürzesten Weg Richtung Meer.

Am Strand wimmelte es von Menschen und Strandkörben. Das Kurhaus mit seinen vielen Türmen und Giebeln in leuchtendem Weiß und mit ziegelrotem Dach thronte oberhalb der Dünen. Und auf der Seebrücke promenierten die Urlauber in Scharen.

»Das gefällt mir hier nicht so gut«, meinte Sophie zu Mona. »Komm, wir gehen ein Stück am Wasser entlang bis zum Fischerstrand. Dort hinten, wo die Bucht und die hohen Buchenwälder zu sehen sind, stehen nur noch wenige Häuser. Da können wir uns einen schönen freien Platz suchen.«

Mona rannte barfuß abwechselnd durchs flache Wasser und den Sand. Als sie am Fischerstrand angekommen waren, fanden sie dort noch viel freien Platz und ungehinderte Sicht aufs Meer. Sophie saß im feinen Sand und genoss die Weite des blauen Himmels über sich und dass Mona sich selbst beschäftigte. Steine, Wasser, Sand und ein paar Holzstücke, mehr brauchte ein Kind nicht, um stundenlang zu spielen und sich Geschichten auszudenken.

Nach einer Weile ging Sophie noch ein Stück Richtung Schanzenberg, einem Aussichtspunkt in der Ferne. Der Strand wurde schmaler, und die Hügel mit dem dunklen Buchenwald kamen näher. Hier begann ein Naturschutzgebiet, und Sophie kehrte wieder um.

Irgendwo noch einige Kilometer weiter musste es einen Hochuferweg bis nach Sellin geben. Vielleicht konnte sie den in den nächsten Tagen einmal mit Mona entlanggehen.

Am Nachmittag hatte Sophie genug Sonne getankt. Und ihre Nase hatte sich etwas gerötet, und auch auf den Schultern entdeckte Mona, die ihre Mutter genau musterte, einen leichten Sonnenbrand. Aber das war alles kein Weltuntergang, das gehörte zum Urlaub dazu. Mona war einfach braun geworden, honigbraun, wie Sophie mit Bewunderung feststellte. Was hatte dieses Kind für ein Glück!

# 9

In den nächsten Tagen zeigte sich der Himmel bedeckt, es regnete auch ein bisschen. Und so machten Sophie und Mona ihre Ausflüge mehr ins Innere der Insel, zu einigen Sehenswürdigkeiten um Bergen herum. Hinter der Marienkirche gab es einen Klosterhof, wunderbar angelegt mit viel Grün. Hier konnte man auch einigen Künstlern beim Arbeiten zusehen. Keramikfiguren, Kerzen, Liköre, Marmeladen, Holzfiguren, all das konnte man bewundern oder auch kaufen.

An einem anderen Tag fuhren sie nach Ralswiek zur Bühne der Störtebeker-Festspiele. Man durfte die ganze Anlage besichtigen, und zudem gab es eine Greifvogelschau mit Adlern, Falken und Bussarden, von denen Mona ganz begeistert war. Die Festspiele selbst wollte sich Sophie eigentlich nicht unbedingt ansehen, sie waren für die nächsten Tage auch schon ausverkauft.

Auf Rügen gab es wirklich viel Interessantes zu sehen, und Sophie hatte in den ersten Tagen Mühe, sich zu entscheiden, wohin man fahren sollte. Aber dann an einem ruhigen Abend, als Mona bereits im Bett lag, legte sie den Reiseführer beiseite und beschloss, ihren Urlaub ruhiger anzugehen. Sie hätte gern jemanden gekannt, der ihr so eine Art Geheimtipp geben könnte für Plätze, an die man als normaler Tourist nicht hinkam. Einsame, verwunschene Gegenden, wo vielleicht besondere Pflanzen wuchsen oder wo man eine einzigartige Aussicht hatte. Frau Hag konnte ihr da nicht helfen, sie wohnte zwar schon seit ihrer Kindheit in Karow. Aber für sie war die Umgebung so selbstverständlich, dass sie nur den Kopf schüttelte, wenn Sophie nach versteckten landschaftlichen Kleinodien fragte.

An den ersten Tagen ihres Urlaubs wurde es schnell zu einer schönen Gewohnheit, dass Sophie und Mona, wenn sie von einem Ausflug zurückkamen, noch bei ihrer Wirtin in der Küche saßen und ihr erzählten, was sie unternommen hatten. Mona allerdings stand dann bald wieder auf. Lena wartete, die Ponys und die Hasen freuten sich auf sie, und sie musste unbedingt die Karotten mitnehmen, die Sophie eigentlich für den nächsten Tag zum Mittagessen eingeplant hatte.

Frau Hag ging es deutlich besser. Sie meinte, sie hätte es noch nie so gut gehabt wie jetzt, wo Sophie für sie einkaufen ging, die Treppe wischte oder die Wäsche aufhängte und sie einfach nicht allein sein musste.

Und Sophie hatte keine Probleme damit, diese freundliche Frau ein wenig zu betreuen, solange sie hier wohnte. Katharina Hag war ihr schon richtig ans Herz gewachsen. Sie überlegte, wie man die Sozialstation mehr einbinden könne, als nur einmal morgens kurz zum Spritzen. Sie wollte mit der Krankenschwester darüber sprechen, wenn sie wieder vorbeikam. Ihrer Meinung nach brauchte die Frau mehr Hilfe und Unterstützung, vor allem im Winter. Sie dachte immer wieder darüber nach. Damals, als ihre Oma auch so hinfällig wurde, hatte sich Sophie um sie gekümmert, aber Katharina hatte niemanden. Und das machte ihr Sorgen.

An einem der nächsten Tage fuhr ein dunkelroter Kombi an Frau Hags Haus vor, als Sophie gerade mit einer vollbeladenen Tasche vom Einkaufen zurückkehrte. Ein etwas untersetzter junger Mann, kaum größer als Sophie, stieg aus. Er trug einen dunklen Anzug und ein weißes Hemd. Mit Schwung holte er eine dicke schwarze Tasche aus dem Gepäckraum des Wagens und schritt dann zielstrebig zu Frau Hags Haustür. Ein Vertreter, der der alten Frau etwas andrehen wollte? Da war es wohl besser, wenn sie ihm auf die Finger schaute.

Sophie rannte die letzten Meter, um ihn einzuholen, und stellte sich ihm dann in den Weg. »Was wollen Sie von Frau Hag?«, fragte sie mit gerunzelter Stirn.

Er sah sie erstaunt an, dann kam ein belustigtes Funkeln in seine Augen. »Ihr etwas verkaufen«, antwortete er.

Sie hatte es geahnt. »Und was, wenn ich fragen darf?«

Er legte den Kopf schief und lächelte sie an. »Etwas für ihre Gesundheit«, erwiderte er.

Aha, hatte sie doch richtig geraten! Bestimmt hatte er völlig überteuerte Mittelchen gegen Vergesslichkeit oder Gelenkschmerzen oder sonstige Beschwerden in seinem Koffer, die er den alten Menschen aufschwatzte. Sophie straffte die Schultern. »Ich bin Dr. Sophie Hesekiel«, sagte sie herausfordernd. »Versuchen Sie nicht, die alte Frau übers Ohr zu hauen. Ich werde dabeibleiben, wenn Sie Ihre Sachen anpreisen, und ich glaube nicht, dass Sie hier eine Menge Geld machen können. Am besten wäre es, wenn Sie gleich wieder gehen würden.«

Er überlegte einen Moment. »Ich glaube nicht, dass das Frau Hag recht wäre. Das, was ich abliefern will, ist nämlich schon bezahlt.«

»Sie haben sie bereits überredet, etwas zu bestellen?«, fragte sie zornig nach.

»Ich nicht, ich liefere nur ab«, gab er zurück.

»Gut, kommen Sie herein. Aber wenn all das, was Sie da in Ihrem Koffer haben, wertloses Zeug ist, können Sie es gleich wieder mitnehmen!«

Er lachte wieder, der freche Kerl. »In Ordnung, Frau Doktor«, meinte er und knallte die Hacken zusammen.

Sophie sah ihn mit einem vernichtenden Blick an, dann drehte sie sich um und ging ins Haus. Er kam hinter ihr her ins Wohnzimmer, wo Frau Hag saß.

»Gut, dass ich gerade gekommen bin«, sagte Sophie zu ihr. »Ich kenne diese Mittelchen mit irgendwelchen Vitaminen, die alle Super oder Ultra heißen und die kein Mensch braucht und nur superteuer sind. Sie versprechen jedem, sich wieder bewegen zu können, wie frisch geölt, oder einen vor Vergesslichkeit zu schützen und die ewige Jugend zu bringen. Wenn dieser Herr hier Ihnen irgendetwas davon andrehen will, dann werde ich das verhindern!«

Frau Hag blickte von ihrer Tasse Kaffee auf, sah den Mann und Sophie an, und die Lachfältchen in ihrem Gesicht vertieften sich. »Sophie«, erklärte sie dann, »dieser Herr ist mein Masseur, und er kommt zweimal in der Woche zur Lymphdrainage, die mir guttut. Und er hat mir noch nie etwas aufgeschwatzt. Aber trotzdem, vielen Dank, dass Sie so über mein Wohl wachen.«

Sophie erstarrte, dann sank sie peinlich berührt auf einen Stuhl und hielt sich die Hände vors Gesicht. »Sie sehen nicht aus wie ein Masseur«, rechtfertigte sie sich. »Seit wann tragen Masseure denn dunkle Anzüge und Hosen mit Bügelfalten?«

»Eigentlich nie, aber ich war auf einer Beerdigung und hatte keine Zeit mehr, nach Hause zu fahren und mich umzuziehen. Übrigens sehen Sie auch nicht aus wie eine Frau Doktor, mit dem langen Flatterrock, den netten Löckchen in der Stirn und dem schönen dicken Zopf. Aber Sie gefallen mir.«

»Danke«, meinte Sophie frostig, »warum haben Sie nicht gleich gesagt, dass Sie der Masseur von Frau Hag sind?«

»Es war zu verlockend, Sie ein bisschen an der Nase herumzuführen«, antwortete er mit funkelnden Augen. Inzwischen hatte er die Binden von den Beinen seiner Patientin abgewickelt und fuhr nun vorsichtig mit den Händen über die Schwellungen am Unterschenkel. »Ich glaube, das Wasser in Ihren Beinen wird schon weniger«, stellte er fest. »Legen Sie sich aufs Sofa, dann kann ich gleich anfangen.«

»Nehmen Sie es ihm nicht übel«, wandte sich Frau Hag an Sophie, die immer noch erbost auf ihrem Stuhl saß. »Er ist wirklich ein netter Kerl. Normalerweise hat er immer eine Sporthose und ein Shirt an und ist nicht so geschniegelt wie heute.«

Sophie holte tief Luft. Sie sah ihm zu, wie er fachkundig über Frau Hags Beine strich. »Eigentlich müssten Sie das irgendwie wiedergutmachen, dass Sie mich so haben auflaufen lassen und dazu noch Ihre Freude daran hatten«, meinte sie schließlich vorwurfsvoll.

»Mach ich«, erwiderte er. »Fahren Sie morgen mit mir an den Strand von Prora? Ich verspreche Ihnen ein unvergessliches Erlebnis mit dem überall bekannten und beliebten Herrn Julian Baum, Physiotherapeut aus Bergen, achtunddreißig Jahre alt und sein eigener Chef.«

Jetzt musste Sophie doch lachen. »Ich hatte tatsächlich vor, morgen mit dem Bus nach Prora zu fahren. Aber wenn Sie mich im Auto mitnehmen, habe ich nichts dagegen. Wäre es Ihnen um neun Uhr recht?«

»Ich werde da sein«, versprach er und lächelte sie an.

So schnell kommt man zu einem Date, dachte Sophie belustigt, als Mona schon im Bett lag und sie sich noch einmal diese Begegnung durch den Kopf gehen ließ. Draußen dämmerte ein warmer Augustabend heran. In den Bäumen um das Haus sang eine Amsel, die Luft, die durch das offene Fenster wehte, roch nach trockener Dünenheide und Erde. Und am Horizont stand ein noch blasser Mond, der im Laufe der Nacht eine leuchtende Halbkugel würde.

Jetzt bin ich gerade mal eine Woche hier, überlegte sie, und ich fange bereits an, meine Probleme zu vergessen. Und Leonardo auch ein wenig, wenigstens vorübergehend. Ich habe mich mit einem jungen Mann verabredet, was ich eigentlich noch gar nicht wollte. Macht das die Insel? Aber es ist schon in Ordnung. Im Moment kann ich sowieso nichts planen, erst wenn ich wieder zu Hause bin. Und Urlaub ist Urlaub, Auszeit, voll und ganz. Also warum nicht mit einem netten Physiotherapeuten nach Prora fahren?

Sie hatte ihm Mona verschwiegen, weil sie ihm eine Retourkutsche verpassen wollte. Er hatte sie an der Nase herumgeführt, und nun würde er morgen feststellen müssen, dass eine lebhafte, fünfjährige Anstandsdame mit zum Strand fuhr. Sehr gut, so leicht sollte es schließlich kein Mann bei ihr haben.

## 10

Am nächsten Morgen spritzte sie Frau Hag Insulin und half ihr noch, die Küche aufzuräumen. Dabei erzählte diese, dass Julian schon seit einem halben Jahr regelmäßig zu ihr komme und sie sich immer auf seinen Besuch freue. Er sei nie schlecht gelaunt und bringe viel Sonnenschein mit, auch wenn es draußen regnete. Er und die Schwester der Pflegestation seien die einzigen regelmäßigen Besucher, aber sie lebe schon so lange allein, dass sie gut zurechtkomme. Das klang ein bisschen nach Verteidigung, um Sophie zu beruhigen. Frau Hag hatte ihr vor Tagen einmal gesagt, dass sie große Angst davor habe, in ein Heim zu müssen. Sophie konnte das gut verstehen. Auch ihre Oma hatte immer gesagt, sie wolle zu Hause sterben, mit dem Blick aus ihrem Fenster auf die alten hohen Schwarzwaldtannen. Und ihr Wunsch war dann auch in Erfüllung gegangen.

Julian hielt pünktlich mit seinem Kombi um neun Uhr vor dem Haus. Diesmal trug er tatsächlich eine Sporthose und ein Poloshirt. Er sah darin jünger aus. Seine dicken braunen Haare fielen ihm in die Stirn. Und er war bestens gelaunt. Und auch noch, als Mona an der Hand von Sophie aus dem Haus gehüpft kam.

»Wo haben Sie denn diese junge Dame gekauft?«, fragte er.

Mona lachte. »Ich bin doch nicht gekauft«, beschwerte sie sich. »Das ist meine Mama, die hat mich schon immer.«

»Da haben aber die Gene des Papas ganz schön die Oberhand gehabt«, meinte Julian. »Du bist ein richtiges Kontrastprogramm zu deiner hellen, zarten Mutter, junge Dame. Ihr zwei seid ein interessantes Paar.«

Sophie legte ihren Rucksack auf den Rücksitz des Wagens und schnallte Mona fest, dann setzte sie sich nach vorn neben Julian. »Zum Glück«, sagte sie und hob den Kopf, »sind Menschen unterschiedlich, sonst wäre das Leben doch langweilig, oder?«

»Halten Sie mich für langweilig?«, wollte er wissen.

Sie sah ihn von der Seite an, aber dann musste sie lachen, als sie seine unbehagliche Miene sah. War er wirklich besorgt oder spielte er ihr etwas vor? »Ich kenne Sie ja noch gar nicht«, erwiderte sie besänftigend.

»Das sollten wir schnell ändern«, meinte er und ließ den Motor an.

Sophie schwieg, sie hatte ganz gewiss nicht vor, sich hier einen Urlaubsflirt anzulachen, und das würde er hoffentlich bald merken. Sie freute sich über eine nette Begleitung, aber mehr hatte sie nicht im Sinn. Sie würde heute betont sachlich bleiben, damit ihm klar wurde, dass bei ihr nichts zu holen war. Doch dann merkte sie, dass sie das gar nicht nötig hatte, denn Julian fing an von Prora zu erzählen, und das hatte nichts mit einem Flirt zu tun.

»Prora hat eine Nazi-Vergangenheit«, erklärte Julian, während sie durch die weite Landschaft der Insel fuhren. »In den dreißiger Jahren wurde dort ein riesiger Gebäudekomplex hingestellt. Dort sollte getreu dem Motto Kraft durch Freude Urlaub gemacht werden. Vielleicht sollten dort auch viele kleine blonde Wunschkinder entstehen, ich weiß nicht. Stellen Sie sich eine viereinhalb Kilometer lange Betonklotzreihe vor, hundertfünfzig Meter vom Meer entfernt, fünf Stockwerke hoch, mit regelmäßigen Querbauten zur Landseite. Überall gleiche Fenster, gleiche Türen, gleiche Zimmer, gleiche Ausstattung, gleiche Aussicht. Darin zwanzigtausend, wahrscheinlich ausgesuchte Urlauber, kein unerlaubtes Kontrastprogramm. Dann kam der Krieg, und nachdem er verloren war, kamen die Sowjets. Die ließen einige der riesigen Häuser sprengen oder verfallen, nur wenige der Gebäude haben sie militärisch genutzt.«

Sophie blickte ihn an, sein Gesicht war ganz ernst. »Und das macht Sie jetzt noch wütend«, stellte sie fest, »diese Verschandelung der Landschaft.«

»Ein großer Teil dieses ganzen hässlichen Wahnsinns steht ja noch. Allerdings sind inzwischen ein Kiefernwald und Gebüsch um die Anlage gewachsen, sie ragt nicht mehr so nackt in die Gegend. Aber trotzdem, man hätte alles abreißen sollen. Unsere schöne Prorer Wiek, wie viele nette, mit Stroh gedeckte Ferienhäuser hätte man da bauen können. Sie werden es sehen, wenn wir da sind. Das Ganze zieht sich immer noch kilometerweit am Meer entlang.«

»Und warum müssen wir dann unbedingt dahin. Wir könnten doch auch Sellin besuchen, da ist es bestimmt viel schöner.«

»In Prora bin ich geboren und aufgewachsen«, sagte Julian. »Und ich möchte meine Eltern besuchen. Außerdem, der Strand da ist wunderschön, nicht so überlaufen wie in Sellin, mit feinstem weißen Sand, und kostet keine Kurtaxe!«

»Ja, das ist ein Argument«, stimmte Sophie zu. »Aber

was ist nach der Wende mit dem Riesenbau geschehen? Hat sich niemand dafür interessiert?«

»Die Bundeswehr war zwei Jahre drin. Jetzt ist ein Teil renoviert worden und eine Jugendherberge darin untergebracht, die meist ausgebucht ist. Immerhin etwas Positives. Einzelne Blöcke wurden verkauft, und ein paar Leute sind damit reich geworden. Eigentumswohnungen sind geplant und Ferienwohnungen. Trotzdem, ich bin immer noch der Meinung, dass man das Ganze abreißen sollte!«

Das konnte Sophie verstehen. Wenn man hier aufgewachsen war und so einen Klotz in einem kleinen Sechshundert-Seelen-Ort immer vor Augen hatte, mit so einer Vergangenheit, das war nicht erfreulich.

»Dort hinten, das ist die Prora, die lange bewaldete Hügelkette«, erklärte Julian mit Stolz in der Stimme nach einer Weile. »Sechzig Meter hoch ist der Schanzenberg, und da links sehen Sie die Heide. Das ist alles unser Paradies.«

Sophie lachte leise. »Sechzig Meter ist schon gewaltig hoch«, meinte sie.

Er sah sie kurz von der Seite an. »Das klang aber ein wenig überheblich«, stellte er fest. »Woher kommen Sie?«

»Aus der Gegend um Bremen, und ich gebe zu, da gibt es auch nichts Höheres. Aber aufgewachsen bin ich im Südschwarzwald, der Feldberg. Ist das ein Begriff?«

»Wie hoch?«, wollte er wissen.

»Tausendvierhundertdreiundneunzig Meter!«, antwortete Sophie.

»Uff«, mehr brachte er vor Bewunderung nicht heraus.

Und dann waren sie auch schon da, und er ließ die beiden aussteigen. Am Mittag wollte er ebenfalls zum Strand kommen.

## 11

Prora war ein netter kleiner Ort mit viel Grün, und am Strand war von dem »Klotz« nichts zu sehen. Eine es gut meinende Düne mit Wäldchen verbarg die Sicht darauf.

Mona fing sofort an, eine Sandburg zu bauen. Tatsächlich war der Sand hier besonders fein, und Sophie setzte sich auf ein Handtuch und schaute aufs Meer, das in kleinen Wellen an den Strand plätscherte.

An diesem Tag wehte ein leichter, kühler Wind, und am Himmel zogen weiße Wolken entlang, die immer wieder Schatten warfen. Vielleicht waren deshalb nicht so viele Leute unterwegs wie vor ein paar Tagen in Binz. Hauptsächlich Familien mit Kindern waren am Strand. Und Mona fand bald eine Freundin, mit der sie zusammen bunte Steine suchte, um ihre Burg zu verschönern.

Sophie cremte sich dieses Mal besonders gut ein. Sie freute sich darauf, später ausgiebig schwimmen zu gehen, obwohl das Wasser nicht unbedingt Badewannenwärme hatte. Mona konnte sie dann getrost mit ihrer Strandfreundin an Land lassen, die dazugehörige Mutter war gern bereit, mit auf sie aufzupassen.

Auch einen leichten Strohhut, den sie sich vor zwei Tagen gekauft hatte, setzte sie sich auf und steckte den Zopf darunter fest. Sie trug einen dunkelblauen sportlichen Badeanzug, denn im Wasser musste sie sicher sein, dass nichts verrutschte. Sie wollte nicht nur gemächlich schwimmen, sondern auch tauchen, kraulen und sich einmal so richtig austoben. Sie wollte das Meer genießen, ohne Sorge um Mona, die nicht gern allein am Strand zurückblieb. Wasser war für sie ein wunderbares Element. Man fühlte sich von allen Seiten gestreichelt und leicht, konnte sich auf den Rücken legen und in den Himmel schauen, das Salzwasser trug einen.

Und genau das machte sie dann, als Mona und ihre neue Freundin Karin in ihrer Burg saßen und Pommes mit Ketchup verzehrten. Die Mutter von Karin winkte Sophie freundlich zu. »Lassen Sie sich ruhig Zeit«, rief sie, »ich habe hier alles im Griff!«

Im ersten Moment schauderte Sophie ein wenig, als sie ins Wasser lief. Aber das verging schnell, wenn man sich so richtig warm schwimmen konnte. Irgendwie fühlte sich das Meerwasser an, als würde es ein wenig prickeln. Ein paar kleinere Wellen überschlugen sich, und Sophie tauchte unter dem Schaum hindurch, dann wieder ließ sie sich von einigen lang gezogenen Wogen auf und ab wiegen. Hier gab es keine Ebbe und Flut so wie an der Nordsee, wo man nur zu bestimmten Zeiten ins Wasser durfte.

Erst als Sophie müde wurde, schwamm sie zurück und watete zum Strand. Sie rubbelte sich mit dem Handtuch trocken und legte sich in die Sonne, die sich nun doch gegen die Wolken durchgesetzt hatte.

Dieser Tag ist ein rundum perfekter Urlaubstag, stellte Sophie fest. Und als dann Julian kam und sich mit ihr noch einmal ins Wasser stürzte, war sie so glücklich wie schon lange nicht mehr. Er war genauso ein guter Schwimmer wie sie. So gehörte es sich auch für einen Physiotherapeuten. Er kraulte durchs Wasser, dass es nur so spritzte, tauchte unter, kam wieder hoch, prustete und lachte Sophie an. Aber er kam ihr nicht zu nahe, und darüber war sie froh. Freundschaft ja, aber nicht mehr, jedenfalls nicht heute.

Als es bereits auf den Nachmittag zuging, machten alle drei noch einen Spaziergang Richtung Binz, das ungefähr fünf Kilometer entfernt von Prora lag. Und Sophie war nur schwer zu bewegen, wieder umzukehren. Aber dann erzählte ihr Julian, dass gleich der FKK-Strand käme, und da blieb sie sofort stehen.

Julian lachte leise. »Sie als Ärztin sind peinlich berührt vor ein wenig nackter Haut? Wie kommt denn das?«, meinte er.

»Das hat damit gar nichts zu tun«, gab sie schroff zurück. »Ich mag es nun mal nicht, und damit basta!«

»In Ordnung, wir kehren um«, erwiderte er begütigend. »Sie können aber ganz schön energisch sein.«

»Warum auch nicht.« Ihre Augen funkelten. »Blond und blauäugig heißt noch lange nicht lammfrommes Schaf.«

»Das habe ich auch nicht gedacht. Das war ein Kompliment, Frau Doktor.«

»Na gut, verziehen«, sagte sie und rannte zum Wasser hinunter, bückte sich und spritzte ihn nass. Mona kam hinter ihr her und begann ihn ebenfalls zu bespritzen. Sie vollführten eine kleine fröhliche Wasserschlacht, Frauen gegen Mann, bei der sie alle drei ziemlich nass wurden.

Auf dem Rückweg zum Auto spendierte Julian noch ein Eis für jeden. Mona wollte Himbeere und Vanille, Sophie

Schokolade und er Zitrone. »Ich mag es ein wenig herber«, sagte er, schaute aber nur sein Eis an, und das hatte er auch wohl damit gemeint.

Auf dem Heimweg schwiegen alle drei. Sophie fühlte sich angenehm müde und so leicht wie schon lange nicht mehr. Leonardo kam ihr in den Sinn. Was er jetzt gerade wohl machte? Vielleicht einen Gang durch seine Weinberge, um nach den Trauben zu sehen? Sicher war es bei ihm da unten in Italien heiß, so wie er es liebte und in Bremen immer vermisst hatte. Ob er auch an mich und Mona denkt? Bestimmt, er schickte regelmäßig etwas zum Geburtstag und zu Weihnachten für beide, und auch seine Überweisungen kamen pünktlich. Aber trotzdem, die Telefonate wie am Anfang der Trennung hatten aufgehört, und auch die Briefe wurden seltener. Er wusste noch nicht, dass Sophie ihren Arbeitsplatz verloren hatte und die Winterkorns an den Gardasee gezogen waren. Er wusste nicht, wie groß Mona geworden war oder was sie im Kindergarten alles erlebte. Seine Welt lag in weiter Ferne und fing langsam an, für sie zu verschwinden. Sie kannte seine Frau nicht, die Gegend, in der er jetzt lebte, das Kind, das inzwischen auf der Welt war. Sie wusste nicht mehr, was er dachte und fühlte. Aber der Kummer war fast verschwunden, wenigstens heute. Die Zeit heilt alle Wunden hieß es, und es schien zu stimmen.

Beim Aussteigen vor dem Haus in Karow hielt Julian Sophies Hand warm und fest in seiner. »Ein schöner Tag war das heute und hoffentlich nicht der letzte.« Dann stieg er schnell wieder ein, winkte noch einmal und fuhr davon.

Ja, es war ein schöner Tag gewesen, leicht und unkompliziert. Sie hatte ihn genießen können, ohne darüber nachzudenken, ob und wie es mit Julian weitergehen würde. Sie ließ alles offen. Sollte er sich wieder bei ihr melden, würde sie sich freuen, und wenn nicht, war das auch kein Weltuntergang. Er hatte sie und Mona mitgenommen zum Meer, sie hatten viel Spaß miteinander gehabt, dafür war sie ihm dankbar. Für die nächsten Tage hatte sie schon einiges geplant. Sie wollte mit Mona mit dem Rad über Trips zum Jasmunder Bodden fahren und die blühende Heide in der Nähe besuchen. Und sie wollte in Bergen vom Marktplatz aus auf den Rugard wandern, den bewaldeten Hügel bei der Stadt, und dort die Inselrodelbahn ausprobieren. Vielleicht könnten sie sich auch einmal das Kap Arkona anschauen oder nach Sellin radeln. Dort war ein Binnensee, auf dem man Schiff fahren konnte. Es gab noch vieles, das man unternehmen konnte, auch ohne Julian.

Als Sophie die nassen Sachen in der Wohnung aufgehängt hatte und Mona bereits wieder mit ihrer Muschelsammlung zu Lena verschwunden war, ging sie nach unten, um nach Frau Hag zu sehen. Sie war nicht zur Begrüßung herausgekommen, was sie sonst immer tat. Vielleicht war sie einkaufen in Bergen, oder sie besuchte eine Nachbarin.

In der Küche war niemand, im Wohnzimmer auch nicht, aber dann hörte sie Frau Hag aus dem Schlafzimmer rufen.

Sophie öffnete die Tür und sah sie auf ihrem Bett liegen.

»Was ist passiert?«, fragte sie bestürzt.

»Ich bin froh, dass Sie da sind«, sagte Frau Hag mit Tränen in den Augen. »Ich bin gestürzt, kurz bevor ich Sie kommen hörte, hier im Schlafzimmer, und ich habe mir am Bein eine Wunde gerissen.« Sie zeigte auf ein feuchtes Tuch, das sie um den linken Unterschenkel gewickelt hatte. »Es tut nicht weh, aber es blutet, und ich kann nicht aufstehen. Könnten Sie mir eine Binde umwickeln? Das Dumme ist, dass an meinen Beinen eine Wunde so schlecht heilt. Ich bin ganz unglücklich.«

Sophie beugte sich über sie und nahm vorsichtig das Tuch weg. »Wir sollten den Arzt kommen lassen«, meinte sie. »Sie brauchen eine gute Wundsalbe und einen festen Druckverband, die Gummistrümpfe können Sie über die Wunde nicht drüberziehen. Soll ich anrufen?«

»Ach ja, wenn Sie meinen. Die Adresse liegt beim Telefon. Dr. Karl, er kennt mich gut, er wird bestimmt kommen«, erklärte sie.

Während sie auf den Arzt warteten, brachte Sophie Frau Hag eine Tasse Malzkaffee und setzte sich zu ihr ans Bett. »Schade, dass ich keinen Blutdruckmesser hier habe«, sagte sie bedauernd. »Ist Ihnen schwindelig geworden?«

»Ja, das kommt ab und zu vor. Der Doktor hat mir Tabletten verschrieben gegen zu hohen Blutdruck. Aber ich muss gestehen, dass ich sie nicht regelmäßig nehme. Ich werde schlapp davon, und das kann ich nicht gebrauchen.«

»Ist er schon älter, der Herr Doktor?«, wollte Sophie wissen.

»Anfang sechzig, im Vergleich zu mir noch blutjung«, antwortete sie lächelnd.

»Na, mit achtzig sind Sie zwar älter, aber immerhin noch ein Uhu, sagt Mona immer.«

»Ein Uhu?«, fragte Frau Hag verwundert.

»Unter hundert«, klärte Sophie sie auf.

Das brachte Frau Hag zum Lachen und lenkte sie ein wenig von ihrem Kummer ab. Und als der Arzt dann kam, war sie schon wieder ganz munter.

Er war ein beleibter Herr mit lichtem Haar, der keine unnötigen Worte machte. Er bestätigte Sophies Meinung, dass man den Gummistrumpf nicht wieder über die Wunde anziehen sollte. Dann verband er die verletzte Stelle und wickelte eine feste, breite Binde um das Bein. »Das muss nun jeden Tag frisch verbunden werden«, sagte er zu Frau Hag. »Rufen Sie die Sozialstation an, damit die Schwester kommt. Ich schaue nächste Woche wieder nach Ihnen. Und das Bein hochlegen!«

Nachdem er noch den Blutdruck gemessen hatte und sich verabschieden wollte, sagte Sophie: »Das kann ich doch übernehmen, solange ich noch da bin«.

Er blickte sie an. »Das sollte eine Fachkraft machen. Sind Sie das?«, fragte er mit gehobenen Augenbrauen, ein wenig skeptisch.

»Kollegin, Kinderärztin in einer Landpraxis«, stellte sie sich vor.

Sein Gesicht entspannte sich, es erschien sogar ein kleines Lächeln. »Sehr gut. Und Sie können richtig wickeln?«

»Ja, ich habe das oft gemacht. Ich habe nämlich auch eine Ausbildung in Krankenpflege.«

»Kinderärztin, so, so, und dann noch Pflege. Für junge und alte Patienten zuständig, da sind Sie ja ein ganz besonderes Exemplar in der Medizin. Sie sind im Urlaub hier?«

»Ja, noch eine Woche.«

Er sah sie nachdenklich an. »Nicht zufällig aus der Gegend?«, hakte er nach.

»Nein, leider, aus Bremen.«

Er seufzte. »Schade, ein Freund von mir, auch schon über sechzig und Kinderarzt, sucht seit Monaten händeringend nach jemandem, der ihm einen oder zwei Tage in der

Woche aushilft. Er mag nicht mehr jeden Tag von morgens bis abends in der Praxis sein. Und ich kann es ihm nicht verdenken. Sie würde er sofort nehmen, Sie haben Erfahrung und scheinen mir eine vernünftige Person zu sein. Vor allem im Sommer in der Urlaubszeit haben wir hier immer viel zu tun. Und die Mütter haben es gern, auch mal zu einer jungen Fachärztin zu gehen. Mein Kollege ist ein guter Arzt, aber eben auch schon so ein altes Karrenpferd wie ich.«

Sophie sah ihn an. »Ich habe bei einem älteren Kinderarzt, der noch mehr auf Intuition und Erfahrung setzt als auf Apparate, sehr viel gelernt. Ich würde gern wieder bei so einem arbeiten. Aber leider wohne ich viel zu weit weg, und ich müsste außerdem eine feste Stelle mit mindestens zwanzig Stunden in der Woche haben. Sie kennen nicht zufällig Kollegen in der Nähe von Thedinghausen, die eine Teilzeitärztin für ihre Kindersprechstunde suchen?«

Er lachte dröhnend. »Thedinghausen, noch nie gehört. Trotzdem, viel Erfolg, junge Frau, bei Ihrer Suche. Denn das wird nicht einfach werden. Urlaubsvertretungen oder Einspringer bei Krankheiten oder stundenweise in der Hauptsaison mithelfen, da könnten Sie mit Kusshand was finden. Aber eben nur auf Honorarbasis, doch eine feste Anstellung …« Er wiegte den Kopf. »Man weiß nie, ob sich das lohnt. Manchmal ist man überlastet wegen einer Grippe- oder sonst einer Krankheitswelle. Und dann wieder bleiben die Patienten weg, weil ein neuer Arzt sich niedergelassen hat, oder sie sind alle gesund. Ich selbst habe mir schon oft gewünscht, im Sommer, wenn hier Saison ist, jemanden zu haben, der mich entlastet. Aber dann wird es wieder ruhiger im Herbst, und ich komme allein zurecht.

Und dann muss ich diese Hilfe wieder wegschicken. Das kann ich ja niemandem zumuten.«

Er nahm seine Tasche und ging zur Tür. »Auf Wiedersehen, Frau Kollegin, bleiben Sie bei Frau Hag, ich finde allein hinaus«, rief er zurück. »Bis nächste Woche dann.« Dann hörte man ihn durch den Flur poltern und die Haustür klappte zu.

Sophie half Frau Hag beim Aufstehen. Sie gingen zusammen ins Wohnzimmer, und dort legte sie Frau Hags Bein auf einen weichen Hocker.

»Sie müssen jetzt nicht die ganze Zeit hierbleiben«, sagte die alte Frau. »Wenn Sie mir morgens das Bein verbinden, bevor Sie gehen, komme ich gut zurecht. Ich darf ja herumlaufen. Also machen Sie nur weiter Pläne. Und wenn Julian wiederkommt, kann er eben nur das rechte Bein massieren, dann hat er es leichter.«

Sie besprachen noch, dass Sophie einiges aus Bergen mitbringen konnte, was Frau Hag brauchte, und dann setzte sich Sophie noch eine Weile allein auf die Bank vor dem Haus. Das Gespräch mit Dr. Karl hatte sie ein wenig bedrückt. Er hielt die Aussicht, eine feste Teilzeitstelle als Kinderärztin zu bekommen, nicht für besonders gut. Das war ihr schon klar gewesen. Nur, sie wollte unbedingt eine Festanstellung. Als Vertretung oder Einspringer auf Honorarbasis zu arbeiten, das war für ihre Nerven nicht gut. Man musste flexibel sein, manchmal hatte man zu viel zu tun, manchmal zu wenig. Und Mona musste ja auch betreut werden. Außerdem bekam man dann keinen bezahlten Urlaub und keinen Arbeitgeberzuschuss zu den Sozialversicherungen, und man musste oft ums Honorar feilschen, was sie hasste. Manche Kollegen waren großzügig, andere nicht. Nein, sie wollte Sicherheit, sie wollte am Monatsende ein festes Gehalt, egal ob Grippewelle oder nicht. Und sie wollte regelmäßige Arbeitszeiten.

In dem Moment kam Mona angesprungen, die Jeans voller Grasflecken und eine Schramme an der Stirn.

»Wie siehst du denn aus?«, fragte Sophie ihre Tochter.

»Ich bin vom Pony gefallen«, erklärte sie strahlend. »Es ist galoppiert, und dann hat es vorm Zaun plötzlich angehalten.«

»Ich dachte, ihr dürft nur Schritt reiten«, meinte Sophie streng.

»Ach, das ist doch viel zu langsam. Wenn man ein bisschen mit einem Stöckchen wedelt, rennt es gleich los. Und ein guter Reiter muss öfters mal fallen, das gehört dazu.«

Sophie seufzte. Mona war groß für ihr Alter und risikofreudig. Kein Baum war ihr zu hoch. Sie sprang von der Düne hinter dem Garten mit einem Satz in die kleine Sandmulde und kickte ihren Ball übers Haus. Sie fuhr auf ihrem Fahrrad über holperige Feldwege, und wer weiß, was sie sonst noch alles anstellte, wenn Sophie nicht hinsah. Mona war kein niedliches, braves Mädchen. Und das musste sie auch nicht sein. Aber ein klein wenig vorsichtiger könnte sie sich doch bewegen, ihr zuliebe. Aber Mona sagte dann immer, dass sie doch Ärztin sei und sie locker wieder zusammenflicken könnte, wenn etwas passiert.

Zum Glück aber musste Sophie meist nur ihre Jeans und die Pullis flicken.

Sophie fuhr ihr in die kurzen dunklen Haare. »Du gehst jetzt in die Badewanne und dann ins Bett«, sagte sie streng.

»Ja, liebe Mama«, erwiderte sie, und ihre Augen blitzten.

# 12

Julian ließ sich in den nächsten zwei Tagen nicht mehr blicken und auch nichts von sich hören. Sophie schwankte zwischen Enttäuschung und Ärger über sich selbst, dass sie es erwartet hatte. Sie würde bald wieder abreisen, und dann war sowieso alles vorbei.

Am Dienstag fuhr sie mit Mona nach Bergen, und sie wanderten vom Marktplatz aus auf den Rugard, den neunzig Meter hohen Berg der Stadt, auf dem sich ein Aussichtsturm und eine siebenhundert Meter lange Sommerrodelbahn befanden. Mona war sofort begeistert, und so stiegen sie zusammen in einen der Bobs, Sophie hinten, Mona vorn. Sie wurden von einem Seil über eine Rampe hochgezogen, mussten oben ein wenig warten, bis alles frei war. Und dann ging es auch schon los, über die Schiene bergab. Der Bob hatte eine Bremse, die Sophie immer wieder benutzte. Er fuhr ziemlich schnell, und sie wollte auch etwas von der Landschaft sehen. Mona allerdings fand es herrlich, wenn es rasant um die Kurven ging.

Eigentlich ist das hier eine wunderschöne Waldwiese, dachte Sophie ein wenig missbilligend, die nun durch die Metallschienen auf den Pfosten ziemlich rücksichtslos verschandelt wurde. Hier kommt sicher kein Reh mehr heraus zum Grasen. Aber dann machte ihr die Fahrt doch Spaß, der Wind fuhr ihr ins Gesicht. Und dann kam auch schon die lange Gerade mit einigen Jumps, bei denen Mona laut aufjauchzte, und schon waren sie wieder unten. Mona wollte noch ein zweites Mal fahren, und da das Rodeln Sophie trotz allen Missfallens über die Verschandelung der schönen Waldwiese doch genossen hatte, fuhr sie noch einmal mit.

Als Nächstes wollten sie auf den Ernst-Moritz-Arndt-Aussichtsturm. Er war aus rotem Backstein mit Rundbogenfenstern und drei Aussichtsplattformen. Er passte gut in die Landschaft und war von hohen Bäumen umgeben.

»Höhe des Turms siebenundzwanzig Meter«, las sie Mona vor. »Genau so viel, wie wir gerade mit dem Bob nach unten gefahren sind. Neunundneunzig Stufen geht es bis zur obersten Glaskuppel hoch. Schaffst du das?«

»Natürlich«, versicherte Mona und begann sofort mit dem Aufstieg. Auf den ersten zwei Plattformen machten sie nur kurz halt. Von hier aus sah man nicht weiter als in die hohen Bäume. Auf der dritten konnte man schon einiges von Rügen überblicken, und dann kam die Glaskuppel mit einem Rundblick, der wirklich atemberaubend war. Fast die ganze Insel lag unter ihnen, die kleinen Dörfer, die Strandbäder, die flachen Buchten des Boddens, die Ostsee, und in der Ferne sogar Stralsund. Sophie konnte sich gar nicht sattsehen. Sie liebte Türme oder Berge mit Aussicht – man stand weit oben über den Dingen, nicht nur äußerlich, sondern auch innerlich. Alles schien um sie herum zusammengeschrumpft zu sein, auch ihre Probleme und Enttäuschungen. Zu Hause im Schwarzwald hatte sie ihren ganz eigenen Platz gehabt, den sie nach einem steilen Aufstieg hinter dem Dorf in zwanzig Minuten erreichen konnte und von dem aus sie auch weit übers Tal und über die Berge blicken konnte. An diesem Platz hatte sie sich daheim gefühlt, mit dem Blick auf das Dorf mit dem Elternhaus und dem Bäckerladen.

Sie holte tief Luft. Eine Insel mit Wäldern, Wiesen und Feldern, Dörfern und Städtchen schien ihr auf einmal so etwas wie eine neue Geborgenheit zu versprechen. Wie ein großes Nest, in dem man nie verloren ging. Das war etwas, was sie bisher nicht wiedergefunden hatte, zumindest nicht auf Dauer.

Mit Leonardo hatte sie sich gut aufgehoben gefühlt, bis er schließlich doch nach Italien zurückgegangen war. Und in Thedinghausen beim Ehepaar Winterkorn hatte sie das beruhigende Gefühl gehabt dazuzugehören, aber nun hatte sie auch diese verloren. Sie vermisste eine Familie, die ihr in schwierigen Zeiten Rückhalt geben konnte. Eltern, die erreichbar waren, Geschwister, Tanten, Omas, Opas. Immer wieder kam ihr dann der Gedanke, dass Mona auch Ähnliches erleben würde wie sie. Sie war ebenfalls ein Einzelkind, ihr Vater lebte weit weg, die Großeltern waren nicht verfügbar. Sie hatte nur ihre Mutter.

Auf jeden Fall werde ich bestimmt nicht nach Neuseeland verschwinden wie meine Mutter, dachte sie.

Mona kam um die runde Plattform zu ihr gelaufen und wollte wieder nach unten. Sie hatte von oben Kinder auf einem Spielplatz entdeckt und schlug vor, etwas zu essen und zu trinken zu holen. So ging es wieder neunundneunzig Stufen nach unten.

Sophie erstand im nahen Gasthaus Pommes und ein Wasser für Mona und für sich einen Apfelstrudel mit Vanillesoße. Dann setzte sie sich auf eine Bank im Schatten einer Buche.

Mona war zum Glück kein schüchternes Kind, fand immer schnell Anschluss. Sie hatte Ideen, was man spielen könnte, und andere Kinder machten gern mit. Mona ist schon ein kleines Alphatier, dachte Sophie kopfschüttelnd, im Gegensatz zu mir. Ich bin nicht die geborene Chefin, arbeite lieber bei netten Vorgesetzten, so wie mein Dr. Winterkorn einer war. Deswegen würde ich auch ungern ganz allein eine Praxis aufmachen, selbst wenn ich das Geld dazu hätte. Am liebsten wäre ich mit einer Kollegin zusammen im Team, wo man sich austauschen und eine der anderen weiterhelfen konnte, wenn es Schwierigkeiten gab.

Sie schloss die Augen und lehnte sich zurück. Und wie oft, wenn mutlose Gedanken sich bei ihr breitmachen wollten, verwies sie diese an ihren Platz und zählte sich alle die Dinge auf, die erfreulich waren. Und im Moment waren das die Ruhe hier auf der Bank und der Apfelstrudel und die Stimme ihrer Tochter, die gerade einen kleinen Jungen energisch anwies, den Eimer an der Kette mit Sand zu füllen, damit sie ihn hochziehen konnte.

# 13

Mitte der zweiten Woche bezog sich der Himmel, Wind kam auf, es wurde deutlich kühler, und ein Ausflug an den Strand im Regen machte keinen Spaß. Aber da war ja noch der Rasende Roland, eine alte Dampfeisenbahn, und mit der wollten Sophie und Mona unbedingt noch fahren.

Als Sophie an diesem Morgen zu Frau Hag hinunterging, um ihr das Bein zu verbinden und die Insulinspritze zu verabreichen, hörte sie ein Auto vorfahren. Und kurz darauf kam Julian herein.

»Was für ein schöner Tag, um zu arbeiten«, sagte er zu Sophie, die gerade die Tür von Frau Hags Wohnzimmer öffnen wollte. »Bei Sonne fällt es mir viel schwerer. Alles hat seine guten und weniger guten Seiten. Man muss sich nur immer die guten aussuchen.«

»Na, dann hoffe ich aber, dass es morgen nicht regnet. Ich will mit Mona eine Fahrt mit dem Rasenden Roland machen«, erzählte Sophie. Sie freute sich, Julian wiederzusehen. Und warum auch nicht?

»Schon erfüllt, dein Wunsch«, erklärte Julian.

»Aha, wir sind also schon beim Du«, stellte Sophie fest.

»Hast du etwas dagegen?«

»Nein, kein Problem«, gab Sophie zurück. »Aber wieso ist mein Wunsch schon erfüllt?«

»Ganz einfach, ich habe gerade den Wetterbericht im Auto gehört«, war Julians fröhliche Antwort.

Er öffnete die Tür und ließ Sophie den Vortritt.

»Guten Morgen«, begrüßte er Frau Hag. Dann beugte er sich zu ihr herunter und sah sich die Wunde am Bein an. »Das sieht ja schon ganz gut aus. Da kann ich ja bald wieder beide Beine massieren.«

»Aber sehr vorsichtig«, ermahnte ihn Sophie. »Es dauert bestimmt noch zwei Wochen, bis alles abgeheilt ist. Wir müssen jetzt die Krankenschwester anrufen, denn Mona und ich fahren am Sonntag nach Hause.«

»So schnell vergehen zwei Wochen«, seufzte Frau Hag und sah zu, wie Sophie die Wunde wieder verband. Dann hob sie den Kopf und sagte zu ihr: »Setzen Sie sich noch einmal, ich möchte etwas mit Ihnen besprechen. Und Julian brauche ich auch dazu, damit er mir beipflichtet.«

Sophie war erstaunt. Was hatte Frau Hag vor? Und warum musste Julian ihr Beistand leisten?

»Zwei zu eins«, meinte sie, etwas unsicher lachend. »Hoffentlich kein Streit. Hab ich was angestellt?«

»Aber nein, im Gegenteil. Ich liege nachts oft wach«, sagte Frau Hag. »Und da geht mir vieles durch den Kopf, vor allem seit diesem Sturz. Sophie, Sie sind doch allein mit Mona. Sie haben keinen Arbeitsplatz und fühlen sich wohl auf Rügen. Und ich bin genauso allein und eine alte Frau. Wollen Sie nicht ganz zu mir ziehen? Sie können oben wohnen, müssen keine Miete zahlen, und ich hätte jemanden im Haus, wenn es mir nicht gut geht.«

Sophie machte große Augen und fand zuerst einmal keine Worte.

Julian reagierte schneller. »Was für eine wunderbare

Idee!«, rief er mit leuchtenden Augen. »Frau Hag, dafür muss ich Sie jetzt einmal fest in den Arm nehmen.« Was er dann auch tat, und sie lachte kopfschüttelnd.

»Lassen Sie zuerst einmal Sophie etwas sagen«, meinte sie. »Sie will ja auch gefragt werden, nicht wahr?«

Sophie holte Luft. »Ich weiß nicht, ich muss erst mal nachdenken. Mit so einem Vorschlag habe ich überhaupt nicht gerechnet.« Sie sah zum Fenster. Regen schlug gegen die Scheiben, und der Wind peitschte die Äste der Weide.

»Das ist nicht gerade das richtige Wetter, um jemanden von Rügen zu begeistern«, bemerkte Frau Hag. »Sie müssen auch gar nicht gleich etwas dazu sagen. Denken Sie darüber nach, es hätte Vorteile für uns beide.«

Julian begann, seinen Koffer auszupacken und Frau Hags rechtes Bein leicht zu massieren.

»Soll ich die Vorteile einmal aufzählen?«, fragte er Sophie.

Sie blickte ihn an und stellte fest, dass er keinen Jux mit ihr machen wollte, sondern sein Gesicht ernst war.

»Nur zu, Herr Baum«, erwiderte sie, »was habe ich hier denn zu erwarten?«

»Als Erstes eine liebevolle Oma für Mona«, begann er, »dann eine hübsche kleine Wohnung in einem hübschen kleinen Ort …«

»Der nur aus einer Handvoll Häuser besteht und ohne Kindergarten oder Schule«, unterbrach Sophie ihn.

»Die Schule ist in Bergen, das sind vier Kilometer. Und es fährt ein Schulbus. Hier gibt es sechs oder sieben Kinder, die damit gut klarkommen«, versicherte Frau Hag.

»Du hast sicher schon festgestellt, dass Rügen eine einmalige Insel ist, mit allem, was man sich wünschen kann –

Meer und Strand, Wald und Hügel«, fuhr Julian fort, »und viel Sonne. Bestimmt lässt sich hier auch eine Arbeit für dich finden. Schlimmer als in deinem Thedinghausen kann es bei uns auch nicht sein. Bergen hat ein Krankenhaus, und die Ärzte in der Umgebung haben im Sommer viel zu tun. Wie viel musst du mindestens dazuverdienen?«

Das war eine sehr direkte Frage, und Sophie überlegte kurz, ob das jemanden etwas anging. Aber warum nicht über Geld reden? Wo man es doch täglich braucht?

»Ich bekomme für Mona Unterhalt von ihrem Vater. Ich brauche, wenn ich keine Miete zahlen muss«, sie rechnete kurz nach, »so um die vierhundert bis fünfhundert Euro zusätzlich im Monat. Hier braucht man ja zum Glück nicht so viel Geld auszugeben.«

»Mit einem oder zwei Tagen in der Woche bei einem überlasteten, älteren Kinderarzt müsste das vorerst reichen«, versicherte Julian. »Und wenn ich mich nicht täusche, gibt es da schon einen, der für dich infrage käme. Man hört so allerhand in meinem Beruf.«

»Ich möchte auf keinen Fall auf Honorarbasis arbeiten und nur auf Abruf«, warf Sophie ein. »Ich brauche Sicherheit. Lieber gehe ich dann eine Zeitlang in die Krankenpflege in der Sana-Klinik. Bei diesem Kinderarzt, von dem mir auch Dr. Karl erzählt hat, kann ich nur als Aushilfe im Sommer arbeiten. Und was soll ich dann im Winter tun?«

»Sophie«, Frau Hag legte ihr beruhigend die Hand auf den Arm, »das sind alles noch ungelegte Eier, wie man bei uns sagt. Sie müssen sich doch nicht sofort entscheiden. Denken Sie darüber nach. Aber ich möchte Ihnen noch etwas sagen, was vielleicht das Wichtigste an der ganzen Geschichte ist: Ich bin einundachtzig, und ich kann verstehen, dass Sie Sicherheit brauchen. Sie denken wahrscheinlich daran, was passiert, wenn ich sterbe und Sie dann wieder allein auf der Straße sitzen. Nun, ich kann Ihnen eins versprechen: Mein Haus wird zwar an eine Stiftung fallen, aber ich werde eine Klausel einfügen, dass Sie das ganze Haus bis fünf Jahre nach meinem Tod kostenlos weiter bewohnen dürfen. Sie können dann die obere Wohnung vermieten, so wie ich auch bisher, und mit dem Geld kleinere Reparaturen bezahlen, wenn nötig. Aber das Haus ist vor drei Jahren von einem Freund von mir, einem Architekten, auf Herz und Nieren geprüft worden, es wird nicht so schnell einfallen.«

»Ach, Frau Hag«, Sophie sah sie warm an, »Sie leben hoffentlich noch lange und glücklich hier und werden hundert.«

»Das steht nicht in meiner Macht«, sagte sie und lächelte. Und dieses Lächeln ließ ihr Gesicht jung erscheinen, trotz der vielen Falten und der grauen Haare. »Und wir sollten realistisch sein, Sophie.«

»Ja, das sollten wir«, stimmte sie zu. »Ich gehe jetzt nach oben und lasse mir diesen unerwarteten Vorschlag durch den Kopf gehen. Bei diesem Wetter kann ich sowieso nichts unternehmen. Und Mona darf sich einen Märchenfilm im Fernsehen anschauen. Ich bin noch ganz verwirrt.« Sie schüttelte den Kopf und stand langsam auf.

»Wenn morgen der Regen vorbei ist, darf ich dann mit euch zusammen mit dem Rasenden Roland fahren?«, fragte Julian. »Ich sage auch kein Wort zu deiner Entscheidung, egal wie sie ausfällt. Versprochen! Ich weiß, du wirst schon das Richtige tun.«

Sophie wandte sich um. »Natürlich, junger Mann. Mona wird sich freuen. Und ein Auto ist auch ganz praktisch.«

»Und du?«

»Ich werde dich auf dein Versprechen festnageln«, antwortete sie mit erhobenem Zeigefinger. »Und ein bisschen freue ich mich auch.« Dann verschwand sie auf die Treppe zu ihrer Wohnung.

Sophie dachte über das Angebot von Frau Hag nach. Dabei ging sie in dem kleinen Wohnzimmer auf und ab. Sie sah aus dem Fenster. Es regnete immer noch. Die Bäume glänzten vor Nässe, und die Blumen im Garten reckten sich erfreut der wohltuenden Feuchtigkeit entgegen. Sophie hatte sie von Unkraut und wucherndem Gras befreit und jeden Tag gegossen. Nun gab es wieder bunte Blüten am Zaun. Gleich hinter dem Haus gurgelte der kleine Karower Bach Richtung Bodden. Auch er war in den letzten Tagen immer dünner geworden. Mona hatte schon befürchtet, er trockne aus. Jetzt hüpfte er wieder fleißig über die Steine in seinem Bett.

Es war schön hier in Karow, auch bei Regenwetter, und ruhig. Die Hauptstraße vorn, auf der der Verkehr in Richtung Bergen rollte, sah man nicht von hier aus. Die Autos hörte man nur bei offenem Fenster von weitem. Sophie dachte an Thedinghausen. Dort hatte sie sich eigentlich nur mit dem Ehepaar Winterkorn richtig gut befreundet. Alle anderen privaten Kontakte waren eher vorübergehend gewesen. Und Leonardo war auch nicht mehr da. Natürlich kannte sie alle die Mütter und Kinder gut, die in die Sprechstunde kamen. Aber das war etwas anderes, mit Freundschaft hatte das nichts zu tun. Und nun würde sie auch die nicht mehr sehen, denn sie gingen jetzt zu dem neuen Arzt-Ehepaar.

Wollte sie umziehen? Das würde wahrscheinlich so oder so nötig sein, denn sie musste ihre Suche nach einer neuen Stelle ausweiten. Sicher gab es irgendwo in Deutschland einen Arbeitsplatz für sie. Doch dann müsste sie wieder ganz von vorn anfangen, fremde Gegend, fremde Menschen. Eigentlich hatte sie das satt. Hier gab es Frau Hag, die wie eine Oma zu Mona war, eine mietfreie Wohnung, das Meer und Bergen in der Nähe. Und zur Not konnte sie sich vielleicht doch zuerst einmal mit einigen Stunden beim Kinderarzt auf Honorarbasis über Wasser halten. Dr. Karl würde sich freuen, wenn so seinem Kollegen geholfen wäre.

Und Julian war da. Sie wusste noch nicht, was daraus werden könnte, aber sie mochte ihn und seine fröhliche Art. Mit Mona verstand er sich sehr gut. Und warum sollte sie sich da nicht freuen, wenn er zu ihnen kam?

Sophie war schon fast entschlossen, Frau Hags Vorschlag anzunehmen. Aber sie wollte noch einmal eine Nacht darüber schlafen, mit Mona reden, die aber bestimmt sofort begeistert war, hier zu wohnen. Und dann musste noch einiges geklärt werden. Aber eigentlich gab es keinen triftigen Grund, nicht hier leben zu wollen.

Jetzt wäre es gut, wenn meine Mutter in der Nähe wäre, dachte sie, ich könnte mir ihren Rat einholen und mit ihr über alles reden. Aber in Neuseeland ist sie weit weg und weiß nicht, wie es hier aussieht und mit welchen Menschen ich zusammen bin, und kann mir nicht wirklich helfen. Also muss ich wieder einmal allein entscheiden.

Sie sah nach Mona, die in einem Sessel, ihrem Lieblingsplatz, saß und sich eine CD mit Geschichten anhörte. »Ich gehe eine halbe Stunde spazieren«, sagte sie zu ihrer Tochter, »frische Luft schnappen. Frau Hag ist unten, du bist also nicht allein, in Ordnung?«

»In Ordnung«, war die kurze, klare Antwort, und Sophie zog sich die Regenjacke an und nahm ihren Schirm.

Auch das war ein Vorteil. Mona konnte auf Frau Hag aufpassen und Frau Hag auf Mona. Ihre Tochter wurde demnächst sechs und war sehr selbständig. Sie konnte telefonieren, sie hatte keine Probleme damit, auch einmal allein zu sein. Sie würde hier im Ort ohne Begleitung überall hingehen können, und sie würde schnell lernen, mit dem Bus zu fahren, wenn sie in die Schule kam. In zwei oder drei Jahren könnte sie sicher schon selbst in der Stadt einkaufen. Karow war ideal für ein heranwachsendes Kind, das in so einem kleinen Ort, wo alle Einwohner sich kannten, nicht verloren ging.

Auf der schmalen Straße Richtung Trips konnte Sophie zügig ausschreiten, nur einmal kam ihr ein Auto entgegen. Trips war auch einer von Bergens siebzehn Ortsteilen, noch kleiner als Karow. Der kleinste hieß Tetel – da wohnten gerade mal drei Familien – und lag direkt neben Bergen.

Nach fünfzehn Minuten kam Trips in Sicht, und Sophie drehte wieder um. Sie wäre gern noch hinunter bis zum kleinen Jasmunder Bodden gelaufen, aber der Regen wurde jetzt so stark, dass der Schirm nicht mehr viel nützte. Sie wusste jetzt schon, dass dieser Weg ihre Lieblings-Laufstrecke werden würde, wenn sie ihren Kopf von Kummer oder Zorn auslüften musste. Es gab nichts Besseres als eine »Rennstrecke«, die auch noch zum Meer führte. Wieder ein Pluspunkt für Karow.

Als sie zurück in ihrer Wohnung war, hatte Sophie ihr Gleichgewicht wiedergefunden. Sie wollte nach dem Mittagessen noch mit Mona reden und sich morgen entscheiden. Aber sie wusste eigentlich schon, wie. Sie würde sich von Thedinghausen verabschieden und Karow als neue Heimat begrüßen. Und hoffentlich würde sich diese Heimat als eine lang anhaltende, wunderbare Freundschaft erweisen.

# 14

Am nächsten Morgen zogen nur noch ein paar kleine Wolken über einen blitzblanken Himmel. Einem Ausflug mit dem Rasenden Roland stand also nichts mehr im Wege. Julian hatte angerufen und versprochen, um zehn Uhr da zu sein. Sophie wollte dann am Abend mit Frau Hag reden und ihr die endgültige Entscheidung mitteilen.

Die Fahrt sollte in Lauterbach beginnen, einem kleinen Fischerdorf am Rügischen Bodden. Ohne Auto wäre der Ort für Sophie und Mona mit dem Bus nicht leicht zu erreichen gewesen, deshalb war sie froh über Julians Angebot gewesen, mit dem Auto zu fahren.

Julian holte sie beide ganz pünktlich ab. Zuerst fuhren sie ein Stück zurück Richtung Bergen, dann nach Putbus, und danach kam auch schon Lauterbach am Meer in Sicht. Die Haltestelle Lauterbach Mole lag zwischen hohen Bäumen, die Strecke endete oder begann hier an einem Prellbock fünfzig Meter vor dem Meer. Mona überlegte sich sofort, was geschehen würde, wenn der Zug über diesen Prellbock hinausfuhr, dann müssten alle Fahrgäste schnell an Land schwimmen. Soweit kam es zum Glück nicht, der Zug stand schon da und wartete auf die Mitfahrer. Die grüne Lok puffte und dampfte. Sie musste sechs Wagen ziehen und fuhr auf einer Schmalspurschiene, die dann in Putbus von der offiziellen Bahnschiene abzweigte.

»Sollen wir durchfahren oder irgendwo aussteigen?«, fragte Julian. »Eigentlich müsstet ihr euch Putbus anschauen. Das ist die erste Haltestelle nach knapp drei Kilometern.«

»Weiterfahren!«, rief Mona. »Besichtigen können wir ein andres Mal.«

»Gut, dann seht euch wenigstens hier auf dem Prospekt an, was euch entgeht«, meinte Julian lachend.

Als Mona sah, dass es so interessante Bauwerke wie das Haus über Kopf zu sehen gab, wurde sie doch unsicher.

»Wir fahren heute weiter«, entschied Sophie. »Putbus läuft uns nicht davon, auch die anderen Sehenswürdigkeiten nicht.« Vielleicht sind wir schon bald wieder da, dachte sie im Stillen, dann haben wir viel Zeit, uns alles anzusehen. In zwei Wochen Urlaub kann man nicht die ganze Insel kennenlernen.

Der Rasende Roland fuhr gemächlich los, und kaum waren sie aus Lauterbach heraus, lief er auch schon in einer lang gezogenen Schleife in Putbus ein. Ein roter Backstein-Bahnhof mit vielen Erkern und Vorsprüngen empfing sie, und während der kurzen Haltezeit versuchte Julian, Sophie wenigstens die wichtigsten Sehenswürdigkeiten der Stadt zu erklären.

»In der Mitte ist ein großer grüner Kreis, mit Rasen bewachsen, der Circus, auf den geometrisch acht Alleen zulaufen. Außen rum stehen lauter alte, neu renovierte Häuser im klassizistischen Stil, vom ehrenwerten Fürst Wilhelm Malte I. zu Putbus erbaut. Alle Häuser hier sind weiß, und fast überall gibt es Rosen vor den Gebäuden. Deshalb heißt Putbus auch die Weiße Stadt oder die Rosenstadt.«

»Das ist sehr interessant, Herr Fremdenführer. Ich glaube, du hast das alles gerade im Prospekt nachgelesen, so klingt es«, bemerkte Sophie amüsiert.

»Du vergisst, dass ich auf Rügen aufgewachsen bin. Willst du nun noch mehr wissen?«

»Wetten, dass du nicht weißt, was Putbus heißt, woher das Wort kommt?«, behauptete sie mit blitzenden Augen.

Julian schwieg verblüfft. »Eins zu null für dich«, sagte er dann. »Ich habe keine Ahnung.«

»Aber ich!«, erwiderte Sophie triumphierend. »Es kommt aus dem Slawischen und heißt ›Hinter dem Holunderbusch‹.«

Julian schloss die Augen und lehnte sich zurück. Dann sah er Sophie argwöhnisch von der Seite an. »Das hast du jetzt nicht gerade erfunden?«, wollte er wissen.

»Nein, das hab ich gelesen, als ich mich über Rügen schlaumachen wollte. Nur, sehr weit bin ich nicht gekommen. Also bist du wieder dran. Was gibt es noch von Fürstens?«

»Ein Schloss am See und einen fünfundsiebzig Hektar großen Park mit Mammut- und Tulpenbäumen. Sehr seltene Bäume!«

»Einen Baumpark haben wir in Thedinghausen auch!«, meinte Sophie.

»Wie groß?«

Sie verzog die Nase. »Elf Hektar«, erklärte sie, »aber mit über dreihundert verschiedenen Bäumen. Und wo ist das Schloss?«

»Abgerissen«, erwiderte Julian düster, »in den sechziger Jahren, weil es verfiel und kein Geld da war. Und überhaupt war alles, was mit Adel zusammenhing, verpönt. Da, wo das Schloss stand, ist heute eine Wiese.«

Der Zug setzte sich wieder in Bewegung, und Sophie schüttelte den Kopf. »Wie konnte man das nur tun, ein Schloss abreißen! Wie lange hat es denn da gestanden?«

»Am Anfang war es nur ein Steinhaus. Ein Schloss wurde es erst mit der Zeit, so nach und nach, durch Erweiterungen und Umbauten. So wie es vor dem Abriss aussah, stand es um die hundert Jahre lang da. Aber, Sophie, so ein Schloss kann sich niemand durch eigene Hände Arbeit leisten. Da mussten sicher seine Untertanen ran, ohne ausreichende Bezahlung. Da bin ich doch lieber mit meiner Eigentumswohnung zufrieden und habe zudem noch die Genugtuung, dass ich sie selbst bezahle.«

Sophie sah ihn lächelnd an. »Du bist so erfreulich realistisch. Also schauen wir uns die Gegend an.«

Die Bahn dampfte durch hügeliges Land, zwischen Feldern hindurch, wo überall Getreide, Raps, Klee, Mais, so weit das Auge reichte, wuchsen. Einige kleine Bedarfshaltestellen glitten vorbei, niemand wollte aus- oder einsteigen. In Binz kamen ein paar neue Fahrgäste dazu. Die Bahn fuhr nun am Rand des bekannten Ostseebades vorbei und wieder vom Meer weg. Dann ging es in einen dichten Laubwald hinein und steil bergauf.

»Jetzt bekommst du dein Schloss doch noch«, sagte Julian. »Da oben steht nämlich noch eins, und das sollten wir uns ansehen. Es war ein Jagdschloss, gehörte auch dem Malte von Putbus. Mona, das wird dir gefallen. Wir können hier eine Pause machen, zum Schloss wandern und etwas essen. Einverstanden?«

Mona hatte nichts dagegen und Sophie auch nicht, und so stiegen sie kurze Zeit später aus.

»Wie weit ist es?«, fragte Mona. Sie hatte sich bereits einen Wanderstock aus einem trockenen Ast gemacht und marschierte auf dem weichen Waldweg los, der auf den Tempelberg führte.

»In einer knappen halben Stunde sind wir oben«, versicherte Julian.

Sophie reckte sich und sog tief die nach Laub und Moos duftende, noch feuchte Waldluft ein. Ein warmer Sommerwind rauschte in den hohen Buchen. Immer wieder schob sich eine weiße Wolke über die Sonne, und die Granitz lag vorübergehend im Schatten.

»So schön habe ich mir die Fahrt nicht vorgestellt«, sagte Sophie versonnen. »Ich glaube, ich werde noch vieles auf Rügen entdecken.«

»Das glaube ich auch«, stimmte Julian zu. »Du wirst gleich noch mehr staunen. Dieses kleine Schloss ist frisch renoviert worden, und es leuchtet weiß, die Backsteine sind nämlich verputzt. Es hat vier schmale Rundtürme und einen großen in der Mitte, auf den steigen wir hoch. Und dann brauche ich unbedingt ein Bild von dir, Prinzessin, mit deinem langen Rock und dem lockeren Zopf über dem Rücken. Rapunzel oben auf dem Turm, und ich bin der Prinz!«

Er nahm sie lachend an der Hand und zog sie hinter sich her.

Sophie schüttelte den Kopf. »Vorhin habe ich gemeint, dass du so erfreulich realistisch bist, aber nun kommen mir doch Zweifel. Könnte es sein, dass du ein versteckter Romantiker bist?«

»Daran bist du schuld«, erwiderte Julian und lachte. »Wenn man dich ansieht, muss man einfach romantisch werden.«

»Dann musst du mich mal im weißen Arztkittel sehen, mit dem Stethoskop um den Hals und einer Spritze in der Hand. Da kommst du hoffentlich schnell wieder auf den Boden der Realität zurück.«

»Mama, ich sehe das Schloss«, rief Mona, die schon weitergelaufen war.

Sophie zog ihre Hand aus der von Julian und lief hinter ihr her. »Wer zuerst oben ist«, rief sie zurück. Sie veranstalteten ein kleines Wettrennen, das Julian knapp gewann.

Beeindruckt blieb Sophie kurz danach stehen. Da stand wirklich ein Schloss, wie man es sich vorstellt. Nicht sehr groß, zweistöckig, mit Rundbogenfenstern und fünf Türmen mit Zinnen, mitten im Wald. Und man konnte es auch besichtigen. Die Räume waren alle gut erhalten und renoviert. Überall hingen Jagdgewehre, Geweihe, Tierköpfe. Mona ging erst einmal auf Zehenspitzen. Aber als sie an die Wendeltreppe kamen, die in den Mittelturm hinaufführte, nahm sie doch für alle Fälle die Hand von Sophie. Diese Treppe schwebte nämlich frei nach oben und war nur an der Wand befestigt. Einhundertvierundfünfzig Stufen musste man da nach oben steigen.

Auch Sophie musste dreimal tief Luft holen, doch oben auf der Plattform fühlte sie sich wieder sicher. Die Aussicht war herrlich. In der klaren Luft hatte man einen fantastischen Blick über die ganze Insel, die ganze zerklüftete Küste. Das Meer lag blau mit kleinen weißen Wellenbergen vor ihr.

Julian bekam sein Rapunzel-Bild. Sophie ließ ihren Zopf über die Balustrade hängen, und mit viel Fantasie konnte man sich ausmalen, dass er bis auf die Erde reichte. Mona schüttelte den Kopf über die kindischen Erwachsenen.

Der Abstieg über die Wendeltreppe war dann auch schon viel leichter. Und zur Belohnung gab es unten die unvermeidlichen Pommes für Mona und für Sophie und Julian heiße Waffeln mit Apfelmus.

Den letzten Teil der Fahrt, der über Sellin und Baabe bis Göhren ging und dort hundert Meter vor dem Meer endete, genossen die drei, inzwischen ein bisschen müde geworden, im Rasenden Roland.

Gegen Nachmittag saßen Sophie und Julian schließlich am Rand eines Spielplatzes in diesem bekannten Seebad, das über einen weiten Strand, einen Kurpark, eine Promenade und eine zweihundertachtzig Meter lange Seebrücke verfügte, ohne sich dies alles anzusehen, weil Mona unbedingt auf dem Spielplatz bleiben wollte.

Aber, dachte Sophie, das kann alles nachgeholt werden, wenn wir uns einmal auf dieser Insel eingerichtet haben, wenn …

Julian wollte per Anhalter bis Lauterbach zu seinem Wagen zurückfahren, während Sophie und Mona von hier aus bequem den Bus direkt nach Karow nehmen konnten.

»Das war ein wunderschöner Tag«, sagte Sophie, als er sich verabschiedete. »Ohne dich und dein Auto hätten wir nur einen kleinen Teil der Strecke machen können. Vielen Dank, Julian.«

»Ich hoffe, der wunderschöne Tag geht heute Abend bei Frau Hag wunderschön weiter«, gab Julian zurück.

»Du wirst es erfahren, wenn du wieder zur Lymphdrainage kommst. Wann hast du den nächsten Termin?«

»Am Samstagvormittag«, antwortete Julian. »Ich werde geduldig sein und bis dahin zwei schlaflose Nächte haben.«

»Du wirst schlafen wie ein Murmeltier, bei deiner gesunden Konstitution«, versetzte Sophie lachend. »Die schlaflosen Nächte habe ich, so eine Entscheidung ist nicht leicht.« Sie seufzte. »Ich möchte endlich einen Platz finden, wo ich mit Mona bleiben und mich zu Hause fühlen und wo niemand mich verlassen oder mir kündigen kann. Ich möchte ein Nest haben, in das ich immer wieder zurückkehren kann. Und ich bin mir nicht sicher, ob ich es hier finde.«

Julian nickte und strich ihr ganz zart über die Wange. »Ja, das verstehe ich, und ich wünsche es dir von ganzem Herzen. Aber ich bin sehr zuversichtlich, dass es hier auf unserer Insel im diesem freundlichen Haus hinter den Dünen bei Frau Hag schon auf dich wartet. Und nun muss ich los, wir sehen uns dann am Samstag. Ich werde dir einen Blumenstrauß mitbringen, egal wie deine Entscheidung ausfällt.«

Unterwegs im Bus zurück nach Karow war Sophie so tief in Gedanken, dass sie von der Umgebung nicht viel sah. Auch Mona schien müde zu sein, denn sie ging nach dem Abendessen gleich, ohne zu murren, ins Bett, so dass Sophie danach zu Frau Hag runtergehen konnte, um mit ihr über den Vorschlag zu sprechen.

Draußen wurde es langsam dunkel, ein paar Sterne standen schon am Himmel, an einem Himmel, den man weit übersehen konnte. Nicht wie im Schwarzwald, wo die Berge die Sicht begrenzten.

Hatte sie Sehnsucht nach dem Süden? Manchmal schon, manchmal träumte sie von den Hängen mit blühendem Fingerhut und gelbem Ginster, von wilden Himbeeren an einem Südhang und von schattigen Waldwegen an einem kleinen eiskalten Bach entlang. Im Winter war sie auf den Höhen dieser weitläufigen Berge mit Langlaufskiern unterwegs gewesen, und immer wieder konnte man von einem freien Aussichtspunkt ins Rheintal schauen, das dunstig und lang gezogen weit unten lag. Hier konnte der Blick endlos übers Meer schweifen bis zum Horizont, wo Himmel und Wasser zusammentrafen. Auch das war schön. Und schließlich gab es ja auch noch die Möglichkeit, einmal ihren Vater zu besuchen und die Schwarzwälder Luft zu schnuppern, wenn sie das Heimweh überkam.

Sie betrat die kleine gemütliche Stube, wo Frau Hag in ihrem Ohrensessel saß und eine Stehlampe helles warmes Licht verbreitete.

»Setzen Sie sich, Sophie«, bat sie und erhob sich. »Ich habe uns einen Sanddorntee zubereitet. Mögen Sie den?«

»Ja, gerne«, gab Sophie zurück. »Sie wissen gar nicht, was Sie mit Ihrem Vorschlag angestellt haben, Frau Hag. Er ist sehr verlockend.«

»Wir können in Ruhe über alle Dinge reden, die geklärt werden müssen, auch über Ihre Bedenken. Und dann sehen wir weiter. Auf jeden Fall, Sophie, würde ich mich sehr freuen, wenn Sie und Mona hierher ziehen würden. Das schon mal vorab.«

Es wurde ein langer Abend, und sie besprachen alles Mögliche. Das Problem Möbel konnte gleich abgehakt werden. Sophie besaß außer einem Schreibtisch noch keine eigenen, und den konnte sie mitbringen. Oben in der Wohnung war alles Nötige vorhanden, und die Waschmaschine von Frau Hag konnte sie mit benutzen. Mona würde nächstes Jahr mit dem Schulbus zusammen mit noch zwei Kindern aus Karow nach Bergen fahren müssen, aber das würde ihr sicher Spaß machen. Bis dahin musste Sophie sie noch selbst in den Kindergarten bringen. Vielleicht konnte man sich mit einer anderen Mutter aus Karow abwechseln.

Das Wichtigste aber sprach Frau Hag ganz offen an. Was musste man organisieren, wenn sie pflegebedürftig würde, oder wie ging es weiter nach ihrem Tod? Konnte Sophie dann im Haus bleiben?

»Ich habe eine Ausbildung in Krankenpflege, das wissen Sie doch«, erklärte Sophie sofort. »Und ich habe keine Angst davor, für Sie zu sorgen. Und mit dem Pflegegeld könnte ich auch eine Zeitlang leben, ohne irgendwo als Ärztin zu arbeiten. Das kann ich mir gut vorstellen.«

»Und meine Rente hab ich ja auch noch«, sagte Frau Hag. »Die muss sich nicht auf dem Sparbuch anhäufen, die werden wir zusammen ausgeben, wenn es nötig ist.« Sie überlegte eine Weile. »Ich habe volles Vertrauen zu Ihnen, Sophie. Ich werde Ihnen dann auch eine Vollmacht geben für mein Konto. Sie werden es schon nicht abräumen und verschwinden. Abgesehen davon, dass es sich nicht lohnen würde.« Sie zwinkerte Sophie mit einem Lächeln zu.

»Das habe ich nicht vor, versprochen«, erwiderte Sophie, dann lachte sie. »Lieber Himmel, was für ein Thema. Ich muss mich erst einmal daran gewöhnen, mit Ihnen solche vertraulichen Dinge zu erörtern.«

»Oh, es kommt noch mehr«, meinte Frau Hag munter. »Das Haus wird nach meinen Tod an eine Stiftung fallen, das habe ich Ihnen ja bereits gesagt. Und ich will das auch nicht ändern. Ich habe keine Verwandten, und diese Stiftung ist mir wichtig. Aber ...«, sie machte eine Pause, »... ich werde als Erstes, wenn Sie da sind, in meinem Testament anfügen, dass Sie fünf Jahre nach meinem Tod ohne Miete weiter hier wohnen dürfen. Die Stiftung muss dann eben mit einem Verkauf warten. Wäre das in Ordnung für Sie? Und nach fünf Jahren haben Sie bestimmt ein eigenes Heim gefunden oder einen netten Mann, was ich mir für Sie wünsche. Sie sollten nicht so allein alt werden wie ich, das ist nicht schön.«

Sophie legte die Hände um die warme Teetasse, wie wenn sie sich von ihr Mut holen könnte. Sie sah Frau Hag an, ihr freundliches Gesicht, ihre weißen Haare, ihre hellen lebendigen Augen, und sie dachte, dass sie trotz allem, was sie erlebt haben mochte, nicht verbittert geworden war oder unglücklich. Und dass diese Frau nun so eine Art Großmutter für sie werden könnte, wie sie eine im Südschwarzwald gehabt hatte.

»Meine Oma hat immer gesagt: ›Wer nicht fortgeht, der kann auch nicht heimkommen‹«, bemerkte sie nach einer Weile nachdenklich. »Vielleicht muss ich von Thedinghausen weggehen, um hier heimzukommen. Ein wenig fühlt es sich schon danach an.«

»Dann ist es also abgemacht?«, fragte Frau Hag erfreut.

»Ja, ich werde sicher noch ein paarmal Zweifel bekommen und Angst vor der eigenen Courage, aber ich werde mit Mona in Ihr Haus ziehen und uns hier ein Nest einrichten. Und wenn Rügen uns so freundlich aufnimmt wie in diesen zwei Wochen, kann eigentlich gar nichts mehr schiefgehen.«

Sophie und Frau Hag saßen noch eine Weile zusammen, aber schließlich war genug geredet und beide waren müde. Als Sophie danach die Treppe zur Wohnung hochstieg, sah sie diese bereits mit anderen Augen. Nicht mehr wie ein vorübergehendes Domizil, sondern wie ein festes Heim. Ich werde die Stufen mit Teppichboden belegen, dachte sie, dann ist es nicht so laut, wenn Mona rauf- und runterpoltert. Und eins der Betten aus dem vorderen Schlafzimmer kommt raus, ich brauche keine zwei. In das kleine Westzimmer, wo jetzt der Esstisch steht, könnte noch mein Schreibtisch passen. Wir essen in der Küche, die ist groß genug. Und Mona hat im hinteren Zimmer endlich ihr eigenes Reich und braucht nicht mehr bei mir zu schlafen. In Thedinghausen hatten sie nur zwei Zimmer gehabt, auf die Dauer wäre das zu eng geworden.

Sie schüttelte den Kopf über sich selbst, weil sie bereits am Einrichten war. Kurz vor dem Einschlafen kam ihr noch der Gedanke, ein oder zwei Strauchpäonien und eine Kletterrose in den Garten zu pflanzen als Andenken an Dr. Winterkorn.

Und das erste Foto von ihrem neuen Heim würde ihre Mutter bekommen, eins ihr Vater und eins Leonardo …

# 15

Mona war sofort mit dem Umzug einverstanden. Sie hatte ja hier schon eine Freundin mit zwei Ponys und Kaninchen, und sie freute sich auf ihr eigenes Zimmer. »Kann ich dann auch zwei Meerschweinchen haben?«, wollte sie wissen, »und eine Katze? In Frau Hags Garten ist doch genügend Platz für einen Stall, und die Katze könnte bei mir im Zimmer schlafen.«

»Eins nach dem anderen«, erwiderte Sophie. »Jetzt müssen wir zuerst einmal zurück nach Thedinghausen fahren. Ich muss unsere Wohnung kündigen und dich im Kindergarten abmelden. Außerdem wollen wir uns doch von allen Leuten, die wir näher kennen, in Ruhe verabschieden. Du hast auch Freundinnen in deiner Kindergartengruppe, denen kannst du noch ein Abschiedsgeschenk machen.«

Das war eine gute Idee, und Mona setzte sich gleich an den Tisch und begann Bilder zu malen – Bilder mit Ponys und Hasen und Meerschweinchen.

Und Sophie machte sich eine Liste, was zu tun war. Vorübergehend hatte sie wieder der Mut verlassen. Sie hatte gern in Thedinghausen gelebt, sie wäre geblieben, wenn die Winterkorns nicht fortgezogen wären. Auch dort hätte sie eine Zeitlang auf Honorarbasis arbeiten können.

Sie stand auf und sah aus dem Fenster. Im Garten unter

der großen Weide saß Frau Hag im Schatten und winkte zu ihr hoch. Warum konnte sie sich nicht einfach nur freuen, hierher zu kommen? Immer gehörte auch ein Abschied bei solchen Entscheidungen dazu. Aber so war das nun mal, und mit solchen zwiespältigen Gefühlen musste man leben. Sie setzte sich wieder an den Tisch zu ihrer Liste. Nach einer Weile stand sie wieder auf. Sie brauchte Bewegung an frischer Luft. Am Tag zuvor hatte sie vom Bus aus einen Reiterhof gesehen, nicht weit entfernt, in Dalkvitz. Da konnte sie mit dem Rad hinfahren. Sie wollte sich ihn genauer anschauen, denn Mona sollte richtig reiten lernen. Sie musste wissen, wie man mit Pferden umgeht, sonst wurde das Ganze zu gefährlich, auch wenn die beiden Ponys in der Nachbarschaft gutmütig waren.

»Ich fahre mit dem Fahrrad noch eine Weile raus«, sagte sie zu ihrer Tochter. »Frau Hag ist unten im Garten. Schaust du ab und zu nach ihr?«

»Ich passe schon gut auf sie auf«, antwortete Mona. »Ich gehe mit meinen Zeichnungen runter, und dann zeige ich ihr, was ich alles gemalt habe.«

So einfach ist das hier, dachte Sophie. In Thedinghausen musste ich immer die Nachbarin bitten oder Mona mitnehmen, wenn ich einkaufen gefahren bin. Frau Winterkorn hat sie zwar betreut, wenn ich in der Praxis war, aber ich wollte ja auch ab und zu in meiner Freizeit einiges besorgen. Also, Sophie, jetzt sei kein Frosch und hör auf zu grübeln, du wirst hier bald wirklich froh und glücklich sein.

Neben der Straße nach Dalkvitz gab es einen sehr schönen Radweg, und so musste sich Sophie nicht über den Verkehr ärgern, der auf dieser Strecke ziemlich lästig war. Rechts und links des Weges erstreckten sich weite Felder, Wiesen und einige Baumgruppen bis zu dem kleinen Ort, der bereits zu Zirkow gehörte und keine hundert Einwohner hatte.

Der Reiterhof lag etwas abseits der Straße. Auf einem freien Platz standen die Pferde, kleine kräftige Isländer mit dickem Haarschopf, hellbraune Haflinger mit goldener Mähne, zwei Tinker. Weitere Großpferde grasten auf einer Weide daneben. Alles wirkte sehr friedlich und gepflegt. Aus einem Kasten am Rand des Weges nahm Sophie einen Flyer und studierte ihn. Kinder konnten hier voltigieren und schon ab zwei Jahren im Sattel eines braven Ponys geführt werden. Es gab Reiterferien und Unterricht, Ausritte und viele andere Unternehmungen. Genau das Richtige für Mona.

Sophie seufzte tief auf. Wenn sie noch mehr solche erfreulichen Ecken auf Rügen entdeckte, konnte das ein richtiges Paradies für sie beide werden.

Sie schob ihr Fahrrad wieder Richtung Straße, als sie hinter ein paar Bäumen ein älteres Gehöft entdeckte: Haus, Scheune und Stall und einen verwilderten Garten, davor ein ZU-VERKAUFEN-Schild. Ein Mann stand daneben – groß, schlank, dunkle Haare –, der ganz offensichtlich die Gebäude eingehend betrachtete. Dabei sah das alles auf den ersten Blick nicht besonders einladend aus. Der Hof musste schon ziemlich alt sein und war heruntergekommen, die tief gezogenen Reetdächer fleckig und wie angefressen, die Balken des Fachwerks teilweise zerfallen. Überall lagen bröckelnde Backsteine am Boden, und eine schiefe, riesengroße Eingangstür vorn am Wohnhaus schien bald abzufallen. Es war sicher eins der ganz alten Häuser, wie man sie früher baute, mit breiter Diele, die längs durchs ganze

Haus ging und vorn und hinten diese großen Türen mit Rundbogen hatte.

In diesem Moment kam ein dunkelrotes offenes Cabrio neben dem Haus mit quietschenden Reifen zum Stehen. Eine junge, sehr attraktive Dame sprang heraus, nahm ihre Sonnenbrille ab und begrüßte den Mann mit einem hastigen Kuss auf den Mund. Dann blickte sie zum Hof und fing sofort an, energisch und mit weit ausholenden Gesten auf den Mann einzureden. Sie schüttelte immer wieder den Kopf und ließ ihn kaum zu Wort kommen. Er blieb ruhig, schließlich zog er sie lächelnd an sich. Sie machte sich los und begann, die Hauswände genauer zu untersuchen.

Der Mann wandte sich zur Seite und erblickte Sophie, der auf einmal bewusst wurde, dass sie ihn die ganze Zeit angestarrt hatte. Sekundenlang sahen sich beide an, dann grüßte Sophie hastig und schob ihr Rad weiter. Was er wohl von ihr denken musste, kam es ihr in den Sinn, mit den zerzausten Haaren, dem ausgebleichten T-Shirt und den staubigen Sandalen, die alles andere als elegant waren. Sie drehte die Pedale zum Aufsteigen in die richtige Position und sah sich unwillkürlich noch einmal nach ihm um. Seine Blicke verweilten immer noch auf ihr, und ein Lächeln huschte über sein Gesicht.

Als Sophie wieder Richtung Karow strampelte, schüttelte sie den Kopf darüber, wie unmöglich sie sich benommen hatte. Was ging sie denn dieses Paar an, das so ungleich zu sein schien? Der Mann hatte offensichtlich an dem alten Bauernhof Gefallen gefunden. Die Frau mit ihrem schnellen Wagen und dem eleganten Hosenanzug aber passte überhaupt nicht dazu, was sie ihm auch wohl gleich klargemacht hatte.

Ob sich die beiden einig geworden waren? Ob er ihr zuliebe etwas anderes, Modernes in einer Stadt nehmen würde? Wahrscheinlich suchten sie ein Heim für sich, hatten aber beide vollkommen verschiedene Vorstellungen, wie es aussehen müsste. Na und, das ist nicht dein Problem, wies sich Sophie selbst zurecht, aber ihre Gedanken gingen immer wieder zu dem Mann. Er hatte seine Freundin trotz ihrer Proteste liebevoll angesehen. Sicher würde er nachgeben und sich mit einem Seufzer von dem Haus trennen.

Als sie wieder in Karow angekommen war, schüttelte sie sich wie ein nasser Hund. Sie würde diese beiden Menschen sicher nicht wiedersehen, und weiteres Nachdenken über sie war also sinnlos. Immerhin hatte ihr der Ausflug gutgetan. Sie konnte Mona die Bilder vom Reiterhof zeigen und sich wieder an ihre Liste setzen.

# 16

Julian holte, als er am Samstagvormittag das Wohnzimmer von Frau Hag betrat, eine kleine Flasche Sekt aus der Tasche. »Die trinken wir auf deinen Entschluss, nach Karow zu ziehen«, erklärte er und ging in die Küche, um Gläser zu holen.

Sophie, die gerade Frau Hags Bein frisch verband, rief ihm hinterher: »Woher willst du denn wissen, wie ich mich entschieden habe? Bist du vielleicht ein Hellseher?«

Er kam wieder zurück und lachte sie an. »Ich habe es mir gewünscht und meinen Wunsch ans Universum geschickt. Ich wusste einfach, dass es klappt.«

»Du bist ein Spinner«, war Sophies freundliche Antwort.

Dann stießen alle auf eine gemeinsame Zukunft an. Und Julian machte ihr gleich klar, dass sie ihm jederzeit ihre kleinen Patienten schicken könne, wenn sie es für nötig hielt, und er würde sie besonders gut behandeln.

»Ich weiß ja noch gar nicht, ob ich hier als Kinderärztin arbeiten kann. Vielleicht muss ich wirklich erst mal im Sana-Krankenhaus in der Pflege antreten, aber das wäre nicht so schlimm. Auf jeden Fall werde ich mich sofort, wenn wir hier sind, mit dem Kollegen von Dr. Karl in Verbindung setzen. Das ist immerhin ein Lichtblick.«

»Ich kann dem guten Dr. Burg ja schon einmal was zuflüstern, wenn ich ihn sehe«, meinte Julian. »Wann denkst du denn, dass du hier einziehen kannst?«

»Im Oktober wahrscheinlich, es gibt noch so vieles zu organisieren.«

»Gut, dann schicke ich einen weiteren Wunsch ans Universum, dass nämlich im Oktober eine kleine Röteln-Welle die Praxis von Dr. Burg füllt. Das ist ungefährlich, bringt aber viel Arbeit. Oder soll ich lieber um Läuse bitten? Du wirst dann sehr willkommen sein.«

»Du bist wirklich ein Spinner«, gab Sophie zurück, »aber ein lieber.«

»Ich bin nur so froh, dass du bald hier sein wirst«, gab er zu, woraufhin Sophie das Thema wechselte, weil ihr dieses ganze Gespräch zu weit ging. Sie war noch nicht wieder bereit für eine neue Liebe. Sie wollte zuerst einmal ein Heim für sich und Mona haben und finanzielle Sicherheit. Und danach konnte man weitersehen. Julian war ein netter Kerl, hilfsbereit und begeisterungsfähig, sie mochte ihn gern, aber zu mehr war sie noch nicht bereit.

Frau Hag schien ihre Gedanken zu ahnen, denn sie sagte mit einem Augenzwinkern: »Er ist immer ungeduldig, wenn es ihn erwischt.«

Aha, es hatte ihn also schon öfter »erwischt«.

Sophie sah ihn von der Seite an. »Meine Großmutter hat immer gesagt: ›Verliebte Leut sind meistens nicht gescheit!‹«, bemerkte sie.

Julian nahm es gelassen. »Ich bin wenigstens kein Eisblock«, entgegnete er grinsend.

»War das eine spitze Bemerkung gegen mich?«, wollte Sophie entrüstet wissen.

»Nein«, erwiderte er ernst. »Ich weiß, dass du kein Eisblock bist, nur vorsichtig geworden aus Erfahrung. Es ist in Ordnung, Sophie, ich werde dich nicht bedrängen. Aber wenn du in den nächsten Wochen ab und zu von dir hören lässt, würde ich mich sehr freuen.«

»Das werde ich, es gibt ja noch einiges zu besprechen. Und ich erteile Frau Hag auch die Erlaubnis, dich immer vom neuesten Stand der Dinge zu unterrichten.«

»Katharina«, warf Frau Hag ein und hob ihr Glas, »ich heiße Katharina. Wir können genauso gut gleich darauf trinken, Sophie. Mona sagt sowieso schon Oma, da wird mir ganz warm ums Herz.«

An diesem vorerst letzten Tag in Karow holte Sophie noch einmal ihr Tagebuch hervor und sah sich die letzte Eintragung an: »Wieder einmal ist ein Traum geplatzt. Ich kann nicht in der Praxis von Dr. Winterkorn bleiben. Ich muss mir eine neue Stelle suchen, vielleicht auch eine neue Wohnung und eine neue Betreuung für Mona. Warum gerate ich immer wieder in eine Sackgasse? Hier geht es nicht weiter, umdrehen, Sophie, neu orientieren. Ich bin so wütend, dass ich überlege, in einen Boxclub einzutreten. Aber Wut ist besser als Verzweiflung, nur muss ich aufpassen, dass ich es nicht Mona spüren lasse. Immerhin gibt es einen Lichtblick: Unser Urlaub auf Rügen, der wird nicht gestrichen. Und Dr. Winterkorn ist sehr großzügig gewesen und zahlt mir noch drei Monate mein Gehalt. Drei Monate, bis Ende November, also sollte ich Weihnachten mein Leben wieder im Griff haben. Ich werde einen Wunschzettel ans Christkind schicken: Bitte eine Praxis, die mich dringend braucht, möglichst hier in der Nähe, und eine nette Oma, die sich um Mona kümmert. Und vielleicht, aber nur vielleicht, nächstes Jahr einen liebevollen Mann, der seine Traumfrau sucht und sie in mir findet. Ich will ja nicht zu viel verlangen und das Christkind überfordern.«

Du liebe Zeit, da hatte sich in den letzten Wochen aber schon wieder viel geändert, und einer ihrer Wünsche wurde bereits erfüllt: die Oma für Mona. Sophie musste nun doch lachen. Julian schickte seine Wünsche ans Universum und sie ans Christkind. Wir sind beide Spinner, dachte sie und schrieb auf die nächste leere Seite: »Letzter Tag im Urlaub, und es ist so viel geschehen, ich kann es kaum glauben. Noch fühlt es sich an wie ein Traum. Karow heißt der neue Hoffnungsträger, ein winziges Dorf auf Rügen, und Katharina die neue Oma, allerdings schon einundachtzig und ein bisschen gebrechlich, aber in der Seele jung und liebenswürdig. Alles Weitere wird sich hoffentlich finden. Der Christbaum wird dieses Jahr in einem kleinen alten Fachwerkhaus mit tief gezogenem Reetdach stehen, unter dem wir ein Heim gefunden haben, und das Meer wird nur wenige Kilometer entfernt sein. Wer hätte das gedacht?«

# 17

Mitte Oktober, an einem Donnerstag, fuhr Sophie mit ihrem vollbeladenen Auto und Mona auf dem Rücksitz von der Bundesstraße 196 zwischen Bergen und Zirkow nach links ab und bog dann kurz danach in den unbefestigten Weg Richtung Dünen ein. Dann hielt sie vor dem Haus von Katharina Hag. An der schweren, hölzernen Eingangstür hing ein Schild: Herzlich willkommen auf Rügen, der größten und sonnenreichsten Ostseeinsel Deutschlands. Und es regnete in Strömen. Rechts und links neben der Haustür standen zwei riesige Blumensträuße aus Herbstastern und Zweigen mit buntem Herbstlaub.

Sophie hatte bereits auf den letzten Kilometern die trotz des grauen Wetters golden leuchtenden Buchen bewundert und die Kühe und Pferde, die noch draußen auf den Weiden waren, bedauert. Aber die sind das sicher gewöhnt, dass vom Sonnenreichtum ab und zu nichts zu sehen ist, dachte Sophie.

»Das Schild und die Blumen sind von Julian«, erklärte Katharina Hag, die Sophie und Mona freudig begrüßt und gleich in die Küche eingeladen hatte. Da saßen sie nun bei einer Tasse Tee. »Er hat zurzeit viel zu tun. Die Leute spüren alle den Herbst in den Knochen. Er kommt morgen und bringt seinen Bohrer mit, vielleicht muss ja noch etwas aufgehängt werden. Ich hoffe, mein Haus fällt dann nicht zusammen, wenn er zu bohren anfängt.«

Sophie war aufgefallen, dass Frau Hag jetzt mehr Schwierigkeiten mit dem Gehen hatte als im Sommer. Sie stützte sich auf zwei Stöcke und kam nur mühsam vorwärts, obwohl das verletzte Bein inzwischen abgeheilt war. Es waren wohl die Hüftgelenke, die ihr Beschwerden machten. Sie nahm sich vor, so bald wie möglich mit Dr. Karl über den Gesundheitszustand von Frau Hag zu sprechen. Aber jetzt musste nach dem Teetrinken zuerst einmal eingeräumt werden. Ein kleiner Transporter mit dem Schreibtisch und noch einigen Umzugskartons würde auch bald eintreffen.

Monas Bett war im Kinderzimmer an die Wand gerückt worden. Ein Schrank stand bereits da, und Frau Hag hatte von Julian noch ein Regal hineinstellen lassen. Mona verstaute sofort glücklich ihre Kleider und Spielsachen. Sie war jetzt groß genug für ein eigenes Zimmer, und das machte sie richtig stolz. Sophie hatte ihr versprochen, dass sie noch einen kleinen Tisch und Stühle bekommen würde.

Sophie musste in dem Zimmer, in dem sie schlief, ebenfalls nichts umräumen. Julian war auch hier bereits aktiv gewesen. Ganz gerührt betrachtete sie ein kleines weißes Frisiertischchen, das er irgendwo aufgetrieben hatte, und einen dicken weichen Teppich, der vor dem Bett lag. Er hatte sie vor Tagen telefonisch bereits auf einige Überraschungen vorbereitet.

Als Sophie später noch einmal zu Katharina nach unten ging, saß diese schlafend in ihrem Sessel. Sie sah sehr schmal aus, hatte in den paar Wochen abgenommen. Wahrscheinlich kochte sie für sich nicht jeden Tag, oder sie hatte einfach keinen Appetit und trank zu wenig. Alte Menschen spürten oft keinen richtigen Hunger oder Durst mehr. Dem konnte abgeholfen werden. Sie würde einfach ab morgen jeden Tag für Katharina mit kochen. Das würde ihr sicher guttun.

Ganz vorsichtig versuchte Sophie, Katharina zu wecken, denn sie konnte nicht die ganze Nacht im Sessel verbringen. Als sie schließlich die Augen aufschlug, dauerte es eine Weile, bis sie Sophie erkannte. Dann half ihr Sophie hoch und begleitete sie ins Schlafzimmer.

»Ich bin so froh, dass ihr jetzt hier seid«, sagte sie erschöpft. »Es wird mir alles zu viel, und ich bin auch manchmal ein wenig zerstreut.« Sie lächelte Sophie an. »Ich bin eine alte Frau, das vergesse ich immer wieder. Julian hat in den letzten Wochen oft für mich eingekauft. Und stellen Sie sich mal vor, er hat auch alle Fenster geputzt. Ein guter Junge. Aber nun muss ich mir keine Sorgen mehr machen, jetzt sind ja Sie da, Sophie, und ich hoffe, wir werden noch lange glücklich und zufrieden miteinander hier leben.«

»Das werden wir«, versprach Sophie. »Ich möchte in den nächsten Tagen mit Ihnen alles bereden, was ich Ihnen abnehmen kann. Ich kann Ihre Wäsche bügeln oder staubsaugen, was auch immer anfällt. Sie sollen gemütlich in Ihrem Sessel sitzen und sich ausruhen. Was ich als Erstes organisieren möchte, ist ein Notruf, der mit einer kleinen Kette um Ihren Hals hängt. Ich bin ja nicht immer da, und wenn irgendwas passiert, wäre es gut, wenn Sie diesen Notruf hätten. Ist das in Ordnung?«

»Aber ja«, antwortete Katharina dankbar. »Tun Sie, was immer Sie für richtig halten. Und nun möchte ich schlafen, und Ihnen und Mona wünsche ich eine gute erste Nacht im neuen Heim.«

Später, als Sophie im Bett lag, den Regen aufs Reetdach tropfen hörte und den Wind um die Ecken pfeifen, dachte sie daran, dass sie eigentlich noch gar nicht viel von Frau Hag wusste. Gab es wirklich keine Geschwister oder sonstige Verwandten? Oder war da etwas passiert, ein Streit in der Familie? Frau Hag hatte bis jetzt zwar öfter von ihrer Kindheit erzählt, aber über die Zeit, als sie eine junge Frau war, da hüllte sie sich in Schweigen. Eigene Kinder hatte sie offensichtlich nicht, und ob sie einmal verheiratet war, wusste Sophie auch nicht. Das Haus war von ihrem Großvater gebaut worden, und sie hatte es von ihren Eltern übernommen.

Nun, sicher würde Frau Hag mit der Zeit mehr von sich erzählen. Auf alle Fälle brauchte Frau Hag aber unbedingt ihre Hilfe, mehr als sie es vielleicht wahrhaben wollte. Bestimmte Bereiche im Haushalt und im Garten musste Sophie übernehmen, und irgendwann einmal würde auch mehr Pflege nötig werden. Sophie hatte davor keine Bedenken, im Gegenteil. Sie wurde hier gebraucht, und das tat ihr gut. Es war für sie selbstverständlich, für Katharina Hag da zu sein. Sie durfte mietfrei bei ihr wohnen. Frau Hag hatte auch bereits vorgeschlagen, ihr von ihrer Rente einen Teil abzugeben, wenn Sophie noch mehr Aufgaben würde übernehmen müssen. So könnte sie hinkommen, wenn sie bei einem Kinderarzt zwei Tage in der Woche mitarbeitete. Sie würde morgen Dr. Karl anrufen, der ihr im Urlaub erzählt hatte, dass sein Kollege dringend eine Kinderärztin sucht. Wenn dieser Dr. Burg nicht inzwischen jemanden gefunden hatte, wäre das erst einmal eine gute Lösung. Und da sie dann viel Zeit hätte, konnte sie Mona regelmäßig in den Kindergarten oder auch zum Reiten bringen. Sie würde im Garten Gemüse anpflanzen und die Büsche schneiden. Schon jetzt hatte sie das Gefühl, Haus und Garten wären ihre Aufgabe und ihre Verantwortung.

Sie lachte leise, als sie sich daran erinnerte, was Katharina Hag gesagt hatte: »Eine richtige Frau Doktor hilft mir nun in Zukunft beim Baden und wischt hinterher auch noch die Fliesen. Wer hier außer mir auf der Insel hat schon dieses Privileg?« Ja, der Frau Doktor fiel dabei kein Zacken aus der Krone, sie hatte noch nie das Bedürfnis gehabt, eine Halbgöttin in Weiß zu sein.

# 18

Urlaub auf Rügen war etwas ganz anderes, als hier zu wohnen, das merkte Sophie in den nächsten Tagen sehr deutlich. Die ganzen An- und Ummeldungen in Bergen nahmen viel Zeit in Anspruch. Mona hatte bereits einen Platz in dem Kindergarten, in den auch ihre Freundin Lena ging. Im Wechsel mit Lenas Mutter musste sie morgens hingebracht und am Nachmittag abgeholt werden. Einkaufen, auf die Bank oder die Post gehen, war mit dem Auto kein Problem, aber eben nicht zu Fuß wie in Thedinghausen.

Im Sommer werde ich radeln, sagte sich Sophie, und dann gibt es ja noch den Bus. Ich muss mich eben umgewöhnen. Julian wollte ihr seine Physiotherapie-Praxis zeigen, wenn sie endlich einmal Zeit hatte. Und Dr. Burg, den sie gleich in den ersten Tagen besuchte, hatte sie bereits mit großer Freude ab November für zwei Vormittage in der Woche für seine Kindersprechstunde eingeplant.

Als Dr. Karl an einem Vormittag Frau Hag einen Besuch abstattete, nutzte Sophie die Gelegenheit, um mehr über seine Patientin zu erfahren. Er erzählte ihr, dass Frau Hag ab und zu an nächtlichen Herzschmerzen litt, die sie nicht mit Tabletten in den Griff bekam. Er musste ihr dann eine Injektion geben. Und dies sollte Sophie jetzt übernehmen.

Diese Herzbeschwerden beunruhigten Sophie, aber Dr. Karl meinte, damit könne die alte Dame noch lange leben.

Der Oktober hatte sich schließlich doch noch zu einem goldenen Ausklang entschlossen, mit kühlen Nächten, Tau auf den Wiesen und zarten grauen Spinnennetzen, aber sonnigen und gegen Mittag noch richtig warmen Stunden. Frau Hag fühlte sich besser und sah auch bedeutend wohler aus in den letzten Tagen. Sie putzte sogar selbst noch einmal die Fenster und schnitt die Rosen im Garten. »Ich werde wieder jung«, sagte sie zu Sophie, »und das verdanke ich alles Ihnen.«

An einem dieser spätsommerlichen Nachmittage – Sophie war mit dem Fahrrad in Bergen einkaufen gewesen – stand ein Auto vor dem Haus, ein hellblauer ziemlich schmutziger Golf. Offenbar war der Besitzer über nasse und unbefestigte Feldwege gefahren. Vielleicht wohnte er auch irgendwo in einem abgelegenen Bauernhof, oder war er ein Tierarzt? Aber was wollte der hier?

Als sie ihre Einkäufe nach oben gebracht hatte, ging sie in den Garten. Unter der Weide saß Frau Hag mit einem Mann und trank Kaffee. Sophie ging auf die beiden zu, dann stockte ihr der Atem. Diesen Mann hatte sie schon einmal gesehen, in Dalkvitz, als er sich den alten, halb verfallenen Hof dort angeschaut und seine attraktive Freundin oder Frau so temperamentvoll auf ihn eingeredet hatte. Er war ihr immer wieder in den Sinn gekommen, sie wusste selbst nicht warum. Aber seine ruhige, liebevolle Art der gereizten jungen Dame gegenüber hatte sie beeindruckt. Und nun saß er hier im Garten, und seine Augen weiteten sich überrascht. Er war offensichtlich genauso erstaunt wie sie und hatte sie wiedererkannt – die Radlerin mit dem zerzausten Haar, die ihn so lange angestarrt hatte und dann eilig davongefahren war.

»Sophie, darf ich Ihnen Michael Teschen, den Sohn einer Freundin von mir, vorstellen. Er ist der Architekt, der mein Haus vor einiger Zeit begutachtet und für gut erhalten befunden hat. Und das ist meine unersetzbare Frau Doktor Sophie Hesekiel«, wandte sie sich an den Mann, der sich erhoben hatte und Sophies Hand drückte.

»Guten Tag«, sagte er mit einer weichen, tiefen Stimme, »ich glaube, wir haben uns schon einmal gesehen. Und ich fürchte, Clarissa und ich haben Ihnen kein sehr erbauliches Schauspiel geboten. Und nun treffe ich Sie hier bei Katharina wieder. Sie hat mir schon viel von Ihnen erzählt. Sie sind Ihr Sonnenschein.«

Sophie setzte sich und konnte ihn nun aus der Nähe betrachten. Sie schätzte ihn auf ungefähr vierzig. Er hatte ein schmales, sympathisches Gesicht, war groß, sehr schlank und wirkte ruhig und entspannt. Seine dunklen Augen verrieten seine Freude über dieses Wiedersehen und blitzten belustigt.

»Ja, das war in Dalkvitz«, erwiderte Sophie etwas verlegen. »Ich hoffe, ich habe Sie nicht allzu unhöflich und taktlos beobachtet.« Dann schaute sie Katharina an. »Sonnenschein?«, sagte sie lächelnd. »Liebe Katharina, das ist aber reichlich übertrieben. Sie sind doch selbst kein Kind von Traurigkeit. Außerdem kennt mein Gemüt auch Regentage, und da bin ich unausstehlich.«

»Ich habe Michael erzählt, dass ich das Gefühl habe, seit Sie und Mona hier sind, scheint immer die Sonne«, gab Frau Hag zurück. »Auf jeden Fall in meinem Inneren. Ich bin so erleichtert, dass ich nicht mehr alleine bin. Micha wollte schon lange, dass ich in eine der betreuten Wohnungen in der Nähe des Altenheims in Bergen umziehe. Er hat sich Sorgen gemacht. Aber das ist ja nun nicht mehr nötig.«

»Ja, ich bin überaus glücklich über diese Lösung. Etwas Besseres kann es für Katharina gar nicht geben«, stimmte er zu.

»Und, haben Sie den alten Hof in Dalkvitz gekauft?«, fragte Sophie, die ihre Neugier, wie der Disput damals ausgegangen war, nicht zurückhalten konnte. Hoffentlich trat sie ihm mit dieser Frage nicht zu nahe.

Über sein Gesicht huschte ein amüsiertes Lächeln. »Und, was denken Sie?«, wollte er wissen.

»Nun, Ihre Freundin war ja wohl strikt dagegen«, antwortete Sophie etwas unbehaglich. »Ich kann mir nicht vorstellen, dass sie sich in so einer abgelegenen Gegend wohlfühlt. Sie passt nicht auf einen Bauernhof. Aber eigentlich geht mich das gar nichts an.«

Sein Blick ruhte erheitert auf ihrer unsicheren Miene. »Sie haben recht. Clarissa fühlt sich nur in Stralsund wohl. Aber das Anwesen habe ich trotzdem gekauft.«

Ach, du liebe Zeit, damit hat er sich bestimmt Ärger eingehandelt, dachte Sophie.

»Aber nicht für uns«, fuhr er fort. »Ich kaufe alte Reetdach-Häuser und Anwesen, die oft über hundert oder sogar zweihundert Jahre alt sind, renoviere sie und verkaufe sie dann wieder. Obwohl ich mit jedem Verkauf einen Teil meines Herzens mit abgebe. Man hängt daran, wenn man sie so Stück für Stück wieder zum Leben bringt.«

»Das kann ich verstehen«, sagte Sophie, und ihre Augen leuchteten auf. »Ich fühle mich hier in diesem Haus bereits richtig heimisch, obwohl ich erst seit zwei Wochen da bin. Aber es hat eine lange Geschichte, und vielleicht wird mir Katharina eines Tages von den Menschen erzählen, die in dem Haus gewohnt und es mit Leben erfüllt haben.«

»Das werde ich«, versicherte Frau Hag. »Meine Eltern haben damals, als sie heirateten, in die obere Wohnung einziehen können. Ich bin da geboren, und die Großeltern haben noch lange unten gewohnt. Als sie gestorben sind, bekam ich oben ein eigenes Zimmer, und meine Eltern zogen nach unten. Und nun sind Sie unterm Dach. Das Leben geht weiter. Und wenn ich einmal gestorben bin, werden Sie und Mona nach unten ziehen. Aber davon wollen wir heute nicht sprechen. Ich habe noch irgendwo Fotos aus meiner Kinderzeit. Wir werden uns einige gemütliche Nachmittage damit machen.«

Bald darauf verabschiedete sich Michael. Sophie begleitete ihn noch zu seinem Auto. Beim Abschied schlug er ihr vor, in den nächsten Tagen einmal auf seine Baustelle in Dalkvitz zu kommen. Er könne ihr dort gern alles zeigen, was sie interessiere. Sophie sagte erfreut zu, nicht nur wegen des schönen alten Hofes, wie sie sich eingestehen musste, sondern auch wegen dieses Mannes. Sie fühlte sich von ihm angezogen. Er hatte eine ruhige, aufmerksame Art zuzuhören. Und er hatte fast ein wenig schüchtern gewirkt, als er sie auf seine Baustelle einlud. Er war also eher zurückhaltend mit neuen Bekanntschaften, und das gefiel ihr. Zudem sah er auch noch gut aus mit den dichten dunklen Haaren und den braunen Augen, die beim Lachen lebendig blitzten. Sie wollte ihn gern wiedersehen, aber andererseits sollte sie diesem Wunsch eigentlich nicht nachgeben. Der Mann gehörte zu einer anderen Frau, und gerade jetzt konnte sie keine verwirrenden Gefühle gebrauchen.

Nachdem Michael weggefahren war, ging sie langsam zu Katharina zurück unter die Weide und setzte sich wieder, tief in Gedanken, die ziemlich beunruhigend waren.

Katharina, die davon zum Glück nichts merkte, sagte: »Michael ist der jüngste Sohn von meiner Freundin Viktoria. Er hat noch zwei ältere Schwestern, Adelina und Hella. Viktoria ist genau so alt wie ich gewesen, wir haben am selben Tag Geburtstag. Nun ist sie schon acht Jahre tot, aber Michael kommt mich oft besuchen. Er ist mein Patenkind.«

»Er ist sehr nett«, erwiderte Sophie. Sie wollte eigentlich Katharina daran hindern, mehr von ihm zu erzählen. Sie sollte ihn so schnell wie möglich vergessen, er war gebunden und offensichtlich auch vollkommen glücklich. Aber gleichzeitig hielt sie irgendetwas davon ab, Katharinas Redefluss zu unterbrechen. So blieb sie sitzen und rührte in ihrem Kaffee, während Katharina weitererzählte: »Er schaut immer nach dem Haus, wenn er kommt. Vor einigen Jahren hat er die Fenster neu machen lassen, und es hat gar nicht viel gekostet. Ich habe ja nur eine kleine Rente und kann für das Haus nicht viel ausgeben. Er war jeden Tag hier und hat mit angefasst. Und Clarissa kam auch oft mit. Seine Mutter und ich sind zusammen in Bergen zur Schule gegangen. Sie kam aus reichem Hause, aber sie war überhaupt nicht eingebildet. Und dann, später mit zweiundzwanzig, hat sie geheiratet, auch einen vornehmen Herrn. Zuerst hat es mit dem Kinderkriegen nicht geklappt, aber nach acht Jahren wurde sie dann doch schwanger, und später kamen noch zwei. Michael ist 1970 geboren, als Letzter, da war ich wieder zurück von Rostock. Ich selbst habe den Mann, den ich liebte und gerne haben wollte, nicht bekommen. Deshalb hat Viktoria mich immer eingeladen zu sich, damit ich Freude an ihren Kindern habe.« Sie hielt eine kleine Weile inne, um dann von den Jahren zu erzählen, die sie mit Viktoria zur Schule gegangen war und später in Putbus gearbeitet hatte. Sophie unterbrach sie nicht. Katharina sprach zum ersten Mal über die Zeit, als sie eine junge Frau gewesen war. Sie sprang zwar von einem Thema zum anderen, und es war nicht einfach, diese Puzzleteile aus ihrem Leben zu einer Geschichte zusammenzusetzen. Warum sie nach Rostock ging und was sie dort machte, erfuhr Sophie nicht, und auch nicht, wer dieser Mann war, den sie offensichtlich geliebt und nicht bekommen hatte. Doch Sophie fragte nicht weiter nach, sie wollte sie nicht bedrängen. Irgendwann einmal würde Katharina vielleicht auch darüber sprechen. Traurige Erlebnisse wurden oft leichter, wenn man sie jemandem anvertrauen konnte. Und Katharina wusste, dass bei Sophie alles, was sie ihr erzählte, gut aufgehoben war.

Nach einer Weile wurde Frau Hag auf einmal still und müde und nickte ein. Sophie legte ihr eine Decke über die Beine. Die Luft war nicht mehr so warm wie im Sommer hier draußen. Aber ein kleines Schläfchen würde ihr guttun.

Sophie stand auf und holte sich eine Hacke aus dem Gartenschuppen, um die Erde zwischen den Herbstastern ein wenig zu lockern. Eine dunkelgelbe duftende Rose hatte noch einmal einige Blüten hervorgebracht, im Vogelbeerbaum leuchteten orangefarbene kleine Beeren. Und am Zaun wand sich eine Trichterwinde empor mit weißen zarten Kelchen.

Was wird Michael wohl mit dem Garten auf dem Anwesen in Dalkvitz machen?, dachte sie. Liebt er Blumen? Ich würde vor die Hauswand des ehemaligen Wohnhauses hohe Stockrosen pflanzen, in Gelb und Dunkelrot und Weiß, und davor blaue Glockenblumen. Dahinter ein Stück Rasen, in dem ruhig auch Löwenzahn wachsen darf. Hinten neben der großen Scheune könnte man vielleicht einen Gemüsegarten mit Tomaten, Salat und Zucchini anlegen, und am Zaun müssten Sonnenblumen stehen.

Sie stützte sich auf die Hacke und sah Michael in Gedanken auf einer Bank neben der Haustür sitzen. Aber dann riss Mona, die zum Gartentor hereingestürmt kam, sie aus ihren Gedanken. »Darf ich bei Lena übernachten? Ihre Mutter hat es erlaubt, und sie bringt uns morgen dann zum Kindergarten.«

Sophie holte tief Luft und rief sich zur Ordnung. Solche Träume durfte sie nicht zulassen. Michael würde das Haus verkaufen, wenn es fertig renoviert war, seine attraktive Clarissa heiraten und wahrscheinlich mit ihr nach Stralsund ziehen. Und bestimmt nicht in ein altes Bauernhaus mit Gemüsegarten in Dalkvitz.

»Wirst du auch keine Sehnsucht nach mir bekommen?«, fragte sie ihre Tochter.

»Ich bin doch schon beinahe sechs«, erwiderte Mona.

»Gut, dann lass uns deinen Schlafanzug, die Zahnbürste und deinen Teddy einpacken. Ich bringe dich nachher zu Lena rüber.«

In dieser Nacht klingelte das Telefon bei Sophie. Sie hatte etwas unruhig geschlafen, weil Mona nicht da war, und nun dachte sie, das Kind habe Sehnsucht nach der Mutter bekommen. Aber es war Frau Hag, die von unten anrief.

Sie bat Sophie, herunterzukommen und ihr eine Injektion zu geben. Ihre Stimme klang gepresst, und Sophie stand schnell auf. Katharina hatte bestimmt Schmerzen. Gut, dass sie nun im Haus war und die alte Frau nicht lange warten musste. Sie nahm ihre Notfalltasche mit, die sie immer bereithielt. In ihrer eigenen Tasche fand sie sich, ohne hinzuschauen, schnell zurecht, wenn es nötig war. Das gab ihr Sicherheit.

Katharina war blass und atmete schwer. Sie sah Sophie dankbar an, als diese die Injektion vorbereitete. »Ich bin so froh, dass ich eine Ärztin im Hause habe«, sagte sie leise. »Ich weiß gar nicht, wie ich so lange ohne Sie auskommen konnte.«

Sophie blieb bei ihr am Bett sitzen, bis sie ruhig wurde und einschlief. Dann nahm sie ihre Tasche und ging leise wieder nach oben. Einen Hausbesuch im Nachthemd und in Hausschuhen bei einer alten Dame habe ich auch noch nie gemacht, dachte sie belustigt. Nun, Hauptsache, Frau Hag ist gut versorgt. Und sie war auch ganz froh, dass Mona bei ihrer Freundin schlief. Vielleicht hätte sie sich geängstigt, wenn sie erfuhr, dass es Oma Katharina nicht gut ging.

## 19

Am nächsten Morgen war der Himmel bedeckt, und Nebel lag über dem Dorf, den Feldern und Wiesen. Sophie sah aus dem Fenster und konnte gerade noch die Weide im Garten erkennen. Wie mit einem feinen Pinsel gemalt, hoben sich ihre zarten Zweige und Blätter vor dem grauen Hintergrund ab.

So schön dieses Bild auch war, der Nebel hatte sicher die Herzbeschwerden von Frau Hag mit bewirkt. Das Thermometer am Fenster zeigte gerade mal fünf Grad, also war es auch kalt draußen.

Sophie lief ein wenig besorgt die Treppe hinunter, um nach Katharina zu sehen, und war erleichtert, als sie die alte Frau in der Küche fand, wo sie sich gerade Malzkaffee kochte.

»Guten Morgen, Sophie«, sagte sie bedächtig. »Mir geht es wieder gut, nur ein bisschen müde bin ich noch. Setzen Sie sich doch zu mir und trinken Sie eine Tasse mit. Ich darf ja keinen richtigen Kaffee mehr trinken. Aber dieser schmeckt auch ganz gut.«

»Ich hole nachher meinen Blutdruckmesser, und Ihr Herz würde ich auch gern mal abhören«, erklärte Sophie. »Wenn ich schon hier bin, sollen Sie auch die beste Behandlung bekommen. Und Sie können mir verraten, seit wann

Sie diese Beschwerden haben und welche Krankheiten Sie sonst noch hatten.«

»Oh, ich bin selten krank gewesen«, antwortete Frau Hag. »Den Doktor habe ich nicht oft gebraucht. Erst seit einem Jahr kommt er regelmäßig alle vier Wochen. Das hat Michael organisiert, denn er ist sehr besorgt um mich. Er ist mein Patenkind, seine Mutter war eine gute Freundin von mir.«

Sophie runzelte ein wenig dir Stirn. Das hatte ihr Frau Hag schon gestern erzählt. Nun, mit einundachtzig konnte man das schon mal vergessen.

»Er renoviert zurzeit ein altes Haus in Dalkvitz«, sagte Sophie. »Ich glaube, diese alten Bauernhöfe liegen ihm sehr am Herzen.«

»Ja«, stimmte Katharina Hag zu und nippte an ihrer Tasse. »Aber eines Tages wird er keine Zeit mehr dazu haben. Er wird zu Clarissa in die Villa in Stralsund ziehen. Ihr Vater ist ein bekannter Bauunternehmer und schwimmt im Geld. Er hat in Prora einen Teil dieses Betongebäudes gekauft, das da die Gegend verschandelt. Er will dort umbauen und Eigentumswohnungen einrichten. Mein Michael wird ein reicher Mann werden, ich gönne es ihm. Wahrscheinlich übernimmt er dann irgendwann einmal die Firma seines Schwiegervaters. Dann wird er nicht mehr so oft zu mir kommen.« Sie seufzte. »Aber nun habe ich ja Sie und Mona.« Sie tunkte zufrieden eine Scheibe Toast in den Kaffee. »Und ich bin nicht mehr allein.«

Sophie sah aus dem Fenster. Draußen wurde es heute gar nicht richtig hell, und das, was sie gerade gehört hatte, trug auch nicht zu guter Laune bei. Michael Teschen als Chef eines großen Bauunternehmens? Der sich nur noch um dicke Betonbauten kümmerte? War er wirklich bereit, seine bisherige Tätigkeit wegen der Aussicht auf viel Geld aufzugeben? Sie konnte sich das nicht vorstellen. Aber was wusste sie schon von ihm? Er liebte eine reiche, attraktive Frau, und warum sollte er dann nicht auch Geld lieben? Ich werde mir dieses Haus in Dalkvitz besser nicht ansehen, dachte Sophie. Ich sollte diesen Mann nicht unbedingt öfter treffen als nötig. Eine unglückliche Liebe kann ich wirklich nicht noch einmal gebrauchen, davon hatte ich schon zwei. Basta, und jetzt hör auf, an diesen Architekten zu denken!

Als sie kurze Zeit später aufstand, um ihren Blutdruckmesser zu holen, hörte sie ein Auto vorfahren. Julian, dachte sie, wie schön, endlich mal ein Lichtblick. Julian mit seiner immer guten Laune und seiner Unternehmungslust war jetzt genau der Richtige. Sie stieg langsam die Treppe wieder herunter und ging in die Küche zu Frau Hag zurück. Aber nicht Julian saß bei ihr am Tisch, sondern Michael.

Er lächelte sie an. »Guten Morgen, Sophie. Ich hatte die Idee, Sie bei diesem trübseligen Wetter gleich heute nach Dalkvitz mitzunehmen. Ich zeige Ihnen, was schon alles an diesem alten Haus gemacht wurde und was noch geplant ist.«

So, jetzt muss ich meinen Entschluss von vorhin durchsetzen und absagen, dachte Sophie. Was soll ich nun darauf antworten? Aber eine innere Stimme sagte ihr: Ja, ich komme mit. Sie überlegte einen Moment und dann erwiderte sie: »Eine gute Idee. Im Nebel sieht dieses Haus mit dem wilden Garten bestimmt sehr romantisch aus.«

Michael nickte. »Das habe ich heute Morgen auch gedacht, deshalb bin ich gleich losgefahren. Ich habe gerade gehört, dass Katharina Sie heute Nacht gebraucht hat. Jetzt sieht sie schon wieder ganz munter aus.«

»Mir geht es auch gut«, stimmte Frau Hag zu. »Sie können ruhig mitfahren, Sophie.«

Nicht mal die Ausrede habe ich, dass ich Mona nach Bergen bringen muss und nicht mitkann, überlegte Sophie. Sie fährt heute mit Lena, warum macht es mir das Schicksal so leicht, mit Michael zusammen zu sein? Aber jetzt wollte sie nicht weiter nachdenken und freute sich einfach auf diese Fahrt.

Sie lief aufgeregt nach oben, holte ihren Mantel und saß kurze Zeit später neben Michael in seinem Wagen, der sauber gewaschen war. Auch innen schien er frisch gesaugt zu sein. Ihr zu Ehren? Oder hatte er seine schicke Clarissa damit erfreuen wollen?

Die kurze Strecke bis Dalkvitz fuhr Michael wegen des Nebels ziemlich langsam. Trotzdem brauchten sie nur wenige Minuten, während er schwieg und sich darauf konzentrierte, die Abzweigung nicht zu verpassen.

»Was macht Ihre Verlobte?«, wollte Sophie wissen, als sie von der Hauptstraße in den kleinen Ort einbogen. »Katharina hat mir erzählt, sie baut in Prora Eigentumswohnungen. Von Bauernhäusern scheint sie nicht so begeistert zu sein.«

»Clarissa liebt es modern mit Beton und Glas«, antwortete er freundlich. »Sie mag meine Spielereien mit alten Häusern nicht. Aber sie ist eine großzügige Frau, in jeder Hinsicht. Sie lässt mir mein Vergnügen, bis ...«, er stockte kurz, dann fuhr er fort: »... bis ich bereit bin, in das Baugeschäft ihres Vaters einzusteigen. Dann kann ich natürlich keine Bauernhäuser mehr renovieren. Aber sie drängt mich auch nicht, ich habe also noch Schonfrist.«

Er hielt vor dem Hof, stieg aus und ging um das Auto herum, nahm Sophie leicht am Arm und führte sie zur Baustelle. »Hier liegt noch alles herum, Balken, Werkzeug und Steine. Seien Sie vorsichtig, man stolpert leicht. Wir haben mit dem vorderen Haus angefangen, das einmal das Wohngebäude war. Und die Scheune dort hinten wird dann als Nächstes umgebaut. Den Stall seitlich lassen wir, wie er ist, er bekommt nur einen frischen Anstrich und ein neues Dach.«

Sophie erkannte das baufällige Haus, das sie vor Wochen von weitem gesehen hatte, fast nicht wieder. Das defekte Reetdach war verschwunden, und neue, helle Dachbalken über einer dicken Plane verloren sich oben im Nebel. Darunter an den Wänden konnte man das dunkelbraune Fachwerk erkennen, zwischen dem an vielen Stellen frische Ziegelsteine eingesetzt worden waren. Die hohen Türen vorn und hinten waren bereits erneuert – dickes Holz mit hübschen Glaseinsätzen im Rundbogen. Irgendwo im Inneren hörte sie Männerstimmen, jemand klopfte auf irgendeinen metallenen Gegenstand.

»Kommen Sie, ich zeige Ihnen, wie es drinnen aussieht«, schlug Michael vor, dem man ansah, wie stolz und voller Begeisterung er war. »Zurzeit wird die Heizung eingebaut, so ein Zugeständnis an die neue Zeit muss sein. Die einzelnen Räume unten sind gleich geblieben, nur bei zweien wurde die Zwischenwand entfernt, das wird ein gemütliches großes Wohnzimmer.«

»Wie schön!«, rief Sophie unwillkürlich, als sie die breite Diele betraten. Die Wände waren weiß gekalkt. Mehrere

Zimmer, an denen noch die Türen fehlten, gingen rechts und links von diesem Flur ab. Der Boden war aus groben, flachen Natursteinen. Überall in den Zimmern gab es große Sprossenfenster mit hellblauen Holzrahmen, und auch diese Räume hatten weiß gekalkte Wände. Hier bestand der Boden aus dicken Holzdielen.

»Wenn die Sonne scheint, ist es hier drin wunderbar hell«, sagte Sophie und lief von einem Raum in den anderen.

»Wir haben hier dieselben Fenster verwendet wie bei Katharina«, erklärte Michael. »Sie sind größer als die alten. Sie waren nicht ganz billig, aber Clarissa hat sie damals für Katharina bezahlt. Sie kennt alle Betriebe, wo man noch gute, stabile Qualität bekommt. Ich erwähnte ja schon, dass sie eine großzügige Frau ist. Sie meinte aber, für sie selbst kämen solche Fenster nicht infrage, viel zu schwierig zum Putzen.«

»Frau Hag hat mir davon erzählt«, erwiderte Sophie. »Sie haben ihr den wahren Preis nicht mitgeteilt?«

»Nein, und für Clarissa war das keine große Summe. Sie hat Katharina auch sehr gern. Und sie kommt immer wieder einmal mit, wenn ich meine Patentante besuche. Sie meinte damals, die Investition bei ihr würde sich lohnen, da ich sowieso ein Auge auf das Haus geworfen hätte.«

Aha, ganz so selbstlos war das also doch nicht gewesen!, dachte Sophie.

»Bleiben die Wände hier weiß gekalkt?«, wollte sie wissen.

»Ja, da wird nicht mehr tapeziert«, antwortete Michael. »In den nächsten Tagen wird noch ein Kachelofen im Wohnzimmer eingebaut. Er kann in der Übergangszeit geheizt werden. Ansonsten gibt es natürlich in allen Zimmern eine Zentralheizung. Das Dach ist schon dicht, auf die Balken wird natürlich wieder Reet aufgebracht. Die zwei kleinen Giebel auf beiden Seiten werden eingebaut, damit auch die oberen Räume heller werden. Hier am Ende der Diele, schauen Sie, ist eine große Küche geplant mit direktem Ausgang in den Garten, damit die Hausfrau im Sommer nur einen Schritt tun muss, wenn sie an ihr Kräuterbeet will.«

»Das würde mir auch gefallen«, sagte Sophie sehnsüchtig. »Man kann dann zum Kartoffelschälen auf der kleinen Terrasse vor der Küche sitzen.«

»Genau«, stimmte Michel zu. »Clarissa meint zwar immer, eine Küche sei ein Arbeitsplatz, der funktional sein muss und sonst nichts. Aber sie ist ja selbst selten in einer, außer wenn sie eine baut. Sie ist für Inneneinrichtungen zuständig, aber nicht in meinen altmodischen Katen, wie sie die immer nennt.«

Er lachte fröhlich, es schien ihm nichts auszumachen, dass seine Verlobte so ganz andere Ansichten hatte als er.

Während Michael noch einiges mit den Männern am Bau zu besprechen hatte, sah sich Sophie im Garten um. Der Nebel hatte überall auf den Zweigen der Bäume und den langen Gräsern kleine glitzernde Tropfen hinterlassen. Die kühle Feuchtigkeit der Luft fühlte sich angenehm auf Sophies erwärmtem Gesicht an. Hoffentlich merkte man es ihr nicht an, wie sehr dieser Mann sie beeindruckte.

Sie ging langsam über das große Grundstück. Was könnte man aus dem machen! Ein halb verfallener Zaun zeigte ihr die Grenzen. Mehrere Apfelbäume, die schon die Blätter verloren hatten, aber noch Früchte trugen, standen am hinteren Ende. Überall war das Gras hochgeschossen und überwucherte alles. An einigen Stellen konnte man die Reste von Blumenstauden erkennen, und am Zaun zum Nachbarn entdeckte sie große Rosensträucher mit kleinen rötlichen Blättern und dunklen Hagebutten.

»Das ist die Rosa spinosissima, die echte Dünenrose«, sagte Michael, der zu ihr gekommen war. »Sie wächst gern auf sandigem, kalkhaltigem Boden. Früher war sie oft auf den Dünenkämmen an der Küste zu finden, hauptsächlich auf den Nordseeinseln. Aber sie wird immer mehr verdrängt von der Kartoffelrose, die schneller wächst und leuchtende, pinkfarbene Blüten und rote Hagebutten hat. Sie kennen sie sicher.«

»Ja, ich wusste nur nicht, dass die echte Dünenrose so viel zarter ist, dafür aber mehr kleine Stacheln hat.«

»Ja, man sieht sie leider nur noch selten. Die meisten Leute kennen sie gar nicht mehr. Sie blüht weiß oder gelb, auch zart rosafarbene gibt es. Im Mai ist sie die Erste, die über und über voller Blüten ist. Es gibt einen wunderschönen Geheimplatz, wo man sie noch finden kann, oben auf der Halbinsel Wittow. Dahin fahren wir einmal zusammen, zum Steilabfall über der Küste. Waren Sie schon mal dort?«

»Nein, es gibt noch einiges, was ich mir ansehen möchte. Aber nun wohne ich ja hier und kann alles gemächlich angehen. Zum ersten Mal in meinem Leben habe ich auch viel Zeit für Mona. Und das tut uns beiden gut.«

»Mit Mona könnten wir einen Ausflug zum Rügenpark nach Gingst machen. Dort ist ganz Rügen auf kleinstem Raum aufgebaut, und eine kleine Parkeisenbahn gibt es auch.«

Sophie sah Michael von der Seite an. In seinen dunklen Haaren hingen lauter kleine glänzende Nebeltropfen. Er blickte sie so ruhig und warm an, dass sie schnell wegschaute. Sie trat einen Schritt zurück und wandte sich um. »Dafür werden Sie wohl kaum Zeit haben«, erwiderte sie abweisend und schroffer, als sie es eigentlich gewollt hatte. »Sie haben Ihre Arbeit und Ihre Freundin. Aber trotzdem vielen Dank für Ihre Tipps. Ich habe hier jemanden kennengelernt, mit dem ich bereits ein paarmal unterwegs war. Er ist auf Rügen aufgewachsen. Sicher nimmt er mich auch mal nach Wittow mit.«

Als sie keine Antwort bekam, drehte sie sich vorsichtig um. Michaels Gesicht verriet keine Regung, er straffte sich nur und sagte: »Lassen Sie uns gehen, es ist feucht und kühl hier draußen.«

Sie stiegen in seinen Wagen, und als Michael nicht gleich startete, fragte Sophie: »Haben Sie etwas vergessen?«

»Nein.« Er wandte sich ihr zu, und in seinen Augen stand ein belustigtes Funkeln. »Haben Sie schon mal was vom Nachtjäger gehört?«, fragte er.

Sophie schüttelte den Kopf. »Sollte ich das?«

»Wenn Sie jemals in einem Haus wohnen sollten wie diesem«, er zeigte auf das alte Gebäude im Nebel, »dann müssen Sie wissen, wer der Nachtjäger ist.«

»Das klingt ja richtig gefährlich«, meinte Sophie.

»Der Nachtjäger kommt im Herbst, wenn die Stürme über die Insel brausen«, erklärte Michael ihr. »Er reitet auf einem feurigen Pferd über die Heide und durch den Wald, eine Meute Hunde um sich herum. Und wehe, es stellt sich ihm jemand in den Weg. Er jagt die Tiere der Nacht – Wölfe, Füchse, Luchse und auch Menschen, Räuber, Diebe und

Mörder. Man hört schon von weitem seine Peitsche knallen und das Geheul der Hunde. Wenn man unterwegs ist, und man sieht ihn kommen, muss man schnell in die Mitte der Straße oder des Weges gehen, denn er darf nämlich nie in der Mitte reiten. Die Leute sagen, er hält die Wege rein, aber keiner wagt sich hinaus, wenn der Jäger unterwegs ist.«

Sophie hatte gespannt zugehört, sie liebte solche Geschichten. Im Schwarzwald gab es unzählige Sagen und Märchen, die ihre Großmutter immer wieder erzählt hatte. »Ich werde es mir merken«, sagte sie. »Aber was hat das mit dem Bauernhof zu tun?«

»Die alten Höfe haben, wie hier, eine Diele, die von vorn bis hinten durchläuft. Wenn der Nachtjäger unterwegs ist, muss man beide Türen fest verschließen, sonst stürmt er mit dem Pferd und den Hunden durch das Haus und reißt alles mit, was ihm in den Weg kommt. Oft ist an den Gebäuden der Dachfirst an beiden Enden abgeschrägt und trägt Giebelfiguren, gekreuzte Pferdeköpfe zum Beispiel. Das soll das Haus vor ihm schützen.«

»Das ist sehr beruhigend«, erwiderte Sophie. Sie hatte Michael, während er erzählte, mit leuchtenden Augen angesehen. »Und bekommt dieser Hof hier auch diesen Schutz?«

»Aber sicher«, bestätigte Michael lächelnd. Er startete den Motor und fuhr langsam zur Hauptstraße. »Die Giebelfiguren mache ich immer selbst, ich arbeite gern mit Holz.«

# 20

Für Sophie war der Heimweg viel zu kurz. Sie hätte gern noch mehr gehört über diese alten Häuser, die Sagen und Geschichten von Rügen. Aber Michael schwieg, und vor Katharinas Haus verabschiedete er sich freundlich, aber knapp und fuhr gleich weiter. Julian war da, stand neben seinem Auto und kam erfreut auf Sophie zu, als sie ausgestiegen war.

»Aha, der hoch gelobte Patensohn von Katharina«, sagte er. »Sie spricht immer nur voll Anerkennung von ihm. Und du, geht's dir auch so?«

»Er hat mir nur seine neue Baustelle gezeigt«, erwiderte Sophie abwehrend.

Sie war etwas verwirrt. Warum hatte Michael sich so viel Zeit mit ihr gelassen, und warum war er an weiteren Treffen mit ihr interessiert? Oder war er gegenüber allen Menschen so freundlich? Sie durfte nicht zu viel hineininterpretieren in so eine Einladung. Sicher war er genau so stolz auf seine Heimat wie Julian, und es machte ihm Spaß, sie herumzufahren und ihr Geschichten über die Insel zu erzählen. Und wenn sie ganz ehrlich war, würde sie sich darüber freuen, mehr von ihm zu hören.

»Magst du heute Abend zu mir kommen?«, unterbrach Julian ihre Gedanken. »Ich koche was Gutes, und du kannst meine Praxis besichtigen, in die einmal deine kleinen Patienten kommen werden. Na, wie sieht's aus?«

Das holte Sophie wieder in die Realität zurück. »Ja, gern«, gab sie zurück. »Warum nicht? Sobald Mona im Bett ist. Aber es darf nicht zu spät werden, ich mache mir nämlich Sorgen um Katharina.«

»Das Essen wird fertig sein, wenn du da bist. Und so gegen zweiundzwanzig Uhr kannst du dann wieder zu Hause sein«, versicherte er ihr.

»Gut, ich freue mich. Was soll ich anziehen?«

»Eins von deinen Flatterkleidern, die mag ich an dir besonders, und mit offenen Haaren«, antwortete er prompt.

Sophie musste lachen. »Wird gemacht, mein Herr. Ich werde mich richtig schön machen für dich.«

Er warf ihr eine Kusshand zu, dann wurde er ernst. »Katharina ging es in letzter Zeit recht gut«, bemerkte er, »aber im Herbst machen ihr die Nebel zu schaffen. Dr. Karl sagt, das wirft sie immer zurück. Außerdem habe ich bemerkt, dass sie mir öfter dasselbe erzählt. Sie ist nun mal in einem Alter, in dem solche Dinge nicht ausbleiben. Man muss damit rechnen, dass sie bald mehr Betreuung braucht. Schaffst du das?«

»Sicher, ich habe nicht umsonst Pflege gelernt. Und wenn es ganz schlimm wird, kann ich bei Dr. Burg auch wieder aufhören zu arbeiten, dann bleibe ich ganz zu Hause.«

»Du hast zu Hause gesagt«, bemerkte Julian erfreut.

»Stimmt, das kam, ohne nachzudenken. Und dabei bin ich gerade mal zwei Wochen hier. Aber es ist ein gutes Zeichen. Und lass uns jetzt nach unserem Sorgenkind sehen.«

Das Sorgenkind saß gemütlich auf ihrem Sofa im Wohnzimmer und hatte die Beine hochgelegt. Sie schaute vor sich hin, und als sie die beiden bemerkte, sagte sie: »Julian, wie schön, du warst lange nicht da.«

Er blickte Sophie an, die sich zu Katharina herunterbeugte. »Er hat vor zwei Tagen Ihre Beine massiert, wissen Sie das nicht mehr?«

Sie legte den Kopf schräg. »Ach, vor zwei Tagen«, murmelte sie. Dann lächelte sie Julian zu. »Nur munter ans Werk. Meine Beine sollen wieder so schlank und rank werden wie bei einem jungen Mädchen.«

»Meine liebe Katharina«, erwiderte Julian heiter, »dann werden Sie noch unwiderstehlicher, als Sie schon sind.«

Sie kicherte erfreut, und Sophie ging beruhigt nach oben. Julian hatte eine liebevolle und auch humorvolle Art, mit der alten Dame umzugehen. Er verlor nie den Respekt vor ihr, auch wenn ihr Kurzzeitgedächtnis nicht mehr gut funktionierte und sie manches gar nicht mehr so recht verstand. Dafür konnte sie sich an viele Einzelheiten aus ihrer Kindheit erinnern, und das erzählte sie gern. Nur über die Jahre später konnte oder wollte sie immer noch keine weitere Auskunft geben. Sophie wusste bis jetzt eigentlich nur das, was sie einmal im Garten unter der Weide, nach Michaels Besuch, angedeutet hatte: dass es da eine große Liebe gegeben hatte, die nicht in Erfüllung gegangen war.

Von Katharinas Kindheit wusste Sophie inzwischen, dass sie 1932 in diesem Haus geboren wurde, in der oberen Wohnung unterm Dach. Sie war das einzige Kind ihrer Eltern gewesen. Der Vater arbeitete als Landwirt, und die Mutter hatte für andere Leute genäht. Dann kam der Krieg, aber die Familie hatte Glück gehabt. Rügen wurde von

Bomben weitgehend verschont, und das Land gab noch genug zu essen her. Erst im März 1945 wurde Saßnitz wegen des Hafens bombardiert. Und dann waren die Flüchtlinge aus dem Osten gekommen und die verwundeten Soldaten, danach die Russen. Katharina erinnerte sich gut daran. Damals war sie dreizehn Jahre alt. Die russischen Soldaten waren bekannt für ihre Liebe zum Alkohol. Und zu Kindern, denen sie oft etwas Süßes zusteckten. Sie hatte auch von der Verhaftung der vielen Männer erzählt nach dem Krieg, die verschickt wurden und oft nicht wiederkamen. Katharinas Vater war verschont worden, auch die Großeltern, die noch unten im Haus wohnten. Sie hatte eine schöne Kindheit gehabt, trotz Krieg, und sie erzählte gern von der kleinen Schule in Bergen, in die sie mit dem Fahrrad fuhr oder auch im Winter zu Fuß ging. Dort traf sie sich mit ihrer Freundin Viktoria. Manchmal durfte sie bei ihr in Bergen übernachten. Es gab in der Nachkriegszeit zu wenig Papier zum Schreiben, kaum Bücher, Stifte fehlten, neue Schuhe konnte man nirgends bekommen. Und im Winter war es in den Schulzimmern kalt, da Heizmaterial fehlte. Aber trotzdem hatten sie und Viktoria immer viel Spaß gehabt. Doch über die nachfolgenden Jahren erzählte sie nichts. Sie wanderte in Gedanken stets zurück in die Kindheit. Was sie als junge Frau nach der Schule gemacht hatte, konnte Sophie nicht erfahren. Sie wusste nur, dass sich Katharina irgendwann einmal längere Zeit in Rostock aufgehalten hatte, viele Jahre später zurückgekommen war und ihre alte Mutter gepflegt hatte. Der Vater lebte damals schon nicht mehr. Und seit dem Tod der Mutter wohnte sie allein im Haus. Und immer wieder betonte sie, dass sie sehr froh und dankbar war, ihre letzte Zeit mit Sophie und

Mona verbringen zu können, und nicht mehr alleine sein musste.

Mona kam Sophie glücklich entgegengerannt, als sie sie am Mittag aus dem Kindergarten abholte. Sie hatte keine Sehnsucht in der Nacht bei ihrer Freundin gehabt, aber sie war wohl nicht so viel zum Schlafen gekommen wie sonst. Man sah ihr an, dass sie müde war. Das passte Sophie ganz gut, denn so würde sie heute Abend früh ins Bett gehen, und Julian musste nicht auf sie warten.

»Ich hatte eine Matratze neben Lenas Bett«, erzählte Mona, »und wir haben eine Kissenschlacht gemacht. Aber dann mussten wir uns hinlegen und ruhig sein. Da haben wir noch lange geflüstert, und Lena hatte eine Taschenlampe. Das war lustig.«

»Und was gab es heute Morgen zum Frühstück?«, wollte Sophie wissen und strich ihrer Tochter über die kurzen stoppeligen Haare. Sie sah wirklich eher wie ein Junge aus, vielleicht sollte man die Haare doch einmal wachsen lassen.

»Müsli mit Äpfeln und Bananen. Und hinterher hat uns Lenas Mutter nach Bergen gefahren. Es war so nebelig, dass sie nur ganz langsam vorankam. Die Bäume haben ausgesehen wie Gespenster, und wir haben uns immer vorgestellt, dass sie uns gleich mit ihren langen Armen packen würden.«

Ja, das war so echt Mona, sie hatte eine blühende Fantasie.

Das Mittagessen – Kartoffel-Gemüse-Auflauf – hatte Sophie schon fertig, es wurde im Ofen bei Frau Hag warm gehalten. Frau Hag hatte den Vorschlag gemacht, bei ihr zu kochen und zu essen. Sie kam die Treppe zur oberen Wohnung nicht mehr hoch. Und sie hätte auch mehr Appetit, wenn sie Gesellschaft habe. Sie saß dann in der Küche auf der Eckbank, während Sophie am Herd hantierte, und erzählte ihr Geschichten aus den kleinen Orten in der Umgebung, wo alle sie kannten.

Nachdem sie gegessen hatten, räumte Sophie die Küche auf. Danach überzog sie noch Katharinas Bett frisch und steckte die Wäsche in die Waschmaschine im Keller. Währenddessen machte Katharina ein Schläfchen auf dem Sofa.

Das Haus hatte keine Zentralheizung. Oben gab es zwei Ölöfen, unten den Kachelofen, der auch Katharinas Schlafzimmer mit wärmte. In der Küche stand ein schmaler Holzkohleofen, auf dem sie früher gekocht hatte. Der Ofen wurde aber nur angeheizt, wenn es sehr kalt war. Daneben befand sich der schöne neue Elektroherd mit Ceranplatte, ein Geschenk von Michael, wie Katharina erzählt hatte.

Sophie machte sich gern im Haushalt zu schaffen, solange alles so übersichtlich war wie hier. Bei Katharina stand nichts Unnützes herum, sie war eine sehr ordentliche Frau. »Ich will nicht, dass nach meinem Tod die Leute sagen, was hat denn die für einen Krempel überall«, hatte sie Sophie erklärt. »Ich habe in den letzten Jahren aussortiert, was ich nicht mehr benutze, und das war ziemlich viel – alte Möbelstücke, Kleider, Bücher, Andenken. Mir fiel es nicht immer leicht, aber nun ist bei mir richtig schön Platz. Und man muss nicht dauernd abstauben, der Boden ist schnell gewischt. Niemand muss sich über eine Ansammlung von unnützen Dingen ärgern.«

Leider waren auch Fotoalben verschwunden und Bilder

von früher, was Sophie bedauerte. Sie hätte gern gesehen, wie Katharina früher ausgesehen hatte oder auch das Haus. Und vielleicht wäre auch ein Bild dabei gewesen von diesem geheimnisvollen Mann, der ihre große Liebe war und den sie nicht hatte heiraten können.

## 21

Der Nebel draußen lichtete sich gegen Nachmittag, und nach dem Abendessen, das Sophie mit Mona in ihrer Wohnung einnahm, brachte sie ihre Tochter ins Bett. Sie schlief sofort ein.

Sophie genoss es danach, sich schön anzuziehen. Sie hatte sich ein hellblaues, luftiges Kleid ausgesucht, unter dem sie ein Top mit schmalen Trägern trug. Es war an der Taille gesmokt, der Rock mit dem Seidenunterrock fiel weit über die Knie. Die Haare ließ sie offen, nahm aber rechts und links eine breite Strähne in weichen Wellen zurück und hielt sie am Hinterkopf mit einer silbernen Spange zusammen.

Sie besaß keinen Lippenstift oder Make-up und hatte so etwas auch noch nie vermisst. Ihre Augenbrauen waren trotz der blonden Haare dunkel und die Wimpern fast schwarz. Und die paar Sommersprossen um die Nase hatten noch niemanden gestört.

Zufrieden drehte sie sich vor dem großen Spiegel im Flur einmal im Kreis. Dann zog sie flache Ballerinas an. Pumps hatte sie nicht, die waren viel zu unbequem. Da es draußen schon recht kühl war, zog sie sich einen Mantel über.

Julian wohnte im Zentrum von Bergen in einem schönen alten Fachwerkhaus. Die Praxisräume befanden sich im Erdgeschoss und seine Wohnung lag im ersten Stock.

Er war sofort an der Tür, als Sophie geklingelt hatte, und freute sich sichtbar.

»Wow«, entfuhr es ihm, als er ihr den Mantel abnahm. »Ich wusste doch, dass so ein Kleid und die offenen Haare dich unwiderstehlich machen. Gegen dich bin ich ja ein männliches Aschenputtel.«

Er trug seine unvermeidlichen Jeans, ein Poloshirt und eine rot-weiß karierte Küchenschürze. »Soll ich mich in meinen Frack werfen?«, fragte er mit einem Augenzwinkern.

»Hat du einen?«

»Nein, leider.«

»Dann bleib so, wie du bist«, antwortete Sophie. Sie sah sich in der geräumigen Diele der Wohnung um. »Parkett, sehr vornehm, und ein halbhohes Holzpaneel in Gelb. Gefällt mir. Wie geht es weiter?«

»Hier entlang, voilà, das Wohnzimmer.«

Jetzt konnte Sophie ein Wow nicht unterdrücken. »Du bist ja eine richtig gute Partie!«, rief sie staunend. »So ein hoher Raum mit Stuck an der Decke, Fenstern bis zum Boden, einer Sitzlandschaft vom Feinsten und Möbeln aus diesem wunderbaren hellrötlichen Holz. Kirschbaum?«

»Genau, sieh dich nur weiter um. Du kannst in alle Räume gehen, es sind insgesamt fünf. Ich benutze aber nur drei. Ich muss noch mal in die Küche.«

Er verschwand, und Sophie machte sich weiter auf Entdeckungsreise. Das Bad war mit einer riesigen Eckbadewanne ausgestattet, alles in Weiß und Hellgelb gekachelt. Da fehlen nur noch die goldenen Wasserhähne, dachte Sophie. Die zwei unbenutzten Zimmer zweigten an der anderen Seite des Flurs ab. Ihre Fenster gingen nach Osten. Ein paar leere Regale standen drin, eine Kommode und ein Tisch, alles ein bisschen staubig. Und dann kam sie gegenüber ins Schlafzimmer. Eigentlich wollte sie das auslassen, aber sie war einfach zu neugierig. Sie blieb aber in der Tür stehen. Vor einer weinroten Wand stand das breite weiße Holzbett. Sehr breit, stellte Sophie fest, da hatte ja eine ganze Familie drin Platz. Seitlich sah sie einen begehbaren Schrank hinter einer Schiebewand und einen Sessel, auf dem einige Kleider lagen. Nur das Schlafzimmer war mit einem dicken, cremefarbenen Teppich ausgelegt, in den anderen Räumen war helles Parkett.

»Essen ist fertig«, rief Julian aus der Küche, und sie eilte zu ihm. »Wir essen hier«, sagte er, »setz dich. Und, bist du beeindruckt?«

Die Küche sah sehr gemütlich aus, mit einem großen ovalen Tisch, Stühlen aus Rohrgeflecht und Schränken, die hellblau lasiert waren, so dass die Holzstruktur noch zu sehen war.

»Hast du eine reiche Erbtante?«, wollte Sophie wissen.

»Nein, aber gut betuchte Eltern, die mir die Wohnung überlassen haben und selbst wieder in ein kleines Haus in Prora gezogen sind. Mein Bruder mit seiner Familie wollte auf keinen Fall hier wohnen. Er ist aufs Festland gegangen, also habe ich mich hier eingenistet. Ich war sehr sparsam in den ersten Jahren und habe all mein Geld in die Einrichtung gesteckt. Man verdient als Physiotherapeut mit zwei Teilzeitangestellten ganz gut. Allerdings nicht so viel wie eine Ärztin«, setzte er augenzwinkernd hinzu.

»Nur, wenn sie eine eigene Praxis in einer Großstadt mit vielen Privatpatienten hat und immer Vollzeit arbeitet«, entgegnete Sophie trocken.

»Bist du sehr knapp bei Kasse?«, fragte er ernst.

»Ich habe genug zum Leben, und ich stelle keine großen Ansprüche«, antwortete sie. »Und wenn Mona größer ist und vielleicht studieren will, muss ich eben wieder mehr arbeiten.«

»Wie wäre es mit einem reichen Mann?«

»Mit dir?«

»Zum Beispiel«, sagte er lachend.

»Wie viele Freundinnen hattest du bisher?«, erkundigte sich Sophie vorsichtig.

»Also, das erkläre ich dir später. Jetzt gibt es erst mal Blätterteigpizza mit verschiedenen Belägen, vor allem Gemüse. Sie ist selbst gemacht. Ich bitte um Bewunderung. Der Salat ist selbst gekauft. Ich bin kein großer Koch, aber einiges kriege ich schon ganz gut hin.«

Julian hatte wirklich gut gekocht, und als er dann einen Nachtisch brachte, Schokopudding mit Sahnehäubchen, konnte man das schon beinahe als Viersternemenü bezeichnen. Später saßen sie in der bequemsten Ecke im Wohnzimmer und tranken noch einen leichten Rotwein.

»Also beichte«, bat Sophie. »Du scheinst kein Kind von Traurigkeit zu sein.«

»Nein, aber auch kein Womanizer«, erwiderte Julian. »Ich bin ein ganz normaler Mann von achtunddreißig Jahren mit bisher drei längeren Liebesgeschichten. Seit über einem Jahr bin ich Single und so langsam auf der Suche nach einer Frau fürs Leben. Und Kinder möchte ich auch. Zufrieden?«

»Natürlich, aber du bist mir um eine Liebesgeschichte voraus«, erklärte Sophie und kräuselte die Nase.

»Das gehört sich so für einen Mann. Frauen sollten

nämlich etwas genügsamer sein mit ihren Amouren«, meinte er und erntete einen kräftigen Stoß gegen die Schulter. »Und wie ist es bei dir mit der Suche nach einem Mann? Ein Kind hast du ja schon.«

Sophie schwieg, dann sagte sie nach einer Weile: »Das ist nicht so einfach, ich – na ja, drücken wir es einmal so aus, ich knabbere noch an einer Altlast. Vielleicht mache ich mir da auch etwas vor, weil ich noch Scheuklappen vor einer neuen Liebe habe. Ich werde demnächst fünfunddreißig, und da möchte ich nicht mehr rumprobieren, sondern was Festes haben. Genauso wie beruflich. Verstehst du das?«

»Natürlich. Nur, mit Scheuklappen wirst du was Festes auch nicht so leicht finden.«

»Ich schaue schon nach rechts und links«, entgegnete Sophie. »Nur möchte ich zuerst einmal wirklich lange schauen und mich dann erst entscheiden. Dazu muss der entsprechende Mann sehr geduldig sein.«

»Verstanden«, sagte Julian und hauchte ihr einen leichten Kuss auf die Wange. »Ist der, an den du noch denkst, der Vater deines Kindes?«

»Ja, Leonardo, er ist nach Italien zurückgegangen.«

Julian strich ihr über das Haar. Beide schwiegen, bis Sophie sich reckte und ihn mit funkelnden Augen ansah.

»So, und nun verrat mir, wer dir bei deiner Einrichtung hier geholfen hat. Das ist doch nicht alles auf deinem eigenen Mist gewachsen, oder?«

Julian lachte. »Du hast so eine anschauliche Ausdrucksweise. Nein, das meiste stammt von meiner letzten großen Liebe. Sie ist Chefdekorateurin in einem Modegeschäft in Stralsund. Schauwerbegestalterin hat sie mich immer verbessert. Und ich finde, sie hat das sehr gut gemacht. Sie hat nicht nur die Ideen gehabt, sondern auch eigenhändig gestrichen, geschraubt, genäht. Eine sehr praktische Freundin.«

»Und warum ist die Beziehung auseinandergegangen?«

»Sie wollte nicht nach Rügen ziehen und ich nicht nach Stralsund. Aber vielleicht war das auch ganz gut so. Sie hat sich recht schnell mit einem Zahnarzt getröstet. Ihre wunderschönen weißen Zähne haben ihn sicher betört.«

Es wurde ein gemütlicher Abend, den Sophie sehr genoss. Sie fühlte sich richtig leicht, ohne Sorgen, wenigstens für ein paar Stunden. Mit Julian war so etwas möglich. Er hatte immer etwas zu erzählen, was interessant und meist auch amüsant war, und die Zeit verging schnell.

Gegen halb zehn Uhr stand Sophie schließlich auf. »Du wolltest mir doch noch deine Praxisräume zeigen«, sagte sie, »und ich muss dann auch gehen. Erheb dich, Junge, auch wenn es dir noch so schwerfällt.«

Sie zog Julian hoch, er lehnte sich zuerst zurück, aber dann stand er plötzlich mit einem Sprung vor ihr und legte die Arme um sie. »Einen Kuss«, sagte er und sah sie übermütig an, »für die gute Pizza und dafür, dass ich bisher so brav war. Du darfst dann hinterher ruhig auch deine Scheuklappen wieder anlegen.«

Sophie zögerte kurz, dann lächelte sie und küsste ihn auf den Mund, lange und zärtlich, und Julian schloss selig die Augen. Er zog sie fest an sich, dann küsste er sie wieder, lange und nicht so zärtlich, sondern fest und innig, bis sie sich von ihm löste.

»Danke«, sagte er leise und nahm sie an der Hand.

Während sie die Treppe hinuntergingen, fühlte sich Sophie zu ihrer eigenen Überraschung richtig glücklich. Leonardo war weit weg. Und vielleicht wäre es ganz gut, die Scheuklappen mit der Zeit zu entsorgen und wieder bereit zu sein für eine neue Liebe.

Julian zeigte ihr stolz seine Praxisräume. Sie waren einfach und zweckdienlich eingerichtet. An den Wänden hingen schöne Bilder: ein Weg im Schnee, der sich am Horizont in einem Wald verlor, rechts und links im Vordergrund kahle Bäume, auf deren schneebedeckten Ästen die Sonne glitzerte. Ein anderer Weg entlang einer Steilküste, grüne Wiesen und blaues Meer, so weit das Auge reichte.

»Der South Downs Way in Südengland«, erklärte Julian. »Er ist hundert Kilometer lang. Ich bin ihn mal mit einem Freund gewandert – ein einmalig schönes Erlebnis. Das würde ich auch gern mit dir machen. Wir könnten kleine Tagesstrecken gehen und jeden Moment genießen, das könnte sogar Mona schaffen.«

»Ja«, meinte Sophie, »dieses Bild strahlt eine wunderbare Ruhe aus. Man wird durch nichts von dieser Landschaft abgelenkt. Hast du eine Vorliebe für Traumpfade? All deine Bilder zeigen einen wunderschönen Weg, und alle sind einzigartig.«

»Ja, und am liebsten würde ich auf diesen Wegen einmal entlanggehen. Schau hier, eine Eichenallee, auf beiden Seiten gesäumt von blühenden violett- und rosafarbenen Rhododendren. In Louisiana, leider sehr weit weg.«

»Das kannst du auch im Bremer Rhododendron-Park haben«, meinte Sophie.

»Aber nicht mit so uralten knorrigen Eichen, liebe Frau Doktor«, gab Julian zurück und drückte sie kurz an sich.

Sie ging zum nächsten Bild und schrie leise auf. »Blühende Obstbäume auf einer Wiese im Schwarzwald, durch die ein schmaler Pfad führt! Genau so sieht es bei uns aus. Meine Oma hatte eine Obstwiese hinter dem Haus, und an ihrem Ende fingen gleich die dichten hohen Tannen an, unter denen es immer dunkel und geheimnisvoll ist.«

Julian legte ihr den Arm um die Schultern. »Du hängst noch an deiner Heimat, oder?«

»Ach«, Sophie seufzte, »es ist ja niemand mehr da, außer meinem Vater. Und der ist mit seiner Backstube und der angeheirateten Familie beschäftigt. Wir standen uns nie so richtig nah. Er hat nachts gearbeitet und tagsüber geschlafen. Manchmal habe ich gedacht, wenn er mir auf der Straße begegnet, erkennt er mich vielleicht gar nicht.«

»Trotzdem solltest du ihn wieder mal besuchen. Und wenn du erlaubst, dass ich mitkomme, lerne ich auch deinen schwarzen Wald kennen. Ich war noch nie dort.«

»Vielleicht, irgendwann einmal«, antwortete Sophie. »Aber erst wenn ich hier richtig Fuß gefasst habe und auf eigenen Beinen stehe. Am liebsten wäre mir eine eigene Wohnung, aus der kann mich niemand mehr rauswerfen, und natürlich ein fester Arbeitsplatz.«

»Du siehst so romantisch aus und hast so pragmatische Wünsche«, stellte Julian fest. »Eigentlich sollte man dich auf Händen tragen, und du solltest dir keine Gedanken machen müssen über Wohnung und Gehalt.«

»Und du wirkst so bodenständig, und dabei bist du im Inneren so romantisch mit deinen Traumwegen. Wir müssten eigentlich gut zusammenpassen.«

»Das versuche ich ja dir dauernd klarzumachen«, gab Julian vorwurfsvoll zurück.

»Jetzt zeigst du mir noch, wo man Fangopackungen bekommen kann und heiße Rolle und weitere Behandlungen, und dann muss ich nach Hause.«

Julian seufzte auf. »Hab ich es doch gesagt, lauter vernünftige Wünsche. Dann komm, hier geht's lang zum Moorbad und zum Schlingentisch. Dort drüben haben wir noch Bienenwachspackungen anzubieten, Atemtherapie und vieles mehr. Aber das Beste ist hier das Sandbett. Man liegt im Sand, der mit einem Tuch bedeckt ist und von unten angewärmt wird. Man ist warm eingepackt und kann entweder die Augen schließen oder auf dieses schöne Dünenbild mit dem weiten Meer schauen oder leise Entspannungsmusik hören. Das ist Strandgefühl pur, auch im Winter.«

»Das kann ich mir gut vorstellen. Wenn ich mal ganz unten bin, dann lege ich mich in dein Sandbett und träume von den blühenden Bäumen auf der Wiese meiner Oma. Was würde das kosten?«, fragte Sophie nachdenklich.

»Einen langen Kuss ohne Scheuklappen«, war Julians Antwort.

## 22

Zwei Wochen später, Anfang November, war es so weit. Sophie hatte ihre erste Kindersprechstunde bei Dr. Burg zu absolvieren. Sie hatte die Praxis des Kinderarztes bereits eine Woche zuvor besucht und sich die Räume und die Ausstattung angesehen. Sie war schon alt wie die von Dr. Winterkorn, aber peinlich sauber und ordentlich und vor allem so eingerichtet, dass man alles Nötige schnell finden konnte. Im großen Sprechzimmer standen ein breiter, schwerer Schreibtisch, Regale mit Büchern und mehrere Stühle. In dem Raum daneben die Untersuchungsliege und Schränke mit Instrumenten und Verbandsmaterial. Ein weiterer Raum mit EGK war da, ein Labor und ein zweites, kleineres Sprechzimmer. In diesem konnte sie sich einrichten. Im Vorraum standen der Computer und die Unterlagen für alle Patienten. Dr. Burg selbst arbeitete noch ohne Rechner. Er schrieb seine Befunde mit der Hand auf die Karte, und die Sprechstundenhilfe übertrug dann alles in den Computer.

Als Sophie an diesem Besichtigungstag in die Praxisräume kam, wurde sie von Frau Magnus, der Arzthelferin, freundlich begrüßt. »Wie schön, dass wir jetzt endlich eine Kinderärztin haben, die uns hilft«, sagte sie und schüttelte Sophie die Hand. »Einige Mütter waren hocherfreut, als sie es hörten. Sie meinten, es wäre sehr angenehm, zur Abwechslung auch einmal von einer Frau beraten zu werden. Sie kommen seit Jahren gern zu Dr. Burg, aber irgendwie kann manchmal ein Gespräch zwischen zwei Frauen doch anders verlaufen, vor allem wenn die Ärztin selbst ein Kind hat. Ich kenne alle Patienten. Bin schon zwanzig Jahre hier, und wenn Sie Fragen haben, nur immer zu.«

»Das höre ich gern«, antwortete Sophie erfreut. »Wahrscheinlich könnten Sie die meisten kleinen Patienten auch ohne Arzt versorgen.«

Frau Magnus lachte. »Ja, man bekommt mit der Zeit eine Menge mit«, meinte sie zustimmend.

An Sophies erstem Arbeitstag kamen elf Mütter mit ihren Kindern in ihre Sprechstunde. Es gab ein schönes großes Wartezimmer mit Spielsachen und ein kleineres für Kinder mit ansteckenden Krankheiten. Dr. Burg hatte beide ihr zu Ehren noch vor einer Woche frisch streichen lassen und neue kleine Stühle und Tische reingestellt. »Neue Ärztin und neue Wartezimmer«, sagte er lächelnd, »das macht sicher Eindruck, und Ihr Sprechzimmer werden Sie vielleicht auch noch verschönern. Ich habe nichts dagegen.«

Er war ein Mann, der nicht viel Worte machte. Nicht so väterlich, wie es Dr. Winterkorn gewesen war. Aber Sophie gefiel seine direkte, zupackende Art. Er sagte klar und deutlich, was er dachte, und redete nicht lange um eine Sache herum. Und er ließ Sophie gleich allein ihre ersten Patienten versorgen, ohne sie noch lange einzuweisen.

Es machte Sophie richtig Spaß, nach dieser längeren Pause wieder in ihrem Beruf tätig zu sein. Ein kleiner Junge kam mit Ohrenschmerzen, und es war schwierig, ihn dazu zu bringen stillzuhalten, um ihm ins Ohr zu schauen. Er zappelte und schrie, doch die Mutter hielt ihn fest. Sophie stellte eine Mittelohrentzündung fest und verschrieb ein Antibiotikum. Zwei Kinder hatten Fieber und Husten, ein Säugling plagte sich mit Blähungen, und zwei Vorsorgeuntersuchungen waren fällig. Mit Frau Magnus und den anderen zwei Helferinnen von Dr. Burg kam Sophie gut zurecht. Und als sie gegen Mittag nach Hause fuhr, wusste sie, dass sie nichts verlernt hatte in den letzten Wochen. Eines Tages würde sie hoffentlich auch wieder eine Festanstellung bekommen, wenn Mona größer war und Frau Hags Gesundheit sich nicht verschlechterte. Zurzeit ging es Frau Hag so gut, dass sie sogar zwei Tage zuvor mit dem Bus nach Bergen zum Notar gefahren war. Und Sophies Sorge um sie war nicht mehr ganz so groß.

Der November hatte in den ersten Tagen vor allem Regen gebracht. Man konnte nicht viel unternehmen, und Mona war ein bisschen unleidlich, weil sie nicht nach Dalkvitz zum Reitunterricht konnte. Sie machte schon richtig Fortschritte beim Reiten. Sie hatte eine liebevolle, aber auch strenge Art, mit den Ponys auf dem Hof umzugehen.

Monas sechsten Geburtstag feierten sie zusammen mit Katharina, Julian und Lena. Michael hatte die Einladung zu Monas Geburtstag abgesagt, was Sophie enttäuschte. Er war seit ihrer letzten Begegnung nicht mehr hier gewesen. Vielleicht hatte er viel zu tun, aber Sophies Gedanken wanderten immer wieder zu seiner Einladung auf die Klippen von Wittow zu den Dünenrosen oder in den Rügenpark. Aber sicher dachte er, dass das im November nicht die richtige Zeit dazu war, und würde irgendwann später einmal wieder darauf zurückkommen. Oder er hatte diese Pläne vergessen, oder Clarissa beanspruchte seine Zeit, was ja auch ihr gutes Recht war. Und vielleicht war es auch besser so, wenn er nicht so oft vorbeikam.

Julian brachte Mona eine kleine Katze mit. Sophie machte große Augen. »Woher weißt du denn, dass Mona sich schon lange eine Katze wünscht?«, fragte sie ihn völlig überrascht, »und auch noch eine weiße mit schwarzen Flecken?«

»Das hat mir der Puk zugeflüstert«, antwortete er bedeutungsvoll.

»Wer ist denn der Puk?«, wollte Sophie wissen.

»Ein kleiner Kobold mit roter Mütze und rotem Jäckchen, den es nur auf Rügen gibt«, erklärte Julian. »Er errät die Wünsche von Menschen, und manchmal erfüllt er sie ganz unerwartet.«

»Onkel Julian«, rief Mona, »das hast du dir ausgedacht. Ich habe dir doch von der Katze erzählt.«

Er lachte. »Na ja, das stimmt schon. Aber den Puk, den gibt es wirklich. Wenn du ihn einmal sehen willst, musst du in der Nacht ganz leise irgendwo im Garten sitzen, wo dichtes Gebüsch ist. Dann hast du vielleicht Glück, und er kommt herausgehuscht. Er holt manchmal einen glitzernden Stein oder im Sommer ein paar frische Waldbrombeeren auf einem grünen Blatt und legt sie dir vor die Haustür. Hast du da noch nie etwas gefunden?«

Mona sah Julian nachdenklich an. »Oh, doch, einmal war da eine kleine hübsche Muschel, weiß mit braunen Streifen, aber ich dachte, ich hätte sie vielleicht selbst aus meiner Tasche verloren.«

»Na, siehst du, halt nur die Augen auf. Und wenn du etwas findest, was dir gefällt und dich überrascht, dann ist das der Puk gewesen.«

Mona sah ihn etwas zweifelnd an, aber schließlich nahm sie ihre kleine Katze auf den Arm und war einfach glücklich, egal, ob der Puk seine Hand dabei im Spiel gehabt hatte oder nur Onkel Julian.

»Sie heißt Melli«, erklärte sie. »Vielen Dank, Onkel Julian.«

Er stand strahlend auf und holte noch den passenden Schlafkorb, die Futternäpfchen und ein Katzenklo aus dem Auto.

»Der Puk ist aber ein sehr großzügiger junger Mann«, meinte Sophie und drückte seinen Arm. »Jetzt ist er wohl pleite?«

»Nein«, erwiderte Julian lachend, »um ehrlich zu sein, die Utensilien habe ich von einer Nachbarin bekommen, die mal einen Kater hatte. Und das Kätzchen ist aus dem Tierheim, also ein gutes Werk. Impfung und alles, was nötig ist, wurde gemacht.«

Er ist wirklich ein liebenswerter Mann, dieser Herr Julian Baum, dachte Sophie, als er mit Mona und dem Kätzchen auf dem Boden saß. Vielleicht verliebe ich mich doch eines Tages in ihn. Wenn nur Michael nicht wäre …

# 23

Sophie hatte nun schon an vier Tagen Sprechstunden in der Praxis von Dr. Burg abgehalten, und alles lief bestens. Er hatte ihr erzählt, dass er auch manchmal einen Hausbesuch auf einem abgelegenen Bauernhof bei einem behinderten Kind machen müsse.

»Das nächste Mal nehme ich Sie mit«, sagte er zu Sophie. »Sie werden dann auch einmal auf die Halbinsel Mönchgut kommen. Die Leute dort und der Hof sind wirklich so eine Fahrt wert. Außerdem führt der Weg durch eine schöne Landschaft.«

Sophie freute sich darauf. Sie fand den feuchten, kühlen November gar nicht so schlimm. Auf den Straßen war viel weniger Verkehr als in der Saison. Die Insel kam zur Ruhe, und manchmal fuhr sie, wenn sie von der Praxis kam, noch einen kleinen Umweg auf irgendeinem schmalen Seitenweg. Sie stieg dann aus, streckte sich und sog die frische, feuchte Luft ein. Wenn sie in der Nähe eines der vielen Buchenwäldchen war, lief sie einige Schritte hinein, stand dann auf einem Teppich aus lauter goldenen Blättern, sah noch einige an den Ästen hängen und dachte daran, dass auch sie bald fallen würden. Und dann würde der Winter kommen, der erste, den sie auf Rügen erlebte. Sie war schon gespannt darauf, wie sie diese kalte Jahreszeit auf der Insel verbringen würde. Aber unter dem dicken Reetdach bei Katharina Hag könnte das sicher ganz gemütlich werden.

In der letzten Novemberwoche begann es draußen aufzuhellen, und der Wetterbericht verkündete ein Hoch für die nächsten Tage, mit Sonne, wenig Wind und milden Temperaturen.

An einem Donnerstagabend erschien Michael ganz unerwartet bei Katharina, gerade als Sophie ihr die Tabletten geben und den Blutdruck kontrollieren wollte. Sophie spürte, wie ihr Herz anfing zu klopfen, aber sie ließ sich nichts anmerken.

Er begrüßte seine Patentante mit einem Kuss auf die Wange und Sophie mit einem festen Händedruck. Und er erzählte gut gelaunt von den Fortschritten an dem Dalkvitzer Haus, so als sei nichts gewesen. Vielleicht war auch nichts gewesen, und Sophie hatte einfach zu viel über die Begegnungen mit ihm nachgedacht und über seine kurze schnelle Verabschiedung beim letzten Mal.

»Ich muss morgen nach Wittow«, sagte er und wandte sich an Sophie. »Hätten Sie Lust mitzukommen? Die Kreidefelsen ansehen? Einmal muss es ja sein. Wenn man hier wohnt, muss man sie unbedingt kennen. Eine Einwohnerin auf Rügen und keine Ahnung von diesem herrlichen Steilufer, dem muss abgeholfen werden.« Seine Augen lachten sie an, und Sophies Herz machte einen Freudensprung. Ja, gern, hätte sie am liebsten gerufen, aber dann nahm sie sich zurück. Sie hatte morgen Kindersprechstunde, und danach wollte Dr. Burg sie ins Mönchgut mitnehmen.

»Morgen geht es nicht«, sagte sie zögernd. »Ich arbeite

wieder zwei Tage in der Woche, dienstags und freitags, bei Dr. Burg.«

Michael sah sie voll Anerkennung an, überlegte kurz und schlug dann vor: »Und wie wäre es am Samstag? Wir würden am späten Vormittag fahren und gegen Nachmittag wieder zurück sein.«

»Können Sie denn Ihre Angelegenheit so einfach verschieben?«

»Ja, das kann ich. Also abgemacht?«

Frau Hag legte Sophie die Hand auf den Arm. »Gehen Sie nur mit, Michael kann Ihnen alles zeigen, und er kennt viele Sagen und Geschichten aus dieser Gegend. Er soll sie Ihnen erzählen, es ist eine sehr schöne Landschaft dort oben.«

»Kann ich Sie denn so lange allein lassen? Mona ist am Samstag bei Lena, und ich wollte eigentlich einige Dinge im Haus erledigen und Ihnen einen guten Eintopf kochen.«

»Das läuft alles nicht davon«, antwortete Katharina. »Den Eintopf können wir auch später essen. Und ich kann gut auf mich selbst aufpassen. Und Michael ist ein sicherer Fahrer und zuverlässiger Begleiter, wenn Ihnen das etwa Sorge machen sollte.«

»Genau, und ich beiße auch nicht«, fügte Michael lächelnd hinzu.

Davor habe ich keine Angst, dachte Sophie, sondern eher vorm Gegenteil. Aber so ein Tag mit ihm zusammen war auch eine gute Gelegenheit, mehr über ihn zu erfahren, vielleicht auch über sein Verhältnis zu seiner Verlobten. Und sie konnte sich selbst ein bisschen klarer darüber werden, was sie so an ihm anzog. Vielleicht machte sie sich auch etwas vor, sie kannte ihn eigentlich kaum. Manchmal träumt man von einem Mann, der bei näherem Hinschauen oft gar nicht so liebenswert war, wie man sich das vorstellte. Warum ist das mit der Liebe immer so schwierig, dachte sie, aber dann gab sie sich einen Ruck.

»Gut, ich komme mit«, erklärte sie entschlossen.

»Ziehen Sie sich warm an«, ermahnte Michael. »Ich nehme eine Decke mit, dann können wir uns ans Steilufer setzen, und ich erzähle Ihnen die Geschichten über diese Gegend. Dort oben ist es oft windig, aber zurzeit weht nur ein leichtes Lüftchen, und ich hoffe, an der Küste werden wir nicht umgeblasen.«

Er blieb noch eine Weile bei Katharina sitzen, und man merkte ihm an, dass er sich darüber freute, sie so munter zu sehen.

Nachdem er gegangen war, sagte Katharina zu Sophie: »Ich bin gar nicht erfreut über diese Clarissa, die er heiraten will. Sie ist ehrgeizig und will mit dem Baugeschäft ihres Vaters hoch hinaus, im wahrsten Sinn des Wortes. Aber die beiden kennen sich schon lange, und sie hat ihn irgendwie verzaubert. Sie ist sehr attraktiv und lebhaft, und sie hat bestimmt auch viele gute Eigenschaften.«

»Sie mögen Michael sehr und möchten, dass er glücklich wird«, warf Sophie ein.

»Ja, er kümmert sich so liebevoll um mich, und der Gedanke, dass er eines Tages wegen Clarissa nach Stralsund zieht, macht mir Kummer. Er ist hier geboren und aufgewachsen und hat immer gesagt hat, er möchte Rügen nie verlassen. Er wohnt in Bergen in einem sehr schönen alten Fachwerkhaus, das seinen Eltern gehörte. Sein Vater hat wieder geheiratet, er und die neue Frau haben sich in Binz eine hübsche Villa gekauft. Michael kann von seinen Zimmern oben über die halbe Insel schauen.«

»Michael Teschen wird schon wissen, was er tut, und wahrscheinlich wird er irgendwann einmal doch Gefallen an größeren Bauwerken finden. Alte Bauernkaten zu renovieren wird sich finanziell auf Dauer nicht so lohnen«, meinte Sophie.

»Er heißt Michael von Teschen, mit einem ›von‹ in der Mitte. Aber er mag es nicht, wenn er so genannt wird.«

Du lieber Himmel, auch noch alter Adel, dachte Sophie, da kann eine einfache Landärztin mit unehelichem Kind und immer knapper Kasse nicht mithalten. Und ich will es ja auch gar nicht. Aber den Ausflug zu den Kreidefelsen, den nehme ich noch mit, und dann ... ja, dann wird er wohl merken, dass seine Clarissa mir haushoch überlegen ist, und nicht mehr so oft kommen. Ob das deprimierend sein würde oder erleichternd, weil Sophie dann nicht mehr über ihn nachdenken musste, das konnte sie nicht sagen, wahrscheinlich beides zugleich. Aber auch das würde sie überstehen wie schon so vieles.

# 24

Dr. Karl hatte Sophie erzählt, dass die meisten Leute aus Bergen gleich ins Sana-Krankenhaus fahren würden, wenn am Wochenende jemand krank wurde, und dass hier in der Umgegend kein Hausärztlicher Notdienst mehr aufrechterhalten würde. Nur in abgelegenen Gebieten, wie zum Beispiel in Wiek oben, musste ein niedergelassener Arzt noch die Wochenendnotfälle behandeln. Dr. Karl hatte dazu eine geteilte Meinung: Einerseits war er froh, nur noch Montag bis Freitag arbeiten zu müssen, andererseits dachte er an die älteren Patienten in den vielen kleinen Orten, die ohne Auto waren oder niemanden hatten, der sie fahren konnte. Und die lieber den bekannten Hausarzt in einem Notfall hätten, als zu einem unbekannten Arzt ins Krankenhaus zu müssen.

Der Kinderarzt Dr. Burg jedoch war erleichtert über diese Regelung, denn er hatte früher auch die Wochenenddienste mitzumachen, und als Kinderarzt fühlte er sich für Notfälle bei Erwachsenen nicht mehr so routiniert.

All das erklärte er Sophie, als sie am Freitag gegen vierzehn Uhr ins Mönchgut fuhren.

Sophie konnte, ohne sich Gedanken zu machen, die Fahrt genießen, denn Mona hatte Besuch von Lena. Sie wollten Monas Zimmer aufräumen und dann runter zu Oma

Katharina gehen, um Bilderbücher anzuschauen. Lenas Mutter hatte vorgeschlagen, später mit einem Apfelkuchen rüberzukommen und nach den dreien zu sehen.

Für Sophie war dieser Ausflug eine erfreuliche Unternehmung. Sie wurde gefahren, durfte einen Bauernhof kennenlernen und das Mönchgut. Unterwegs erzählte Dr. Burg ihr, was bei dem Kind, das sie besuchen würden, zu beachten wäre.

Zuerst fuhren sie eine Alleenstraße entlang, deren Bäume an der Straße dicht an dicht standen und inzwischen ohne Blätter waren, so dass das Licht hindurchkam und es darunter nicht so schattig und schummerig war wie im Sommer. Dann kamen sie an Sellin und Baabe vorbei, und hier wurde die Straße schmaler. Abgeerntete Felder, Wiesen und hügeliges Gelände, Seen und kleine Wälder links und rechts des Weges, und immer wieder konnte man von der einen oder anderen Höhe das Meer sehen.

Dr. Burg nannte ihr Namen von Hügeln oder kleinen Bergen, alle zwischen dreißig und fünfzig Meter hoch. Teschenberg hieß einer. Ob der etwas mit Michaels Familie zu tun hatte? Schafsberg und Bakenberg gab es, die inmitten von Buchenwäldern lagen. Im Frühling, wenn die zarten grünen Buchenblätter in der Sonne leuchteten, wollte Sophie einmal wiederkommen, am liebsten mit Michael, und auf den Teschenberg steigen. Und er musste ihr eine Geschichte von diesen Bergen erzählen. Nur, bis zum Frühling war es noch lange hin, und ob dann Michael noch hier auf Rügen wohnte und Lust und Zeit hatte, mit ihr einen Ausflug zu machen, war eigentlich eher unwahrscheinlich.

Groß Zicker und Klein Zicker hießen zwei Dörfer auf den Ausläufern der lang gezogenen, wie ausgefransten

Halbinsel Mönchgut. Groß Zicker lag zudem an einem See und unterhalb der Zickerschen Berge. Hier gab es lange flache Strände und bewachsene Steilufer. Nicht ganz so spektakulär wie in Arkona, aber durchaus sehenswert. Die Zickerschen Berge bestanden aus vielen unterschiedlich hohen Wiesenhügeln, die jetzt nur gelben Trockenrasen trugen, aber im Sommer wunderbar blühende Landschaften waren, für die sich Dr. Burg immer wieder begeisterte. Und überall in den Hügeln lagen vereinzelte Höfe.

Rügen ist überall einzigartig, stellte Sophie wieder einmal fest, und sie nahm sich vor, in den nächsten Jahren wirklich jede Ecke der Insel kennenzulernen.

»Zicker kommt vom slawischen Sikor und heißt Meisenort«, erzählte Dr. Burg, als sie in einen trockenen Sandweg einbogen und schließlich zu dem einsam gelegenen Bauernhof gelangten.

»Das hier ähnelt der hügeligen Wiesenlandschaft am Fuße des Feldberges, auch mit lauter Einzelhöfen«, bemerkte Sophie mit ein wenig Sehnsucht in der Stimme. »Nur gibt es dort keinen See und kein Meer als Begrenzung. Die dicht stehenden dunklen Tannen des Schwarzwaldes rahmen diese Hügel ein.«

Dr. Burg sah sie kurz von der Seite an. »Sie sind im Schwarzwald aufgewachsen? Eine wunderbare Landschaft. Ich kenne sie. Möchten Sie eines Tages wieder zurückziehen?«

Sophie schüttelte den Kopf. »Der Gedanke kommt nur noch ganz selten, und dann vielleicht aus alter Gewohnheit. Wahrscheinlich würde ich mich dort jeden Tag ans Meer wünschen«, erwiderte sie.

Er lächelte. »Ja, das ist oft so. Aber ich denke, Sie werden Rügen bald genau so lieben wie wir Rüganer auch. Wir fahren gern mal weg und sehen uns andere Gegenden an, aber dann kommen wir immer wieder auf unsere Insel zurück, und leben wollen wir fast alle nur hier.«

Der Wagen hielt im Hof des Bauernhauses, das ganz ähnlich aussah wie das von Michael in Dalkvitz – mit drei Gebäuden, die den Hof umschlossen, und den tief gezogenen Reetdächern.

Eine ältere Frau kam ihnen eilig entgegen. »Guten Tag, Herr Doktor, haben Sie heute Besuch?«, wollte sie wissen und streckte beiden die Hand entgegen.

»Das ist meine Kollegin, Frau Doktor Hesekiel, die mich ein wenig entlastet. Sie soll Ihre kleine Annemarie kennenlernen. Wie geht es ihr?«

»Schon viel besser«, antwortete die Frau. »Das Fieber ist weg. Sie hustet nur noch selten und isst wieder, ohne sich zu wehren.«

Annemarie war schwerbehindert, saß im Rollstuhl mit Kopfstütze und Gurten um den Körper. Offensichtlich konnte sie sich nicht allein aufrecht halten. Sie sprach kein Wort und schien auch die Menschen um sie herum nicht bewusst wahrzunehmen. Trotzdem redete ihre Mutter mit ihr wie mit einem normalen Kind, erzählte ihr, dass der Herr Doktor da sei und seine neue Assistentin, die sie nun noch einmal untersuchen wolle. Das Kind ließ alles ohne Probleme mit sich geschehen, und als Dr. Burg sie abgehört hatte, strich er ihr über die feinen lockigen Haare. »Sehr gut«, teilte er der Mutter mit, »sie hat die Infektion überstanden. Ich glaube, es reicht, wenn ich in vier Wochen wiederkomme. Vielleicht schicke ich auch die Frau Doktor. Sie fährt gern mal übers Land, nicht wahr?«

Sophie nickte. »Ja, und so einen schön erhaltenen Hof zu besuchen ist eine richtige Freude.«

»Wenn Sie ein bisschen Zeit haben, zeige ich Ihnen gern alles«, meinte die Frau sofort. »Dr. Burg kennt ihn, er kann sich solange in der Küche einen Kaffee genehmigen. Geht das in Ordnung?«

»Aber ja doch.« Dr. Burg verschwand durch die nächste Tür, hinter der man Stimmen hörte. Er war nicht zum ersten Mal hier in der Küche.

Und so durfte Sophie noch das Haupthaus und die angrenzenden Gebäude besichtigen. Hier wohnten mehrere Generationen, insgesamt zwölf Menschen. Das jüngste Kind war vier Jahre alt, der Großvater um die neunzig. Im Stall standen sechs Rinder, die Schafe waren auf der Weide. Einige Katzen strichen herum, Hühner gackerten irgendwo und ein Hund lag vor seiner Hütte.

»Auch er ist alt geworden«, sagte die Frau. »Er kann kaum mehr laufen, deshalb müssen Sie auch keine Angst vor ihm haben. Wir werden uns bald einen jungen anschaffen. Ein Aufpasser sollte hier schon da sein, auch wegen der Füchse.«

»Es muss schön sein, so zu wohnen«, stellte Sophie fest, »mit einer großen Familie. Die Kinder haben immer einen Ansprechpartner, und man ist nicht allein.«

Die Frau lächelte. »Ganz so einfach ist es nicht. Man muss bereit sein, miteinander zu reden, wenn es Ärger gibt. Und man muss respektieren, wenn nicht alle Familienmitglieder so kontaktfreudig sind, wie man es sich wünscht, jeder braucht seine Rückzugsmöglichkeiten. Außerdem gibt es gewisse Zuständigkeitsbereiche, Pflichten, um die jeder sich verlässlich kümmern muss. Kennen Sie den Spruch:

›Das Beste an einer Familie ist: Man ist nie allein. Das Schlechteste ist: Man ist nie allein.‹«

Sophie musste lachen, so hatte sie das noch nie gesehen. Aber die Frau hatte schon recht. Trotzdem, ein so schöner alter, großer Hof zwischen Wiesen und Feldern, nahe am Meer, das könnte schon ein Traum sein.

Auf der Heimfahrt stellte sie sich vor, mit Mona auf so einem Anwesen zu wohnen, mit einem eigenen Pony, vielleicht sogar einem kleinen Esel. Hühner hätte sie auch gern, und vielleicht mit Julian, und wenn dann noch sein Bruder mit Frau und den beiden Kindern dazukam, dann wäre das schon eine Großfamilie. Oder mit Michael, der den Hof zu einem kleinen Juwel umbauen würde? Aber diesen Gedanken schob sie schnell beiseite. Michael war auch ein Traum, der nie Realität werden würde, genau wie so ein Hof. Sie schüttelte den Kopf und landete wieder auf dem Boden der Realität. Sie lebte in einem gemütlichen Reetdachhaus, kam finanziell ganz gut über die Runden, und Katharina Hag war eine liebevolle alte Dame, die hoffentlich noch lange leben würde.

# 25

An diesem Freitagabend war Sophie zum ersten Mal seit langer Zeit wieder voller Zuversicht und Vertrauen in die Zukunft. Sie spürte eine tiefe Dankbarkeit in sich. Vielleicht kam das von der schönen Fahrt mit Dr. Burg, von der entspannten Atmosphäre, als sie unterwegs waren, oder von der freundlichen Bauersfrau. Ich kann als Kinderärztin arbeiten, dachte sie. Ich habe eine gemütliche kleine Wohnung, eine Oma für Mona, und die Freundschaft mit dem immer fröhlichen Julian ist wohltuend und hilfreich. An ihn kann ich mich immer wenden, wenn ich Probleme habe. Mona ist glücklich mit ihrer Freundin und der Katze und den Ponys. Und Rügen ist eine wunderschöne Insel, sogar im November. Ich werde jetzt aufhören mit dem Schicksal zu hadern und alten oder unerwiderten Liebesgeschichten nachzutrauern.

Was konnte jetzt noch schiefgehen? Sie hatte ihr Ziel, eine eigene Praxis zusammen mit einer Kollegin, noch nicht aus den Augen verloren, aber sie konnte sich Zeit lassen. Irgendwann einmal würde sich eine Gelegenheit ergeben, und dann würde sie zugreifen. Mona wurde älter und brauchte keine ständige Betreuung mehr, und dann konnte sie selbst wieder voll einsteigen.

Sie setzte sich an ihren Schreibtisch und beschloss, ihrer

Mutter einen Brief zu schreiben. Nun konnte sie ihr viele positive Ereignisse berichten. Lange Zeit war sie nicht in der Lage gewesen, mit ihrer Mutter regelmäßigen Kontakt zu halten, da noch immer irgendwo in ihrem Inneren die Enttäuschung saß und der Zorn, dass sie sich so aus dem Staub gemacht hatte und nicht da gewesen war, als Sophie sie brauchte. Aber nun verblasste das alles. Sophie stellte fest, dass Friede in ihr Herz einkehrte. Außerdem konnte sie stolz darauf sein, ihr Leben auf so einen guten Weg gebracht zu haben. Und sie war allen dankbar, die ihr dabei geholfen hatten. Auch der Gedanke an Leonardo schmerzte nicht mehr. Es gab eine Zeit zu trauern und eine Zeit, sich wieder zu freuen, und die hatte sich nun ganz unmerklich bei ihr angesagt.

Ihr Vater bekam ebenso einen Brief, auch wenn er bisher nur selten geantwortet hatte. Aber er sollte wissen, dass es ihr gut ging. Er würde sich hoffentlich mit ihr darüber freuen, und vielleicht konnte man ihn einmal zu einem Familienurlaub auf Rügen einladen. Er war noch nie am Meer gewesen, und sie könnte eine preiswerte Unterkunft für ihn besorgen.

Am Samstagfrüh fuhr Sophie noch schnell nach Bergen, um einzukaufen, bevor Michael sie abholen kam. Eine tief stehende Novembersonne zauberte lange Schatten von den Bäumen auf die Straße, der Himmel war blassblau, und alles deutete auf einen schönen spätherbstlichen Tag hin.

Als sie wieder nach Hause kam, stand Michaels Wagen bereits vor der Tür. Er saß im Wohnzimmer bei Frau Hag auf dem Sofa und sprang auf, als sie eintrat. »Dieser goldene Novembertag ist wie für uns gemacht«, sagte er fröhlich. »Aber trotzdem, ziehen Sie sich warm an. Sie wissen ja, Wittow und der Wind.«

Sophie sah ein wenig fragend Katharina an.

»Geht es Ihnen auch wirklich gut?«, erkundigte sie sich eindringlich. »Kann ich einen Tag lang wegfahren? Wie fühlen Sie sich heute? Mona ist mit Lena zusammen, aber Sie sind ganz allein. Und ich könnte im Notfall gar nicht schnell genug bei Ihnen sein, wenn irgendetwas nicht in Ordnung ist. Ich wäre viel ruhiger, wenn jemand hier sein könnte, aber ich weiß niemanden, den ich bitten könnte.«

»Das habe ich schon bedacht«, warf Michael ein. »Draußen im Garten sitzt meine Schwester Adelina mit ihren Zwillingen unter der Weide. Die Mädchen sind genau so alt wie Mona. Adelina wollte gern mal wieder einen Tag bei Tante Katharina verbringen. Sie hat sie schon lange nicht mehr gesehen, und die Mädchen wollen zu den Ponys im Nachbarhaus, wo Mona und Lena sind. Zu Mittag will Adelina Tante Katharina eine Suppe kochen, und wenn wir am Nachmittag zurück sind, gibt es Eierkuchen mit Mus, Marmelade oder Puderzucker und für besondere Feinschmecker sogar mit Eierlikör.«

»Ich freue mich richtig über Adelina«, sagte Katharina fröhlich. »Ich kenne sie schon als Baby. Ihre Töchter wollen von mir immer alte Geschichten, als ihre Mutter noch klein war, hören. Adelina war sehr munter und hat viel angestellt, im Gegensatz zu meinem braven Michael, der viel ruhiger war.«

Der »brave Michael« schaute leicht verlegen drein und drückte Katharinas Hand. »Tante Katharina, dein Gedächtnis für Dinge von früher ist noch viel zu gut«, meinte er lächelnd. »Adelina hat ihre Streiche bestimmt selbst schon lange vergessen, und ihre Zwillinge brauchen in dieser Hinsicht keine Anregungen.«

Katharina nickte. »Ja, aber ich vergesse so vieles, was in letzter Zeit war. Ich weiß nicht einmal, was für ein Tag heute ist, und wenn ich auf den Kalender schaue, weiß ich es fünf Minuten später schon nicht mehr.«

»Dafür sind ja wir da«, beruhigte sie Sophie. »Machen Sie sich keine Sorgen. Ich denke an Ihre Tabletten und die Insulinspritze und alles Wichtige. Sie müssen sich keine Gedanken darüber machen.«

»Ja, irgendein Schutzengel hat Sie hierher geführt, darüber bin ich jeden Tag froh«, erwiderte Katharina.

Sophie begrüßte noch Adelina im Garten, die ihrem Bruder ähnlich sah, aber viel temperamentvoller wirkte. Sie sprudelte über vor Freude, endlich den Engel Sophie kennenzulernen, von dem Michael schon einige Male erzählt hatte. Sie hätte sie bestimmt noch lange mit Erzählungen über ihre Kinder und ihre Tante aufgehalten, wäre Michael nicht ruhig, aber bestimmt eingeschritten.

»Heute Abend, wenn wir wieder zurück sind«, sagte er, »dann kannst du alles loswerden, was dir am Herzen liegt. Jetzt sind wir erst mal weg, liebe Schwester.«

Sie lachte. »Ist ja schon gut, kleiner Bruder. Aber sieh zu, dass du Sophie nicht mit deinen Geschichten über Unterirdische und Kobolde und Ähnliches überfütterst. Sie ist erwachsen und will bestimmt nicht dauernd diese uralten Sagen hören, die keinen mehr interessieren.«

Sophie wollte ihr schon widersprechen, aber sie fing Michaels Blick auf und schwieg. Sie hatten sich beide auch ohne Worte verstanden. Adelina war nun mal kein Freund von alten Legenden. Aber sie, Sophie, freute sich schon darauf, wieder etwas Neues zu hören, und das gab es bestimmt auf der Halbinsel Wittow.

## 26

Als Sophie neben Michael im Auto saß, atmete sie tief ein. Ein ganzer Tag mit Michael lag vor ihr, mit Sonne am klaren Himmel und sicher mit einigen der schönsten Plätze der Insel. Genau das hatte sie sich schon lange gewünscht, jemanden, der die Geheimtipps kannte, die Stellen, wo keine Touristen hinkamen. November auf Rügen, sie lächelte bei dem Gedanken, dass jemand bei November an nassen Nieselregen dachte und kalten Wind. Nein, heute war ein Traumtag, auch der November konnte so einen bescheren.

Michael fuhr sehr umsichtig. Unterwegs zeigte er ihr alles Sehenswerte, einen Findling mitten auf dem Acker, ein Stück Heidelandschaft oder ein Hünengrab. Sie fuhren hinter Bergen zuerst ein Stück auf der Alleenstraße Richtung Norden. Im Sommer bildeten diese dicht an der Straße stehenden Bäume einen grünen Tunnel, jetzt im November zeichnete die tief stehende Sonne feine verästelte Muster auf den Asphalt.

Immer wieder kamen sie an einzelnen Bauernhöfen vorbei, die einsam zwischen weiten Wiesen und Feldern standen. Hinter Trent ging es bis zur Fischersiedlung, die direkt am Wasser lag, und dann überquerten sie mit der Autofähre »Wittow« die dreihundertfünfzig Meter Meer zwischen dem Rügener Kerngebiet und der Halbinsel Wittow. Rechts und links der Fähre erstreckten sich der Wieker und der Breetzer Bodden. Auf dem Wasser schaukelten die Seevögel, die im Winter nicht fortzogen.

»Wissen Sie überhaupt, was ein Bodden ist?«, fragte Michael, bevor sie die Fähre verließen, und deutete auf die großen Wasserflächen, die fast von allen Seiten durch Land eingerahmt wurden.

»Flaches Wasser in einer Bucht, nur wenig salzig, da auch von Süßwasser gespeist, und mit vielen Fischen. Stimmt's, Herr Lehrer?«

»Genau, und Bodden gibt es um Rügen herum jede Menge, da die Insel so zerklüftet ist. An den Ufern wächst das Reet, das wir für die Dächer brauchen, und es leben eine Menge seltener Vögel im Schilf – Rohrweihe, Säbelschnäbler, Kiebitze. Ich werde Ihnen einmal ein Buch leihen, in dem alle diese Vögel abgehandelt werden. Das könnte auch Mona interessieren.«

»Ich werde immer schlauer«, erklärte Sophie lachend.

»Schauen Sie jetzt nach links, der Streifen Land da hinten ist der Bug, der fast bis Hiddensee reicht. Der Bug darf nur bei Führungen betreten werden und gehört zum Nationalpark Vorpommersche Boddenlandschaft.«

»Auf dieser langen, schmalen Landzunge rasten oder brüten unzählige Zugvögel«, erzählte Michael bei der Weiterfahrt. »Viele machen dort ihre Zwischenlandungen beim Flug in den Süden im Herbst oder in den Norden im Frühjahr. Und«, fügte er augenzwinkernd hinzu, »in bestimmten Zeiten sind das Geschnatter und die Rufe der Vögel so laut, dass man kaum sein eigenes Wort verstehen kann. Wie in einer Mädchenklasse. Ich kenne das von meinen Schwestern, und auch von Clarissa, wenn sie so richtig in Fahrt kommt und ihre Augen dann nur so sprühen vor Energie.«

An Clarissa wollte Sophie jetzt wirklich nicht erinnert werden. Aber das mit der Mädchenklasse konnte sie nicht auf sich sitzen lassen, und sie erhob heftigen Widerspruch, bis Michael ihr besänftigend die Hand auf den Arm legte und ihn leicht drückte. »Ich weiß, es gibt auch weibliche Wesen, die nicht vorlaut sind und durchaus still genießen können. Deshalb nehme ich Sie ja so gern mit auf eine Fahrt zu meiner Lieblings-Halbinsel.«

Und darauf wusste Sophie wirklich nicht, was sie antworten sollte. Sie fühlte nur eine glückliche Wärme in ihrem Inneren und wünschte sich, sie würden ewig so weiterfahren.

Die Landschaft auf Wittow lag flach vor ihnen und stieg erst allmählich unmerklich nach Norden zu an. Zwischen den riesigen, ausgedehnten Feldern tauchten immer wieder kleine Dörfer und Höfe auf.

»Hier gibt es noch viel Landwirtschaft«, erklärte Michael. »Die Menschen leben vom Weizen- und Roggenanbau und vom Tourismus, der aber zum Glück aus Radfahrern und Wanderern besteht. Und die Ärzte hier müssen manchmal über schmale Sandwege fahren, wenn sie zu ihren Patienten wollen. Ein wenig abenteuerlich ist es schon, aber nie langweilig.«

»Das würde mir auch gefallen, mit einem Auto mit Vierradantrieb über Land zu fahren, die Höfe zu besuchen und die Menschen kennenzulernen, die hier leben«, meinte Sophie begeistert.

»Aber nur bei schönem Wetter«, wandte Michael ein,

»nicht im Herbststurm, wenn er fast den Wagen wegweht, oder bei Schnee. Sturm und Wind gibt es hier häufig, die Menschen auf Wittow erleben selten so schöne windstille Tage wie heute.«

»Ich habe es manchmal ganz gern, wenn ich mich mit ungebärdigem Wetter auseinandersetzen muss, vor allem, wenn ich wütend bin. Hinterher bin ich dann wieder ganz friedlich. Aber heute freue ich mich über einen schönen, entspannten Tag.«

»Ich auch.« Michael blickte sie kurz mit fröhlichen Augen an. »Und wir werden jede einzelne Minute genießen.«

»Wohin müssen Sie nun? Sie sagten doch, Sie müssten sowieso hierher fahren?«, wollte Sophie nach einer Weile wissen.

»Nun, ich habe ein bisschen geflunkert. Ich hätte lieber sagen sollen, ich würde mal gern wieder die Kreidefelsen besuchen, aber nicht allein. Ich dachte, so könnte ich Sie besser überreden mitzukommen.«

»Sie haben also keinen alten Bauernhof in dieser Gegend zum Renovieren?«

»Nein, aber ich möchte vor allem zu meinem Geheimplatz hoch über dem Meer. Nicht gleich zu den bekannten Felsen. Es ist ein Platz, der ganz versteckt liegt. Allerdings müssen wir ein Stückchen zu Fuß gehen.«

Michaels Geheimplatz! Und er wollte ihr diesen Ort zeigen, an dem er sicher schon oft war und den keine Touristen kannten, vielleicht nicht einmal Clarissa! In Sophies Fantasie tauchte ein von Gebüsch verborgener Winkel auf mit einer besonders schönen Aussicht, irgendwo ganz einsam, in unberührter Natur.

Erwartungsvoll kurbelte sie das Fenster herunter, die

Luft war kühl und roch nach welkem Laub und vermodernden Ästen. Und ein wenig schon nach Meer, das irgendwo dort hinter den Hügeln weit unten lag.

Sie fuhren nun auf einer der schmalen Straßen, an der kaum zwei Autos aneinander vorbeikamen, und bogen schließlich in einen sandigen Feldweg ab. Dann, nach hundert Metern, neben einer Baumgruppe, stellte Michael den Wagen ab. Von hier aus konnte man das Meer noch nicht sehen, es war hinter hohem Gebüsch und wilden Apfelbäumen, an denen noch ein paar Früchte hingen, verborgen. Aber man hörte das Rauschen des Meeres, und die Möwen segelten dicht über dem Auto und stießen ab und zu ihre typischen Schreie aus.

»So«, sagte Michael, als Sophie ausgestiegen war und sich reckte, »jetzt müssen wir zuerst einmal etwas Wichtiges erledigen.« Er zögerte ein wenig, fast scheu, aber dann gab er sich einen Ruck. »Bei so einem Ausflug sagt man nicht mehr Sie zueinander, sondern du. Ist das in Ordnung?«

Sophie sah ihn beglückt an. Da stand er in der Sonne, die seine dunklen Haare glänzen ließ. Ein leichter Wind wehte ihm eine Strähne ins Gesicht. Er blickte ihr lächelnd und erwartungsvoll in die Augen. Hinter ihm lag ein Hang voller wirr durcheinanderwachsender Büsche, und noch weiter hinten konnte man die Wellen ans steile Ufer schlagen hören. November? Es war ein Tag ohne Jahreszeit, ein Tag, den es nur ganz selten gab, ein Märchentag, und es war einzigartig schön hier. Vor allem mit diesem Mann, der so ganz anders war als Julian oder auch Leonardo.

»Natürlich ist das in Ordnung«, erwiderte Sophie. »Oder soll ich Herr von Teschen sagen und du Frau Doktor Hesekiel?«

Er lachte auf und schüttelte den Kopf, und einen Moment erschien es Sophie, als ob er ihr übers Haar streichen wolle. Aber dann bückte er sich schnell und hob den Picknickkorb hoch. »Gut, dann ziehen wir mal los, Richtung Klippen. Hier werden wir nur Hasen oder Vögeln begegnen. Außerdem wird sich niemand durch dieses stachelige Gestrüpp hindurchzwängen, nur zwei so Unverbesserliche wie wir. Aber die Aussicht dort vorne ist atemberaubend. Und es gibt an dieser Stelle noch Dünenrosen, die echten Dünenrosen, Felsenrosen, Frühlingsrosen, das sind alles ihre Namen. Ich habe es dir versprochen, weißt du noch? Und was man verspricht, muss man auch halten, sagen Adelinas Zwillinge immer.«

Ja, Sophie wusste es noch, und nun war sie tatsächlich mit Michael hier auf Wittow, und er wollte sie zu seinem Lieblingsplatz mit den Dünenrosen führen. Sie hielt ihr Gesicht in die Sonne, als sie den schmalen Weg zwischen den Sträuchern, die Michael auf die Seite bog, hinter ihm her ging. Kurz darauf kam eine Senke, und danach ging es leicht bergauf. Und dann – Sophie stockte der Atem, dann standen sie hoch über dem Meer an einem steilen Abhang, auf gelbem trockenen Gras. Und es war nur noch Wasser, weites, blaues, endloses Wasser bis zum Horizont zu sehen.

Hier blies ein leichter Wind landeinwärts, der aber nicht kalt war, sondern angenehm übers Gesicht strich.

Michael stellte den Korb ab. »Wir sollten nicht zu nah an den Rand gehen«, warnte er. »Immer wieder bricht ein Stück der Klippen ab, meist während der Herbststürme. Aber an dieser Stelle ist nichts unterhöhlt, und die Erde ist durch die Dünenrosen und das andere Gestrüpp dicht durchwurzelt. Wir können uns also beruhigt ins Gras setzen.«

Er holte eine Decke aus dem Korb, und Sophie ließ sich darauf nieder. Sie wollte erst einmal nur schauen und alles auf sich wirken lassen. Michael schien das zu spüren, er schwieg, während er sich neben sie setzte.

Erst als sie sich sattgesehen hatte, bemerkte Sophie, dass er gar nicht aufs Meer schaute, sondern sie von der Seite anblickte. Sie konnte in seinen dunklen Augen nicht erkennen, was er dachte, und spürte, wie Röte in ihre Wangen stieg. »Wir könnten ja mal nachsehen, was in deinem Picknickkorb alles drin ist«, sagte sie hastig.

»Ich habe gerade gar nicht ans Essen gedacht«, meinte er sanft.

»Sondern?«

»Ich sehe eine junge Frau mit hellen, ein wenig zerzausten Haaren, die sie in einem lockeren Zopf auf dem Rücken gebändigt hat, mit Sommersprossen um die Nase und verträumten Augen. Sie sitzt neben einem Busch Dünenrosen, der über und über mit weißen Blüten bedeckt ist, und schaut aufs Meer. Eine der Blüten hält sie in der Hand. Sie trägt ein blaues Kleid und ist völlig in sich versunken, man darf sie nicht stören.« Seiner Miene sah man nicht an, ob er es ernst meinte oder sich über sich selbst amüsierte.

Sophie war bezaubert von diesem Bild und wusste nicht, was sie dazu sagen sollte. Außerdem wollte sie sich nicht anmerken lassen, wie sehr ihr Michaels warme Augen gefielen, und so erwiderte sie ein wenig kühl: »Du hast eine blühende Fantasie, Herr Architekt, aber eine schöne. Das gefällt mir. Leider fehlen die Rosenblüten und das Kleid, das für so einen Ausflug nicht gerade praktisch wäre. Tun es auch ganz normale Jeans und ein kahler Busch?«

Er lachte belustigt. »Ab und zu darf man auch mal ein

bisschen romantisch sein und träumen, oder? Das ist wie das Sahnehäubchen auf der heißen Schokolade, das man sich nur selten gönnt, aber dann mit Genuss auf der Zunge zergehen lässt.«

»Oder wie der Schuss Eierlikör auf den Eierkuchen, die uns zu Hause erwarten«, fügte Sophie hinzu.

»Genau. Katharina hat mir die manchmal gemacht, wenn ich nach einem langen, anstrengenden Tag noch bei ihr vorbeigeschaut habe.«

»Du magst Katharina sehr, nicht wahr?«

»Ja, und es geht mir nahe, wenn ich merke, wie ihre Lebensenergie langsam weniger wird. Ihr Gedächtnis lässt nach, und sie hat nicht mehr regelmäßig gegessen. Einmal fand ich sie völlig verstört vor, da wusste sie plötzlich nicht mehr, wo sie war, in ihrem eigenen Haus. Dann gab es wieder gute Tage, aber die werden auch weniger. Wenn du nicht gekommen wärst, hätte ich sie in ein Heim bringen müssen, sie hat ja niemanden.«

»Sie war nie verheiratet. Das weiß ich, aber sonst nicht viel.«

»Sie hat viele Jahre als Erzieherin in Putbus gearbeitet, da hat sie auch gewohnt. Mit Kindern konnte sie wunderbar umgehen. Später ging sie nach Rostock, und nach einigen Jahren wurde ihre Mutter krank, deshalb ist sie wieder zurückgezogen. Ich habe übrigens schon vor längerer Zeit ihre Finanzen übernommen, sie hat mich darum gebeten. Wenn mit der Post etwas kommt, eine Rechnung oder Ähnliches, dann sag mir Bescheid. Sie besitzt nicht viel, die Rente reicht zum Leben, und wenn am Haus etwas zu richten war, habe ich es meistens bezahlt. Das hat sie zum Glück gar nicht bemerkt, denn sie möchte niemandem auf der Tasche liegen.«

»Das kann ich gut verstehen, das möchte ich auch nicht. Deshalb werde ich jetzt regelmäßig bei Dr. Burg arbeiten, und vielleicht überlässt er mir bald mehr Sprechstunden. Er bekommt so langsam Lust auf Gartenarbeit und in der Sonne sitzen, was er seit dreißig Jahren nicht mehr gemacht hat.«

»Ich weiß, Sophie, es ist nicht einfach so allein mit einem Kind. Katharina hat mir erzählt, dass du niemanden hast, der dir unter die Arme greift, wenn es nötig ist. Ich habe das noch nie so richtig bedacht. Ich und meine Schwestern haben es da viel besser, wir sind nicht allein. Unsere Eltern sind immer bereit einzuspringen. Sie nehmen die Enkel, wenn Adelina oder Hella etwas vorhaben, und helfen auch finanziell. Adelina und ihr Mann sind seit längerem schon auf der Suche nach einem Haus auf dem Land, und da wird mein Vater sicher eins seiner Sparschweine dafür schlachten. Und er tut es gern. Und Clarissa, die lebt ja wie eine Prinzessin im Schloss ihres Vaters. Sie ist schon mit goldenen Löffeln im Mund auf die Welt gekommen, wie man so sagt. Aber es hat sie nicht hochmütig gemacht, vielleicht nur manchmal ein wenig gedankenlos. Und wenn ich ihr ab und zu die andere Seite der Medaille zeige, ist sie immer sofort bereit zu helfen. Aber jetzt wollen wir einmal nachschauen, was meine Schwester für uns eingepackt hat. So, wie ich sie kenne, ist es ein Fünfsternemenü.«

## 27

Tatsächlich holte Michael eine Köstlichkeit nach der anderen aus dem Korb – eine heiße Gemüsesuppe, die nach frischen Kräutern schmeckte, in Pfannkuchenteig gebackene Apfelringe mit Zimt und Zucker und zum Schluss für jeden noch einen Schokopfefferminzriegel.

»Das soll uns mal einer nachmachen«, sagte Sophie entzückt. »Im November an den Kreideklippen beim Picknick im Gras sitzen und sich rundum wohlfühlen. So etwas kann es nur auf Rügen geben.«

»Es gibt noch viel mehr schöne Dinge auf unserer Insel. Ich werde sie dir so nach und nach zeigen. Und ich bin sicher, du wirst sie eines Tages genauso lieben wie ich«, sagte Michael lächelnd.

»Das tue ich jetzt schon«, versicherte Sophie. »Ich habe es noch keinen Tag bereut, hierher gezogen zu sein.«

Später fuhren sie noch ein Stück weiter und gingen zusammen zu den bekannten Kreidefelsen am Kap Arkona, die man überall auf Postkarten und Prospekten zu sehen bekam.

Sophie fand sie ganz interessant, meinte aber, sie würde doch lieber die einsamen, nicht so bekannten Gegenden vorziehen. Michael stimmte ihr zu und schlug vor, ihr wenigstens von der Tempelburg zu erzählen, die einst hier stand.

Und während sie ein Stück am Rand der Klippen entlanggingen, begann Michael mit seiner warmen, angenehmen Stimme zu erzählen: »Auf Rügen gab es seit dem siebten Jahrhundert ein Volk der Slawen, das hier am Kap Arkona eine riesige Tempelburg mit einem acht Meter hohen Standbild ihres höchsten Gottes, des Swantewits, baute.

Der Tempel war reich mit Schnitzwerk und Malereien versehen. Der Gott, den sie verehrten, besaß eine heilige weiße Stute, die vor einem Kampf voraussagen konnte, ob sie ihn gewinnen oder verlieren würden. Der Gott Swantewit hatte vier Köpfe, seine Gesichter zeigten nach den vier Himmelsrichtungen, und so konnte er immer alles sehen. Übrigens gibt es in Indien auch so einen Gott, den Brahma. Wer weiß, wie es kommt, dass zwei so verschiedene Völker so ähnliche Götter hatten oder haben.«

Sophie schaute versonnen übers Meer. »Ich staune immer wieder, was für Meisterwerke Menschen schon vor vielen Jahrhunderten bauen konnten. Hier oben war das bestimmt sehr schwierig. Woher hatten sie die vielen Steine? Wie konnten sie sicher sein, dass das Ganze nicht in die Tiefe abrutschte?«

»Steine gab es hier genug, eine Menge Findlinge aus der Eiszeit. Auch heute noch kann man sie sehen. Viele lagen im Meer vor der Küste und schützten das Ufer vor zu starkem Wellengang und dem Aushöhlen und Abbrechen. Inzwischen sind die meisten nicht mehr da, die Leute haben sie geholt und verbaut. Die Burg stand damals sicher nicht direkt an den Klippen. Die Menschen wussten bestimmt, dass immer wieder ein Stück abbricht, und genau so ist es in den letzten Jahrhunderten geschehen.«

»Und wie ging es mit dieser Burg weiter?«

»Sie hieß Jaromarburg, weil der König der Slawen ein Fürst Jaromar war. Dort wurden glanzvolle Feste gefeiert und Riten zelebriert. Aber dann, so um 1160 herum, kamen die Dänen. Sie zerstörten die Burg, setzten den Fürsten ab und bekehrten die Slawen zum Christentum. Es heißt, das Volk war so entsetzt, dass ihr großer Gott Swantewit keinen Gegenzauber einsetzte, dass sie sich widerstandslos taufen ließen. Den Rest besorgte das Meer. Es unterhöhlte das Ufer, und die Burg stürzte ins Wasser. Übrig ist nur noch ein halbkreisförmiger Burgwall, der die Burg von der Landseite her schützte. Siehst du dort hinten diesen lang gezogenen Hügel? Das ist er.«

Sophie blieb ehrfurchtsvoll stehen. »Schade, dass wir keine Zeitreisenden sind«, meinte sie nach einer Weile. »Ich würde mich jetzt gern einige Stunden lang in der Burg umsehen. Oder stell dir vor, die Menschen von damals würden auf einmal wieder hier auftauchen, und alles hat sich verändert – Felder mit Traktoren, Autos und Flugzeuge und viele Touristen. Vielleicht ist es doch besser, wenn man brav und zufrieden in seiner eigenen Zeit bleibt.«

Michael lachte leise. »Das glaube ich auch. Aber es hätte mich schon interessiert, wie diese imposante Burg gebaut wurde. Ohne die Hilfsmittel und Maschinen, die wir heute haben.«

»Da spricht der Architekt, von denen hättest du vielleicht noch etwas lernen können.«

»Ja, das glaube ich auch. Übrigens kamen nach den Dänen die Schweden, dann Napoleon und hinterher die Preußen. Irgendwie war die Insel immer begehrt, von allen möglichen Völkern, aber nun ist hoffentlich lange Ruhe.«

Auf dem Rückweg zum Auto meinte Michael: »Schade, dass es heute keinen Nebel gibt.«

»Warum denn das?«, fragte Sophie erstaunt. »Ich bin froh und glücklich über diesen klaren, sonnigen Tag. Du nicht?«

»Ich hätte dir gern noch die Stadt Arkona gezeigt, die es vor langer Zeit hier gab. Eine reiche Stadt, die Handel mit allen Ländern im Norden trieb und die besten Schiffe hatte.«

»Eine Stadt?« Sophie sah ihn zweifelnd an. »Und warum ist sie nur bei Nebel zu sehen?«

»Sie ist eines Tages bei einer großen Sturmflut im Meer versunken. Aber ab und zu, wenn man Glück hat, taucht sie im Nebel wieder auf und schwebt wie eine Fata Morgana über dem Meer. Man kann auch manchmal ihre Häuser und Türme auf dem Meeresgrund sehen, und am Ostermorgen hört man ihre Glocken läuten. Wir werden im Frühjahr noch mal hierher fahren, dann blühen die Dünenrosen, und die Glocken von Arkona läuten tief im Meer.«

»Herr Teschen«, sagte Sophie mit blitzenden Augen, »das ist eine sehr schöne Geschichte, aber vielleicht nicht so ganz historisch, wie mir scheint.«

Er nahm sie an der Hand und zog sie lächelnd mit sich. »Wer weiß, es gibt hier vieles, was einem märchenhaft vorkommt. Aber Geschichte oder Sage, Rügen ist voll davon, und das macht die Insel abenteuerlich und bezaubernd. Ich werde dir noch einiges erzählen, denn ich sehe deinen Augen an, dass du Freude daran hast. Genau so wie ich. Und ich weiß auch schon, wohin wir als Nächstes fahren: zum

Herthasee, tief und geheimnisvoll. Vor allem gibt es über ihn eine trostreiche Legende für junge Frauen, die mit der Liebe kein Glück haben. Wenn man diesen See und den Sagenstein besucht, wendet sich das Schicksal. Das glauben viele Menschen heute noch.«

»Meinst du damit mich?«, fragte Sophie mit gerunzelter Stirn.

»Vielleicht«, antwortete Michael. »Katharina hat mir einige Andeutungen gemacht. Aber ich habe den Eindruck, du kommst auch ohne den Herthasee schon wieder ganz gut klar. Trotzdem fahren wir zusammen hin, solange noch keine Saison ist. Magst du?«

»Ja, gerne«, erwiderte Sophie. Wenn du wüsstest, dachte sie, wenn du wüsstest, Michael, dass es nicht mehr Leonardo ist, an den ich denke, sondern du. Viel zu oft sind meine Gedanken bei dir. Aber es ist gut, dass du es nicht weißt, und ich werde mit dir zusammen zum Sagenstein fahren, auch wenn sich bei mir das Schicksal in der Liebe dadurch nicht wenden wird.

Es dämmerte bereits, als sie zurückfuhren. Michael legte eine CD ein, Air von Bach, eines von Sophies Lieblingsstücken, und sie lehnte sich im weichen Sitz des Autos zurück, ein wenig müde, aber glücklich wie schon lange nicht mehr. Sie schwiegen beide. Sophie war tief in Gedanken versunken.

Sie wehrte sich nicht mehr gegen ihr Gefühl. Egal, was die Zukunft bringen würde, sie wusste nun, dass sie Michael liebte. Er war so ganz anders als Kris, der große Junge, oder Leonardo mit seinem Temperament. Michael war wie ein ruhiger, tiefer Waldsee, wie der Herthasee, in dem man alles finden konnte, was man sich wünschte. Sie würde ihn eines Tages wieder verlieren, vielleicht schon bald, aber das, was sie bisher mit ihm erlebt hatte, das konnte ihr niemand wieder wegnehmen, auch seine Clarissa nicht.

Kurz vor Bergen brach Michael das Schweigen und sagte: »Clarissa wollte heute Nachmittag auch kommen, sie wird vielleicht schon da sein. So kannst du sie gleich kennenlernen.«

Sophie runzelte die Stirn. Und damit ist der schöne Tag unwiederbringlich zu Ende, dachte sie traurig, aber sie erwiderte ruhig: »Ich habe sie schon einmal gesehen, damals in Dalkvitz. Das weißt du doch.«

»Damals war sie ein wenig aufgeregt. Sie hatte einen schweren Tag hinter sich. Eigentlich ist sie selten so gereizt, sondern meist liebenswürdig und freundlich, auch geradlinig. Damit kommen nicht alle Menschen, mit denen sie zu tun hat, zurecht. Du wirst sie mögen. Man darf sie nur nicht vorschnell als oberflächlich aburteilen. Wir kennen uns schon seit der Schule, haben zusammen studiert, und so passen wir auch beruflich zusammen.«

Sophie schwieg. Michael war jetzt wieder der Verlobte von Clarissa. In den letzten Stunden mit ihm hatte sie das vergessen können, nun aber musste sie sich wieder zurücknehmen und der Realität ins Auge sehen. Und das hieß, Clarissa begrüßen und höflich sein, auch wenn sie sich am liebsten in ihrem Zimmer verkrochen und dort diesem wunderbaren Tag hinterhergeträumt hätte.

Dann aber war es doch nicht ganz so schlimm, als sie zurückkamen. Die Zwillinge von Michaels Schwester begrüßten, zusammen mit Mona, die beiden Ausflügler mit einem großen Hallo. Sophie wurde sofort zum Fernseher in Katharinas Wohnzimmer gezogen, um sich dort die Fotos anzuschauen, die die drei gemacht hatten. Sie hatten sich gegenseitig in vielen verschiedenen Positionen mit den Ponys fotografiert.

Sophie hatte aus dem Augenwinkel gesehen, wie Michael seine Clarissa mit einem Kuss begrüßte und sie ihm irgendetwas Wichtiges erzählte. Erst als die Fotos alle besichtigt waren und Sophie mit den Kindern in die Küche kam, wurde sie mit Clarissa bekannt gemacht. Da hatte sie sich schon wieder gut im Griff und ließ sich nichts anmerken.

Clarissa war eindeutig der Mittelpunkt in dieser Runde, obwohl sie es nicht offensichtlich darauf anlegte. Sie war einfach beeindruckend. Selbst Adelina, die bestimmt kein graues Mäuschen war, wirkte gegen sie schlicht. Das Auffallendste an ihr waren ihre kastanienbraunen akkurat geschnittenen Haare, die ihr schmales ebenmäßiges Gesicht einrahmten. Sie konnte den Kopf schütteln, und die Frisur fiel von allein wieder in Form. Sie trug ein dezentes Make-up und erinnerte ein wenig an Julia Roberts, vor allem wenn sie lachte. Sie hatte wieder einen eleganten Hosenanzug an, wie schon damals in Dalkvitz, diesmal in Türkis.

Als sie Sophie begrüßte, schien sie kurz die Augenbrauen zusammenzuziehen und Sophie eindringlich zu mustern, aber dann sagte sie: »Sie sind also die Ärztin, die unsere Katharina so gut betreut. Michael hat schon viel von Ihnen erzählt. Er ist sehr froh, dass er nicht mehr alleine die ganze Sorge um sie trägt. Mit Michael kann man gut zusammenarbeiten, das werden Sie schon gemerkt haben. Und das ist bei so einer Pflege sehr wichtig.«

Sophie setzte sich neben Katharina an den Tisch. »Bisher habe ich eigentlich noch nicht viel zu tun gehabt. Die

Medikamente geben, den Blutzuckerwert prüfen, das Insulin spritzen, das dauert keine fünf Minuten. Nicht wahr, Katharina, und wir werden es uns noch lange hier gut gehen lassen.«

Katharina nickte. Sie sah etwas müde aus. Mit den vielen Menschen und den lebhaften Gesprächen kam sie nicht mehr so recht mit, so dass Sophie sie bald darauf in ihr Schlafzimmer führte und ihr half, sich für die Nacht zurechtzumachen.

Ihr war klar, dass Katharina vielleicht bald mehr Hilfe brauchte, aber sie wollte das nicht vor all den anderen erörtern. Mit Michael würde sie, wenn es so weit war, darüber sprechen. Dr. Karl und auch Julian hatten ihr bereits erzählt, dass es Frau Hag schon im letzten Winter schlecht gegangen war. Sie hatte sich aber im Frühjahr dann wieder recht gut erholt. Jetzt stand wieder ein Winter vor der Tür, und man merkte jetzt schon, dass er ihr mit den Nebeln und der Kälte zu schaffen machte.

Es wurde noch ein munterer Abend in der Küche, an dem Sophie sich aber eher zurückhielt. Clarissa erzählte von ihren Plänen mit dem Prorarer Klotz und ihren Ideen, wie man aus diesem Betonbau moderne Wohnungen machen konnte, mit Saunaanlage, Hallenbad, Wellnesscenter und Kindergarten. Adelina meinte vergnügt, einen Streichelzoo mit Esel und Ziegen könne sie doch bestimmt auch noch auf dem Gelände unterbringen, was Clarissa mit der Bemerkung parierte, dass nicht alle Leute gern den Geruch nach Pferdemist und lautes Eselsgeschrei vor der Nase hätten.

Michael saß ähnlich wie Sophie zurückgelehnt auf seinem Stuhl und hörte den beiden Frauen belustigt zu.

»Sie hänseln sich immer, wenn sie zusammen sind«, sagte er leise zu Sophie, als sich alle verabschiedeten. »Sie wohnen beide auf zwei völlig verschiedenen Planeten. Adelina ist begeisterte Hausfrau und Mutter und möchte am liebsten einen eigenen Hof auf dem Land. Clarissa hingegen will Karriere machen und arbeitet gern und viel im Geschäft ihres Vaters. Aber sie mögen sich trotzdem, man muss das nicht so ernst nehmen.«

»Sie sind beide starke Persönlichkeiten«, bemerkte Sophie.

»Ja, da hast du recht«, stimmte er zu.

Später saß Sophie noch eine Weile im Dunkeln oben in ihrer Wohnung und schaute aus dem Fenster. Ein fast voller Mond stieg hinter der großen Weide auf. Er hatte einen Hof, einen milchig weißen Ring, also würde es nicht mehr lange bei diesem sonnigen Novemberwetter bleiben. Sie hatte diesen Tag mit vollen Zügen genossen, so etwas konnte nicht leicht wiederholt werden. Den Ausflug an den Herthasee musste man bei schlechtem Wetter verschieben, und sie brauchte eine »Michael-Pause«, um ihre Seelenruhe nicht allzu sehr durcheinanderzubringen. Sie wollte ihre Liebe später vor allem als etwas Schönes in Erinnerung haben und nicht als Kummer, wollte Michael nur dann sehen, wenn ihre »Scheuklappen« gut funktionierten. Und das war nicht immer der Fall. Am besten war es immer noch, sich dem Alltag zu widmen, sich an Mona und Katharina zu freuen und an ihrer Arbeit mit den Kindern, wenn ihr Herz traurig werden wollte.

# 28

In der nächsten Woche machte der November genau das, was man von ihm erwartete: Er brachte Nebel, Nässe und Kälte. Und obwohl Sophie gerade bei diesem Wetter, warm verpackt, gern Spaziergänge machte, kam sie kaum dazu. Frau Hag ging es nicht gut, sie wollte nicht essen, saß den Tag über in ihrem Ohrensessel und schlief immer wieder. Einmal war sie gefallen, als sie aufstehen wollte, und kam nicht mehr allein hoch. Sophie verbrachte viel Zeit unten bei ihr. Auch Mona hatte es sich angewöhnt, in Katharinas Wohnung zu spielen. Die alte Frau hatte es gern, wenn das Kind um sie herum war.

An den zwei Tagen, an denen Sophie die Praxis bei Dr. Burg übernahm, kam eine Nachbarin und sah nach Frau Hag. In der Nacht schlief sie zum Glück fest. Sophie hatte ein paarmal noch spät nach ihr geschaut, aber sie lag ruhig und gleichmäßig atmend im Bett.

»Wenn sie nicht essen will«, sagte Dr. Karl bei seinem letzten Besuch, »müssen Sie das Insulin reduzieren. Aber bevor sie zu kraftlos wird, sollten wir uns überlegen, ob man nicht eine Magensonde braucht.«

»Ich habe aus der Apotheke diese gehaltvolle Astronautennahrung besorgt«, erklärte Sophie. »Die trinkt sie in kleinen Schlucken. Aber eine Magensonde, nein, bitte nicht.

Sie hat mir mehrmals erklärt, sie möchte, wenn sie schwächer wird, nicht mit allen Mitteln am Leben erhalten werden. Sie redet nicht mehr viel. Doch einmal hat sie mir gesagt, dass sie bereit ist. Sie habe keine Angst, und Ferdinand erwarte sie. Ich weiß nicht, wer Ferdinand ist. Haben Sie eine Ahnung?«

»Nein, ich kenne sie erst, seit sie von Rostock in ihr Elternhaus zurückgekehrt ist, da ihre Mutter pflegebedürftig wurde. Der Vater war zu der Zeit schon tot. Katharina muss damals Ende dreißig gewesen sein. Vielleicht hat sie in Rostock eine große Liebe gehabt, und aus irgendeinem Grund konnte sie den Mann nicht heiraten. Schade, dass niemand etwas darüber weiß. Ihre Freundin, Frau von Teschen, die Einzige, die uns etwas über Katharina Hag erzählen könnte, ist vor acht Jahren gestorben.« Er seufzte. »Die beiden waren fast täglich zusammen, die adelige Freifrau und die einfache anspruchslose Katharina. Sie haben sich gegenseitig respektiert, auch ihre verschiedenen Lebensweisen, und zusammengehalten wie Zwillinge. Ich habe Viktoria oft mit ihren Kindern hier in Karow gesehen. Katharina hat sich ein Grab gekauft, das neben dem ihrer Freundin liegt. Hat sie Ihnen das erzählt?«

»Nein, ich weiß nur sehr wenig von ihr. Das tut mir so leid. Sie ist eine wunderbare Frau.«

Julian, der immer noch regelmäßig zur Lymphdrainage kam, brachte seiner Patientin einen gut verträglichen Wein mit, von dem sie gern am Abend ein halbes Glas trank. Er erzählte ihr während der Massagen lustige Geschichten aus seiner Praxis, von denen Sophie vermutete, dass die meisten erfunden waren. Und ob die alte Frau alles verstand oder nicht, sie war hinterher oft richtig munter und nannte ihn einen Clown.

Meist saß er dann noch in Frau Hags Küche mit Sophie zusammen, bekam einen Kaffee und beschwerte sich, dass sie keine Zeit mehr für ihn hatte. Er wollte mit ihr nach Putbus ins Theater oder auf den Weihnachtsmarkt in Stralsund. Aber Sophie erklärte ihm, dass sie kein gutes Gefühl hatte, wenn sie lange weg sei. Und dann könne sie solche schönen Unternehmungen auch nicht richtig genießen.

»Weißt du, was ich glaube?«, sagte Julian, als er wieder einmal mit Sophie in der Küche saß. »Ich habe schon vor einem halben Jahr festgestellt, dass Frau Hag immer, wenn ich kam, so betont geschäftig war. Sie hat mir erzählt, was sie alles allein erledigt hat: einkaufen in Bergen, Rasen mähen, Fenster putzen, Wäsche aufhängen. Aber wenn ich genau nachgeschaut habe, war nichts davon wirklich gemacht. Sie wollte mir und allen anderen unbedingt beweisen, dass sie gut allein zurechtkommt. Ab und zu bin ich leise ins Wohnzimmer gekommen, und sie saß in ihrem Lehnstuhl mit geschlossenen Augen und so kraftlos, dass ich dachte, sie kommt nicht mehr allein hoch. Doch wenn sie mich dann bemerkt hat, ist sie sofort aufgestanden, wenn auch mühsam, und hat mir erklärt, sie habe gerade mal für zwei Minuten ausgeruht.«

»Sie hatte immer Angst, dass sie ins Heim muss«, sagte Sophie, »Michael war schon so weit, dass er sie in einem angemeldet hat.«

»Und dann bist du gekommen. Jetzt muss sie uns nichts mehr vormachen. Sie hat ihre ganze Energie verbraucht. Nun kann sie loslassen, deshalb ist sie auch, seit du da bist, so schnell so schwach geworden.«

»Ich habe nicht damit gerechnet«, meinte Sophie. »In unserem Urlaub kam sie mir noch recht munter vor. Aber du könntest recht haben.«

»Bereust du es, zu ihr gezogen zu sein? Diese Betreuung machen zu müssen, nicht mit mir ins Theater zu können oder zum Tanzen?«

»Nein!« Die Antwort war klar und eindeutig. »Ich habe hier ein Heim gefunden und eine wichtige Aufgabe in meinem zweiten Beruf als Krankenschwester. Ich habe genug Einkommen zum Leben, wenn auch vieles anders gekommen ist, als ich es mir vorgestellt habe. Michael überweist mir regelmäßig Pflegegeld. Mona möchte nie wieder weg von hier, sie fühlt sich in Karow mit Katze, Ponys und Freundin wohl. Und dann bist du noch da, und ich weiß, dass ich auf dich im Notfall zählen kann. Mehr brauche ich nicht.«

»Du könntest ruhig sagen, dass du gern noch einen netten, liebevollen Mann hättest, der dich auf Händen trägt, dich nie verlassen und immer und ewig lieben wird«, fügte Julian nachdrücklich hinzu.

Sophie lachte fröhlich. »Vielleicht sage ich das einmal, wenn ich wirklich dringend einen netten, liebevollen Ehemann haben möchte. Und dann bist du der Erste, den ich dafür in Betracht ziehe. Versprochen! Aber jetzt ist noch nicht der richtige Moment dazu. Katharina braucht mich. Und wenn sie eines Tages nicht mehr ist, dann will ich zuerst als Ärztin irgendwie und irgendwo festen Fuß fassen. Und dann könnte ich vielleicht auch über einen Mann an meiner Seite nachdenken. Zufrieden?«

»Muss ich ja wohl«, erwiderte Julian seufzend und sah sie mit einem traurigen Hundeblick an. Lachend fuhr sie ihm durch die Haare. Er fing ihre Hand ein und küsste sie. »Verstehe einer die Frauen«, sagte er, und in seinen Augen lag bereits wieder ein fröhliches Funkeln. »Ich habe schon einige kennengelernt. Die einen wollten mich so schnell wie möglich festnageln und ein Dutzend Kinder, die anderen sind auf eine eigene Karriere aus. Und ich, ich will doch nur glücklich machen und glücklich sein ...«

»Das tust du doch schon«, sagte Sophie tröstend. »Sogar Katharina wird immer ganz vergnügt, wenn du zu ihr kommst.«

Er schnaubte. »Ich merke schon, mit Frau Doktor ist heute nicht zu reden. Na, ich bleibe am Ball, so leicht entkommst du mir nicht.«

# 29

Es war kurz vor Weihnachten. Draußen lag der erste Schnee. Dicke Wolken zogen über den weiten Himmel und würden noch mehr von der weißen Pracht bringen. Sophie war früh aufgestanden, und ihr erster Gang führte sie wie immer nach unten zu Katharina. Sie machte Feuer im Kachelofen, schaltete den elektrischen Heizofen herunter, der in der Nacht die Wohnung wärmte, und ging dann in die Küche, um für Katharina Malzkaffee zu kochen. Sie trank die erste Tasse gern noch im Bett, bevor Sophie ihr half, aufzustehen, sich zu waschen und anzuziehen. Es gab auch Tage, an denen die alte Frau liegen bleiben wollte, weil sie zu schwach war. Dann öffnete Sophie die Tür zum Wohnzimmer, so dass Katharina sie sehen konnte, wenn sie die Wäsche bügelte oder den Teppich saugte und Mona zum Spielen da war.

Sophie ging mit der Tasse leise zum Schlafzimmer und zog den Fensterladen hoch. Katharina lag ruhig und reglos im Bett, die Augen geschlossen. Sophie hielt auf einmal mit klopfendem Herzen inne. Sie sah die alte Frau an, und dann ahnte sie intuitiv, was geschehen war: Katharina war in der Nacht im Schlaf gestorben.

Im ersten Moment wusste sie nicht, was sie tun sollte. Dann setzte sie sich auf einen Stuhl neben das Bett, nahm Katharinas Hand, die sich schon kühl anfühlte, und streichelte ihr Gesicht. Es war nicht nötig, noch irgendwelche Untersuchungen vorzunehmen, Katharina sah so friedlich aus.

Nach einer Weile schlug Sophie die Decke zurück und legte die alte Frau auf den Rücken, faltete ihr die Hände über der Brust und deckte sie dann wieder zu. Erst jetzt bemerkte Sophie, dass ihr Tränen übers Gesicht liefen.

Sie ging ins Wohnzimmer und setzte sich dort an den Tisch, stützte den Kopf in die Hände und versuchte, sich wieder zu fassen. So saß sie lange Zeit, bis sie hörte, dass Mona oben wach war. Langsam stieg sie die Treppe hoch und ging ins Bad, wo Mona sich gerade anzog.

»Mama, was ist passiert?«, fragte sie, als sie ihre Mutter sah.

»Katharina ist heute Nacht gestorben«, antwortete Sophie leise.

Mona setzte sich auf den Rand der Badewanne. »Wo ist sie jetzt?«, fragte sie mit großen Augen.

»In ihrem Bett unten«, sagte Sophie. »Aber ihre Seele ist vielleicht schon im Paradies, im Himmel. Ich weiß es nicht. Aber sicher an einem schönen Ort, wo auch ihr Ferdinand ist und ihre Eltern und ihre Freundin. Sie ist nicht allein dort.«

Nach einer Weile schlüpfte Monas Hand in die Hand ihrer Mutter. »Kann ich ihr auf Wiedersehen sagen?«

»Aber ja, magst du ihr irgendetwas mitgeben? Etwas, was sie gern gehabt hat?«

Mona überlegte. »Sie hat immer gelacht, wenn ich Hasi mitgebracht habe und um sie herumhüpfen ließ.«

Hasi war ein Plüschhase, den Mona einmal von Frau Winterkorn geschenkt bekommen hatte.

»Willst du ihr Hasi schenken?«

»Ja, sie soll ihn mit in den Himmel nehmen.« Sophie nahm Mona in den Arm, dann reckte sie sich und erklärte: »Ich muss Michael anrufen und Dr. Karl. Danach gehen wir zu Katharina runter. Du musst heute nicht in den Kindergarten, kannst hierbleiben, dann sind wir beide zusammen.«

Als sie später mit Mona das Schlafzimmer betrat, war mit Katharina bereits eine Veränderung vor sich gegangen. Sie sah nun nicht mehr aus wie im Schlaf, sondern ohne Leben. Sophie konnte sich den Unterschied nie bewusst machen, aber er war da. Sie hatte es schon oft bemerkt, sogar die Haare wirkten wie die bei einer Puppe.

Mona legte den Hasen neben Katharinas Kopf, blieb noch eine Weile neben ihr stehen, dann führte Sophie sie hinaus.

Eine Stunde später kamen Dr. Karl und Michael und später auch noch Julian. Sie besorgten alles Nötige, so dass Sophie oben in ihrem Zimmer sitzen konnte und nichts tun musste. Sie war noch wie betäubt, obwohl sie geahnt hatte, dass Katharina nicht mehr lange leben würde. Erst am Abend, als Michael noch einmal kam und sich eine Weile zu ihr in die Küche setzte, fühlte sie, wie müde sie war. Sie legte den Kopf auf den Tisch und ließ ihren Tränen freien Lauf.

Michael versuchte nicht, sie zu trösten. Er legte ihr nur die Hand auf den Rücken und zog sie ein wenig an sich.

Nach einer Weile hob Sophie den Kopf. »Danke«, sagte sie leise.

Er gab ihr ein frisches Taschentuch. »Ich muss jetzt gehen«, erklärte er. »Aber ich komme morgen wieder und bringe frische Brötchen mit. Du musst etwas essen. Und dann solltest du nicht vergessen, dass Katharina in den letzten Wochen mit dir und Mona sehr glücklich war. Erinnere dich an das, was du Schönes mit ihr gehabt hast, behalt ihr weiches Lächeln, wenn du zur Tür hereingekommen bist, und den dankbaren Blick, wenn du ihr geholfen hast, in Erinnerung.«

»Gestern Abend habe ich ihr noch ein hübsches Foto vom Garten im Schnee auf den Nachttisch gestellt«, erzählte Sophie. »Ich habe es am Nachmittag gemacht. Bin extra noch nach Bergen gefahren für die Abzüge, und sie hat sich darüber gefreut.«

»Genau, jetzt siehst du schon wieder etwas getröstet aus. Und was alles Weitere betrifft, das Haus und so weiter, mach dir keine Sorgen, ich kümmere mich um alles. Soviel ich weiß, kannst du hier die nächsten Jahre wohnen bleiben. Das hat mir Katharina einmal gesagt.«

»Danke, darüber bin ich froh. Aber es wird eine Weile dauern, bis ich nicht mehr auf die Geräusche von unten horche, bis ich die Wohnzimmertür öffnen kann, und keine Katharina sitzt mehr auf ihrem Sofa. Sie wird mir fehlen.«

»Du wirst langsam wieder mehr an dich denken können und an Mona. Aber lass dir Zeit. Es wird sich alles finden.«

Drei Tage später, einen Tag vor Weihnachten, wurde Katharina Hag bei strahlender Sonne auf dem Friedhof beigesetzt. Der Schnee glitzerte auf den Ästen der riesigen Weiden und auf den Gräbern darunter. Sophie hatte eine Kranz aus duftenden Douglasienzweigen gebunden und ihn mit roten Stechpalmenbeeren und den wolligen Blütenständen der wilden Clematis aus dem Wald geschmückt. Mona hatte ein

Sträußchen rosafarbenen Winterschneeball und rote Alpenveilchen in der Hand.

Die Pastorin hielt eine schlichte, liebevolle Andacht, und während der Sarg in die Erde gelassen wurde, sangen die Trauergäste ein Lied, das sich Katharina gewünscht hatte – ein Abendlied, etwas ungewöhnlich bei einem Begräbnis, aber sehr trostreich: *Guten Abend, gut' Nacht, von Englein bewacht ...* Jeder kannte es, und es endete mit: *Schlaf nun selig und süß, schau im Traum das Paradies.* Ja, das wünschte Sophie ihr: Schau im Traum das Paradies und deinen Ferdinand, wer immer das auch ist.

Sophie hatte diesen Wunsch in Katharinas Unterlagen gefunden. Die alte Frau hatte fein säuberlich aufgeschrieben, was nach ihrem Tod zu tun war. Alle Abmeldungen und wichtigen Angelegenheiten waren aufgelistet, mit Telefonnummer und Adresse, und dazu eine Vollmacht für Sophie und Michael.

Nach der Feier auf dem Friedhof saßen noch Sophie, Michael, Julian und Dr. Karl in der oberen Küche zusammen. Sophie gab Michael die Abmeldeliste.

»Das ist typisch Katharina«, sagte er gerührt. »Sie wollte den anderen keine Arbeit aufbürden. Sie hatte auch eine Beerdigungsversicherung, damit sind die Kosten für das Begräbnis bezahlt. Sie hat schon lange dafür vorgesorgt.« Er verabschiedete sich dann bald, um noch einiges zu regeln, und wünschte allen ein schönes Weihnachtsfest, trotz der Traurigkeit. »Es gibt eine Zeit zu weinen und eine zu lachen«, sagte er. »Das hat Katharina immer gesagt, und wir dürfen uns diesen Zeiten überlassen und auch bald wieder lachen.«

Julian schaute zu Mona, die in einer Ecke auf dem Boden mit ihren Pferden und dem Reitstall spielte. »Habt ihr schon einen Weihnachtsbaum?«, fragte er sie.

Sie hob den Kopf. »Nein, Mama hatte noch keine Zeit dafür.«

»Dann werde ich einen besorgen«, schlug er vor. »Und vielleicht kann ich dann Weihnachten zu euch kommen? Allein macht es keinen Spaß.«

»Na klar«, erwiderte Mona strahlend. »Da muss ich aber für dich noch ein Päckchen machen.«

»Und ich für dich und deine Mama auch. Ich habe schon eine Idee, was drin sein wird, aber ich verrate es noch nicht.«

Sophie nickte Julian zu. »Da hast du aber Glück gehabt«, meinte sie lächelnd. »Mona lädt Weihnachten nur die allerbesten Freunde ein.«

»Sie weiß, dass ich dazugehöre«, gab er zurück.

Dr. Karl, der ein wenig nachdenklich am Tisch saß, gab sich auf einmal einen Ruck und blickte Sophie an. »Ich habe auch etwas zu Weihnachten für euch«, sagte er. »Es ist eigentlich nur ein Vorschlag. Ich möchte, dass Sie darüber in den nächsten Tagen nachdenken.«

Erstaunt schaute Sophie in sein sympathisches Gesicht mit den vom Leben und von Wind und Wetter eingegrabenen Furchen und den kurzen grauen Bartstoppeln.

»Ich bin nun Ende sechzig«, begann er zögernd, »und in den letzten Monaten habe ich gemerkt, dass ich mich danach sehne, mehr Zeit für mich und meine Frau zu haben. Man soll aufhören, wenn es noch schön ist, und nicht erst, wenn man nicht mehr kann.«

Sophie sah ihn bestürzt an. »Sie wollen doch nicht Ihre Praxis verkaufen? Sie sind so ein beliebter Arzt. Gibt es denn keine andere Lösung?«

»Nein, verkaufen werde ich nicht. Aber ich habe mit meiner Tochter gesprochen. Sie wird demnächst ihren Abschluss als Kinderärztin machen, und sie ist bereit, nach Bergen zu ziehen und meine Praxisräume zu übernehmen. Aber nur, wenn noch eine Kollegin dazukommt. Sie möchte am liebsten mit einer zweiten Kinderärztin zusammenarbeiten. Man könnte dann zum Beispiel abwechselnd nachmittags freimachen und hätte so keinen Vollzeitjob. Das will sie nämlich auf keinen Fall, sie hat Familie.«

Julians Augen begannen zu glänzen. »Und da käme Sophie infrage, nicht wahr?«, rief er.

»Genau, das war sofort mein Gedanke. Sie haben mir mal gesagt, Sophie, dass auch für Sie eine Teamarbeit das Wunschziel wäre. Meine Patienten sind inzwischen mit mir alt geworden. Wir haben jetzt so viele Allgemeinärzte in Bergen, dass die Patienten von mir gut bei einem anderen Kollegen unterkommen können. Und da Dr. Burg ebenso langsam ans Aufhören denkt, kämen sicher mit der Zeit genug Mütter mit ihren Kindern in die neue Praxis. Sie kennen ja schon einige von ihnen.«

Sophie brachte vor Überraschung kein Wort heraus.

Dr. Karl beugte sich vor und legte ihr die Hand auf den Arm. »Was meine Tochter auf keinen Fall möchte, da sie auch ein Kind hat, ist ein Zehnstundentag. Und man kann mit weniger Patienten trotzdem genug verdienen, wenn man nicht zu anspruchsvoll ist«, erklärte er nachdrücklich. »Ich denke, Sophie, Sie möchten auch nicht Vollzeit arbeiten. Da wäre doch so eine Gemeinschaftspraxis durchaus eine gute Sache.«

Nun begannen Sophies Augen zu leuchten. »Sie haben recht, natürlich, das ist genau das, was ich mir wünsche.

Wir könnten uns die Patienten teilen, und ich werde endlich eine sichere Arbeitsstelle haben. Nur …«, sie wurde ernst, »ich habe kein Geld, um eine Ablösesumme zu bezahlen und einen Umbau, der dann sicher nötig sein wird. Ich könnte natürlich versuchen, einen Kredit zu bekommen. Da ich hier noch einige Jahre im Haus bleiben kann ohne Miete, spare ich auch viel. Und vielleicht verdiene ich dann genug, um den Kredit langsam zurückzuzahlen – man müsste es genau durchrechnen.« Sie wurde richtig aufgeregt.

»Meine Tochter muss keine Ablösesumme zahlen, Sophie, und da ich nicht auf das Geld angewiesen bin, werden Sie das auch nicht müssen. Aber die ganze Praxis muss von Grund auf renoviert werden. Umbauten sind nötig, einige neue Geräte müssen angeschafft werden, und diese Kosten müssten Sie sich teilen.«

»Das müsste doch machbar sein«, erklärte Sophie. Sie hatte ganz rote Wangen bekommen. »Sprechen Sie mit Ihrer Tochter, erklären Sie ihr, dass ich das Beste bin, was sie bekommen kann. Und ich werde inzwischen alle Hebel in Bewegung setzen, um Geld aufzutreiben. Wann kommt Ihre Tochter?«

»Sie ist noch in Hamburg, aber Ende Januar macht sie ihren Abschluss und kommt nach Hause. Ich suche gerade eine Wohnung für sie. Ihr Mann ist Berater für medizinische Geräte, er kann sicher auch einiges, was ihr braucht, preisgünstig für die Praxis vermitteln.«

Sophie wäre Dr. Karl am liebsten um den Hals gefallen. Sie konnte es noch kaum glauben, dass sich da ein Weg auftat, der fast so ein Traumweg war wie in Julians Räumen. Sie nahm Dr. Karls Hand und wollte ihn nicht mehr loslassen vor lauter Freude.

»Noch ist nichts entschieden«, sagte er vorsichtig. »Aber ich denke, meine Tochter und Sie werden sich gut verstehen. Das ist das Wichtigste, sonst klappt es nämlich nicht.« Bald darauf verabschiedete er sich und meinte, er sei froh, dass er Sophie kennengelernt habe.

Als Julian mitbekam, dass Sophie jetzt nur noch Gedanken an den Traumjob mit Dr. Karls Tochter hatte, setzte er sich neben Mona und las ihr ein paar Bilderbücher vor, so dass Sophie sich in Ruhe diese neue unerwartete Möglichkeit durch den Kopf gehen lassen konnte: eine halbe eigene Praxis hier, wo sie sich schon eingelebt hatte. Mona konnte eine Ganztagsschule in Bergen besuchen. Und wenn alles gut lief, konnte sie einen Kredit bestimmt in den nächsten zehn Jahren zurückzahlen. Es musste einfach möglich sein, denn dies war *die* Chance für sie.

»Na, Frau Doktor«, sagte Julian nach einer Weile, »bin ich nun abgeschrieben, wenn du dann bald dein eigener Chef bist und den Privatpatienten hohe Rechnungen schreiben kannst?«

»Natürlich«, erwiderte sie mit blitzenden Augen, »dann schaue ich so einen popeligen Physiotherapeuten doch gar nicht mehr an!«

»Na, das werde ich dir aber bald austreiben!«, antwortete er, stand auf und nahm sie fest in den Arm. »Ich würde es dir aber wirklich gönnen, wenn das alles klappt.«

»Julian, du weißt genau, dass du mein bester Freund bist, und das wird auch so bleiben, egal was ich machen werde«, erklärte Sophie fest. »Aber noch ist nichts entschieden. Wir müssen zuerst einmal die Testamentseröffnung abwarten, und dann kann man weitersehen. Auf jeden Fall wird Weihnachten nun doch nicht so traurig, wie ich befürchtet habe.«

»Wir machen es uns morgen Abend schön gemütlich«, schlug Julian vor. »Katharina hätte bestimmt nicht gewollt, dass wir nur Trübsal blasen.«

So nah kann das beieinander sein, die Trauer um Katharina und die Freude über dieses Angebot, dachte Sophie, als sie am Abend im Bett lag. Und so schnell kann der Lebensweg eine unerwartete Wendung machen. Man kann planen und hoffen, und dann kommt manchmal doch alles anders. Heute Morgen war ich noch mutlos und verzagt, und jetzt ist die Zuversicht wieder da, dass es gut weitergeht. Danke, wer auch immer dafür verantwortlich ist.

# 30

Der Schnee blieb auch nach Weihnachten liegen und wurde in den nächsten zwei Wochen immer wieder mit einer frischen weißen Schicht bedeckt. Mona war so viel wie möglich mit ihrer Freundin Lena draußen. Sie bauten Schneepferde und Iglus und kamen dann mit roten Wangen und großem Hunger nach Hause.

Sophie nutzte die Zeit, um in der Wohnung von Katharina aufzuräumen. Die alte Frau hatte nur Dinge besessen, die sie benutzt hatte, und so war alles ordentlich und übersichtlich verstaut.

Michael kam nur einmal vorbei, um noch einige Papiere zu holen. Er war in Eile und wollte mit Sophie nach der Eröffnung des Testaments in Ruhe besprechen, wie es mit der Wohnung weitergehen könnte. Er erwartete keine Überraschungen. Das Haus fiel an die besagte Stiftung, die allerdings erst in fünf Jahren darüber verfügen konnte. Die Möbel von Katharina würde die Stiftung verkaufen, damit die Wohnung vermietet werden konnte. Die Mieteinnahmen würde Sophie erhalten, und so konnte sie ohne Sorgen die nächsten fünf Jahre weiterhin oben wohnen, bis ihre Schonfrist vorbei wäre. Demzufolge hatte sie genügend Zeit, sich etwas Neues zu suchen.

Michael sah blass und müde aus. Er war erkältet und

hatte obendrein einigen Ärger mit den Handwerkern an seinem Umbau in Dalkvitz.

»Jetzt ist außen alles fertig, auch die Heizung funktioniert. Nun kommen noch die vielen verschiedenen Einrichtungen innen, das Bad, die Küche. Da sollte ich eigentlich immer danebenstehen und alles überprüfen«, erklärte er seufzend.

»Kann das nicht Clarissa übernehmen?«, erkundigte sich Sophie. »Du gehörst ins Bett mit deiner Erkältung und nicht auf eine Baustelle.«

Er lachte leise und schüttelte den Kopf. »Oh, Clarissa wird man nicht dazu bringen können, in einer Bauernkate nach dem Rechten zu sehen. Das sei meine Spielerei, sagt sie immer. Außerdem ist sie sehr beschäftigt. Sie ist von morgens bis abends in Prora. Und dann hat sie auch noch Lust auszugehen. Diese Frau ist nicht kleinzukriegen. Und krank wird sie auch nie. Nächste Woche wollen wir nach Putbus ins Theater. Sie hat sich ein neues Kleid gekauft, es soll eine Überraschung für mich sein.«

»Du solltest dich wirklich ein paar Tage ausruhen«, sagte Sophie besorgt. »Auch Clarissa muss akzeptieren, dass du deine Erkältung richtig auskurieren musst. Kannst du dich nicht vielleicht ein wenig von deiner Schwester pflegen lassen? Das macht sie bestimmt gern.«

Er zuckte mit den Schultern. »Das geht im Moment nicht. Aber ich bin dir sehr dankbar, dass du dich um die Wohnung von Katharina kümmerst. Ich würde das ungern Fremden überlassen. Und ich könnte das alles gar nicht allein bewältigen.«

»Das mache ich doch gern«, entgegnete Sophie. »Darum musst du dich nicht auch noch sorgen.«

Am liebsten hätte sie ihn gleich ins Bett gesteckt, ihm einen heißen Lindenblütentee gekocht, frisch gepressten Orangensaft gegeben und alles andere von ihm ferngehalten, einschließlich Clarissa mit ihrem neuen Kleid. Aber dazu hatte sie leider keine Befugnis.

Sie schaute ihm hinterher, wie er draußen langsam zu seinem Wagen ging, sich noch einmal umdrehte, ihr zuwinkte und dann davonfuhr. Wenn er nur glücklich wird mit seiner Verlobten, dachte sie. Er ist so gar nicht der Karrieretyp, den Clarissa sich wünscht. Ich würde ihn mit meinen Erwartungen nicht so bestürmen wie diese Frau. Ich würde ihn nicht in eine Form pressen wollen, die nicht zu ihm passt. Aber ich bin ja nur die nicht besonders beeindruckende Sophie. Manchmal war es eben so, dass gegensätzliche Menschen sich voneinander stark angezogen fühlten. Und gegen eine strahlende, attraktive Clarissa hatte sie keine Chance. Aber darüber wollte sie jetzt nicht nachdenken. Sie hatte so gute berufliche Zukunftsaussichten, dass trübe Stimmungen ganz schnell auf ihren Platz verwiesen wurden.

Einige Tage später rief Dr. Karl an und teilte ihr mit, dass seine Tochter nun da sei. Er lud Sophie zum Kaffee am nächsten Tag ein, damit sie alles besprechen konnten.

Sie wurde ganz aufgeregt. Hoffentlich war diese Tochter eine Frau, mit der man gut reden konnte und die ähnliche Vorstellungen von einer Gemeinschaftspraxis hatte wie sie. Und hoffentlich war sie sympathisch, und vor allem wünschte sie sich, dass die Kollegin auch sie für geeignet hielt, mit ihr zu arbeiten. Sie hoffte inständig, dass nicht all ihre Träume der letzten Tage aus irgendeinem Grund wie eine Seifenblase zerplatzten.

Mona würde sicher solange bei ihrer Freundin bleiben können. Lenas Mutter war in den letzten Wochen fast wie eine zweite Mama für Mona geworden. Sie war jederzeit bereit, Mona mit zu betreuen.

»Es ist sogar eine Erleichterung für mich«, hatte sie schon mehrmals versichert. »Wenn Lena Langeweile hat, kann sie sehr ungnädig und nervig werden, da ist es ein Segen, wenn Mona kommt. Zusammen haben sie die besten Ideen, manchmal auch abenteuerliche, aber sie sind wunderbar beschäftigt. Hier in diesem kleinen Ort gibt es eben nur eine Handvoll Kinder. Gehen Sie in aller Ruhe arbeiten, Sie haben schließlich keinen gut verdienenden Mann wie ich.«

Habe ich ein Glück mit so einer Nachbarin, hatte Sophie schon oft gedacht, und auch jetzt war sie wieder froh darüber, als sie nach dem Gespräch mit Dr. Karl das Telefon auflegte.

Mona und Lena verstanden sich wunderbar. Sie kamen zwar oft mit zerrissenen Sachen oder aufgeschürften Knien nach Hause, und jetzt im Schnee musste mindestens zweimal täglich der Schneeanzug gewechselt und am Ofen getrocknet werden. Aber das war Sophie schon immer viel lieber gewesen, als wenn sie ein braves kleines Mädchen wäre, das nie etwas schmutzig machte. Und Lenas Mutter war derselben Meinung. Sophie musste sich also wegen ihrer lebhaften Tochter nicht dauernd entschuldigen.

So fuhr sie am nächsten Nachmittag nach Bergen zu Dr. Karl. Sie war ziemlich aufgeregt und gespannt, was sich wohl bei der Unterredung ergeben würde, und vor allem, ob sie mit seiner Tochter zurechtkäme.

In Bergen kannte sie sich inzwischen auch gut im Zentrum aus. Jetzt in der Dämmerung mit dem Schnee und dem Licht in den Fenstern sah die Stadt aus wie ein Wintermärchen. Irgendwo hier musste Michael mit seiner Schwester Adelina wohnen, aber sie wusste nicht genau, wo. Und das war vielleicht auch besser so, sonst hätte sie in Versuchung kommen können, ihn zu besuchen. Manchmal wünschte sie sich, sie wüsste, wie er wohnte, welche Möbel er hatte und welche Farben er liebte. Er hatte ihr einmal erzählt, dass er von seiner Wohnung aus einen Blick über die ganze Stadt hätte, bei klarem Wetter sogar bis Karow schauen konnte. Irgendwie fand sie diesen Gedanken tröstlich.

Dr. Karls Haus, ein Eckbungalow, befand sich unterhalb des Rugard. Sophie wurde von seiner Frau, einer rundlichen, älteren Dame, hereingebeten. Im Wohnzimmer wurde sie bereits von Dr. Karl, seiner Tochter und ihrem Mann erwartet.

Beate Lukas war ein ganz anderer Typ als Sophie, und im ersten Moment schoss es Sophie durch den Kopf, ob das wohl mit ihnen beiden gut gehen würde. Sie wirkte sehr burschikos, mit dunklen kurzen Haaren, sportlicher Figur und festem Händedruck. Ihre Stimme klang zurückhaltend, als sie Sophie begrüßte.

Du lieber Himmel, so frisch aus der Klinik fühlte sie sich wahrscheinlich einer kleinen Landärztin hoch überlegen. Ich werde aufpassen müssen, dachte Sophie, dass sie mich nicht überrennt und alles besser weiß.

Sie saßen um den großen Esstisch im Erker des Wohnzimmers – Sophie, Dr. Karl, Beate und ihr Mann Sven. Zuerst war das Ehepaar Lukas etwas reserviert, bis Sven seine Frau ansah und meinte: »Sie wird dich schon nicht unterbuttern.«

Sophie sah ihn fragend an, und Beate musste auf einmal lachen. »Ich hatte ein bisschen Sorge, mit einer Kollegin zusammenzuarbeiten, die schon drei Jahre lang mit der Ausbildung fertig ist und viel Erfahrung mit Patienten hat. Aber ich glaube, wir werden uns gut vertragen, auch wenn wir mal verschiedener Meinung sein sollten.«

»Und ich hatte Angst, dass Sie mit Ihren neuesten Erkenntnissen aus der Klinik alles besser können als ich«, gab Sophie zurück.

Und damit war das Eis gebrochen. Im Laufe des Gesprächs wurde Sophie die junge Frau immer sympathischer. Sie war sehr direkt, hatte schon genaue Vorstellungen, wie man die Zusammenarbeit am besten gestalten konnte. Bei ihr würde man immer sicher sein, dass sie ihre Meinung kundtat.

»Sie kennen ja die Praxisräume«, sagte sie und lächelte ihrem Vater zu. »Da muss einiges geändert werden. Wenn wir zu zweit sind, brauchen wir mehr Platz. Dazu können wir die kleine Wohnung nebenan bekommen, die schon länger leer steht. Ich habe mich bereits erkundigt.«

»Das Haus gehört der Stadt«, warf Dr. Karl ein. »Und die Gemeinde ist froh, wenn die Praxis als Kinderarztpraxis weiterläuft, noch dazu mit doppelter Besetzung.«

»Es war immer mein größter Wunsch, so arbeiten zu können«, gab Sophie zu. »Ich bin gerne im Team, und ich möchte auch nicht Vollzeit tätig sein, da ich für meine Tochter unbedingt Zeit haben möchte.«

»Genau wie bei mir«, stimmte Beate zu. »Außerdem muss ich nicht so viel verdienen, dass ich eine Familie damit ernähren kann. Ich habe schließlich noch einen fleißigen Mann, nicht wahr?« Sie sah ihren Mann augenzwinkernd an, der sich auf seinem Stuhl zurücklehnte und zustimmend nickte.

»Wenn ihr zwei euch vertragt, habt ihr meinen Segen zu diesem Projekt«, erwiderte er. »Und da ich an einer Frau interessiert bin, die mit mir auch mal unter der Woche im Garten werkelt oder eine kleine Fahrradtour macht, bin ich mit einer halben Praxis voll und ganz einverstanden. Die Frage ist nur, ob Frau Hesekiel finanziell mit so einer Regelung klarkommt.«

»Ich muss in den nächsten Jahren keine Miete zahlen«, sagte Sophie, »und bin auch sonst nicht anspruchsvoll. Ich will jetzt erst einmal durchrechnen, ob der Einstieg in die Praxis mit einem Kredit geht, und dann bin ich dabei. Was das Zueinanderpassen betrifft, so kann Dr. Karl sicher bestätigen, dass ich kein schwieriger Mensch und auch immer bereit bin, über Probleme zu sprechen. Ich habe ein gutes Gefühl und denke, wir zwei Frauen kommen miteinander klar. Was sollen denn der Umbau und die Renovierung kosten?«

»Ich möchte eine Wand zu der Nebenwohnung entfernen lassen, um dort ein zweites Sprechzimmer einzurichten. Auf alle Fälle eine größere Anmeldung mit einem Tresen, dann natürlich alles auf Computer umstellen und ein Sonographiegerät anschaffen«, erklärte Beate Lukas. »Aber ich verspreche Ihnen auch, dass ich nichts über Ihren Kopf hinweg entscheide, Sie sollen bei allem mitbestimmen können.«

»So wie bei uns auch«, gab Sven lachend zurück und bekam einen tadelnden, aber liebevollen Stoß in die Seite.

»Es wird so um die sechzigtausend Euro kosten«, meinte er. »Zusammen, das heißt, für jede dreißigtausend.«

Sophie holte tief Luft. Damit hatte sie gerechnet, das müsste zu machen sein. Es war nicht zu viel. Ihre innere Stimme sagte ihr: Ja, es geht, du schaffst es. Sag zu.

»Das geht in Ordnung«, sagte sie nach einer Weile entschlossen. Und auf einmal konnte sie sich nicht mehr halten, sprang auf, nahm Dr. Karl kurz in den Arm und setzte sich dann wieder neben ihn. Sie musste die Tränen zurückhalten. »Ich bin so froh«, sagte sie entschuldigend. »Ich habe mir so die Daumen gehalten, dass es klappt.«

Alle mussten lachen, und dann ging das Gespräch über in mehr private Dinge. Sophie und Beate beschlossen gleich, du zueinander zu sagen. Und Frau Karl, die sich nun zu ihnen gesetzt hatte, freute sich, dass ihr Enkelkind nun in der Nähe wohnen würde und sie es täglich sehen könnte.

»Sie heißt Elli, ist drei und wird hier in den Kindergarten gehen«, erzählte sie. »Da hole ich sie dann immer ab und koche was Gutes für die schwer arbeitende Mutter.«

Beate lachte. »So schwer wird es nicht werden. Ehrlich gesagt, ich freue mich schon darauf, aus der Klinik in eine eigene Praxis zu kommen.«

»Das ist die richtige Einstellung«, bestätigte Dr. Karl. »Mir hat mein Beruf auch immer Freude gemacht.«

# 31

Auf der Heimfahrt hätte Sophie am liebsten mit dem Auto abgehoben und wäre über die weiten, mit Schnee bedeckten Flächen zwischen Bergen und Karow geschwebt. Sie konnte ab Mai ihr eigenes Sprechzimmer beziehen und ihre eigenen Patienten betreuen. Niemand konnte ihr mehr kündigen, sie würde endlich genug Geld verdienen und immer eine Kollegin neben sich haben, mit der sie sich austauschen konnte. Sie war so glücklich wie schon lange nicht mehr.

In Gedanken stellte sie sich das Schild vorn am Eingang vor: Dr. Beate Lukas und Dr. Sophie Hesekiel, Fachärztinnen für Kinderkrankheiten.

Sie dachte daran, dass beide Namen in der Bibel vorkamen, und musste lachen. Das war bestimmt ein Wink des Schicksals. Alles würde gut gehen.

Zu Hause dann holte sie ihr Tagebuch hervor. Der letzte Eintrag stammte vom Sommer, kurz vor ihrem Rügen-Urlaub: »Zurück auf Anfang«, stand da. »Ich muss mir einen neuen Job suchen. Was nicht leicht ist – besonders Teilzeit und fest angestellt – und für Mona eine neue Betreuerin. Und sollte das hier nichts werden, auch eine neue Wohnung irgendwo in einer anderen Gegend. Ich wünsche mir, es wäre schon Weihnachten und es läge alles fertig unterm Christbaum.«

Und dann, zwei Wochen später die neue Hoffnung, vielleicht auf Rügen das zu finden, was sie suchte. Damit endete das Tagebuch.

Sie überlegte, ob sie weiterschreiben sollte. Eigentlich war das nun nicht mehr nötig. Die Zukunft sah gut aus, wenigstens was ihren Beruf betraf und die Wohnung, und Mona war auch gut versorgt. Nur der Traummann fehlte noch. Das heißt, es gab ihn, aber er war mit einer anderen verlobt. Trotzdem, das Leben war schön, man durfte nicht den trüben Gedanken nachhängen.

Dann schrieb sie doch noch etwas in ihr Tagebuch: »Rosige Wolken am bisher bedeckten Himmel. Ich habe wieder eine Zukunft, oder vielleicht zum ersten Mal eine nachhaltige Zukunft. Und wenn alles klappt, werde ich hier ein Nest bauen, das ich nicht wieder verlassen muss, außer ich will es selbst. Frau Doktor Hesekiel macht Karriere. Nicht gerade in schwindelnde Höhen, aber immerhin so hoch, dass ich nicht mehr von einem Monat zum anderen überlegen muss, ob das Geld reicht. Und ich hoffe, ich muss nun lange Zeit keine Eintragungen mehr machen.«

Sie klappte das Tagebuch zu und verstaute es in der Nachttischschublade. Und dann gab sie sich den schönen Träumen hin, wie sie ihr Sprechzimmer gestalten, in welchen Farben sie die Wände streichen würde und wie der Schreibtisch und die Stühle aussehen sollten. Gemütlich auf jeden Fall, nicht alles in Weiß oder Grau oder Braun.

Eine Woche später kam ein Brief, in dem ihr der Termin für die Testamentseröffnung von Katharina mitgeteilt wurde. Es war inzwischen Ende Januar. Ein unerwartet lauer Wind fegte gerade die letzten Schneereste weg. Mona suchte im

Garten nach den ersten Schneeglöckchen. Einige vorwitzige Spitzen hatten sich schon durch die Erde gebohrt und überlegten, ob sie weiter wachsen sollten.

Julian fuhr mit Sophie und Mona einen Tag lang an den Strand. Sie rannten über den festen Sand und ließen sich vom Wind durchpusten. Das Meer rauschte mit weißen Wellenkronen ans Ufer. Überall lagen grüner Tang, ausgebleichte Holzstücke und Steine herum. Aber so wild und menschenleer gefiel Sophie der Strand fast besser als im Sommer. Sie dachte an die Stelle oben in Wittow, wo sie im Herbst mit Michael gewesen war, dort wehte der Wind bestimmt um einiges stärker. Aber die Dünenrosen waren das gewöhnt. In ihren Knospen regten sich vielleicht schon die ersten Blätter, und spätestens im Mai würden ihre Blüten aufspringen. Im Mai, wenn sie mit ihrer Praxis beginnen konnte und Michael wahrscheinlich schon nach Stralsund zu Clarissa gezogen war.

»Du schaust so sehnsüchtig drein«, stellte Julian fest. »Wohin fliegt denn dein Herz gerade?«

Sophie wandte sich ihm zu. »Ach«, sagte sie, »zu meinem neuen Arbeitsplatz in Bergen, zu den vielen schönen Pflanzen hier auf der Insel, die ich im Frühjahr noch gar nicht gesehen habe, zu den Möwen, die sich vom Wind so hoch tragen lassen, und zu den Kranichen, die im März wiederkommen. Man sagt, sie bringen Glück, das ist genau das Richtige für meinen Neuanfang.«

»Rügen im Frühjahr wird dich begeistern«, versicherte ihr Julian. »Ich werde dir jede Woche einen anderen Blumenstrauß bringen. Zuerst Narzissen, dann Tulpen, später Hyazinthen oder auch mal Veilchen. Du musst also immer einen Platz auf deinem Schreibtisch frei halten. Und dann kommen Schlehenzweige, Mandelbaumblüten und Schlüsselblumen. Ich weiß eine Wiese voller echter dunkelgelber Schlüsselblumen, die sind auch gut gegen Blasenleiden.«

»Julian, du bist ein Fantast«, entgegnete Sophie kopfschüttelnd. »Aber ein liebenswerter, und ich freue mich heute schon auf deine blühenden Kreationen.«

»Und jedes Mal mache ich dir einen Heiratsantrag«, setzte er hinzu und legte dabei die Hand auf sein Herz.

»Und wehe, wenn ich ihn annehme«, gab Sophie zurück. »Da wärst du der Erste, der erschrocken die Luft anhalten würde.«

Er lachte. »Du weißt ja, dass ich Frauen sehr gern habe, ich verliebe mich viel zu leicht. Das kann gut oder schlecht sein. Bei dir bin ich richtig hartnäckig, ich weiß auch nicht warum. Vielleicht weil du so eine harte Nuss zu knacken bist. Oder ich werde alt. Oder ...«, er machte eine nachdenkliche Pause, »... weil ich irgendwie manchmal das Gefühl habe, du bist traurig, und ich möchte dich gern fröhlich machen. Mir geht es so gut, und dir soll es auch gut gehen.«

»Das tut es heute auch«, antwortete Sophie. »Diesen Ausflug zum Strand und deine Blumensträuße und das Meer und die Luft, das habe ich alles dir zu verdanken. Komm, Mona ist schon dort vorn. Mal sehen, wer zuerst bei ihr ist!«

Das Wettrennen endete mit Gleichstand, nicht zuletzt, weil Julian Sophie an der Hand hielt und mit sich zog. Danach ließen sie sich alle drei in den kalten Sand fallen.

»Vielleicht geht es auch ohne Heiratsantrag«, meinte Julian nach einer Weile. »Aber die Blumensträuße, die bekommst du auf jeden Fall!«

# 32

An einem Montagvormittag Anfang Februar kam die Erbengemeinschaft von Katharina Hag beim Notar zur Testamentseröffnung zusammen – zwei Vertreter der Afrika-Stiftung, die das Haus bekam, sowie Michael und Sophie. Also eine kleine Runde, so dass man aller Voraussicht nach ziemlich schnell wieder nach Hause gehen konnte.

Michael hatte Sophie abgeholt. Er sah wieder besser aus. Seine Erkältung hatte er überwunden, auch ohne Lindenblütentee. Er erzählte ihr auch, dass jetzt in Dalkvitz alles reibungslos laufe.

»Kommst du in den nächsten Tagen einmal mit?«, fragte er. »Du wirst staunen. Der Hof wird ein kleines Wunderwerk, und vielleicht fällt dir noch das eine oder andere ein, was man im Innenbereich besser machen könnte.«

Sophie fühlte sich hin und her gerissen. Einerseits wollte sie mit Michael zum Hof, wollte mit ihm die Zimmer anschauen und über Farben, Türen, Stoffe und Bepflanzungen im Garten diskutieren. Andererseits mochte sie sich nicht zu sehr damit befassen, denn bald, wenn er fertig war, würde der Hof verkauft werden. Vielleicht an irgendeinen reichen Börsenmakler, der gerade Lust auf Land hatte. Sie antwortete mit einem vagen »Mal sehen«, und Michael hatte nicht weiter nachgehakt.

Nun saßen sie beim Notar, der ihnen das Testament vorlas. Das Haus samt Möbel der unteren Wohnung und dem Garten fiel der Stiftung zu. Das Geld, das noch auf dem Konto war, sollte Michael für anstehende Ausgaben verwenden und den Rest, eine kleine Summe, für sich behalten. Der Notar erklärte weiter, dass Katharina Hag im vergangenen Oktober bei ihm war wegen eines Zusatzes zum Testament, der Frau Dr. Sophie Hesekiel, die bei ihr wohnte, betraf.

Das ist sicher die Klausel, dass ich über das Haus noch fünf Jahre lang mietfrei verfügen kann, dachte Sophie, und damit sind wir dann entlassen.

Aber es kam etwas anderes. »Frau Dr. Hesekiel«, las der Notar vor, »erhält mein geliebtes Bild ›Dünenrosen‹, von dem Künstler Videlis. Sie kann es behalten oder verkaufen. Ich wünsche ihr damit alles Gute für ihren weiteren Lebensweg und danke ihr dafür, dass sie mich am Schluss meines Lebens so glücklich gemacht hat.«

Sophie sah völlig erstaunt den Notar an, der sich an die Beteiligten wandte: »Somit haben wir alles geklärt. Gibt es noch irgendwelche Fragen?«

»Was ist mit meinem Wohnrecht?«, wollte Sophie beunruhigt wissen. »Frau Hag hat mit mir besprochen, dass die Stiftung das Haus erst in fünf Jahren verkaufen darf, ich solange weiter darin wohnen und die untere Wohnung vermieten kann.«

Der Notar runzelte die Stirn. »Davon weiß ich nichts«, sagte er.

»Aber …«, Sophie sah Michael an, »dir hat sie es doch auch gesagt?«

»Ja, und ich war sofort damit einverstanden«, antwortete er. »Sind Sie sicher, dass es keinen weiteren Zusatz gibt?«

Der Notar gab das Testament herum. »Ein Wohnrecht ist nicht angegeben.«

»Sie hat es vergessen«, flüsterte Sophie unglücklich.

»Und was ist das für ein Bild?«, erkundigte sich Michael.

»Ja, das Bild, das ist wirklich eine Überraschung«, erklärte der Notar. »Ich habe Frau Hag genau darüber befragt, und es scheint tatsächlich ein echter Videlis zu sein. Sie besitzt es schon seit über vierzig Jahren. Videlis war, wenn ich Sie, Frau Hesekiel informieren darf, schon vor und dann vor allem nach seinem Tod in der Kunstszene sehr gefragt. Ich habe im Internet recherchiert. Dieses Bild gilt seit vierzig Jahren als verschollen, was die Angaben von Frau Hag bestätigt. Und da er es nie verkaufen oder ausstellen wollte, ist es inzwischen das Doppelte oder sogar Dreifache als damals wert.«

»Und das wäre?«, fragte Michael.

»Um die fünfzigtausend Euro«, war die Antwort des Notars.

Sophie wurde ganz schwindelig. »Fünfzigtausend? Wie ist Frau Hag an so ein Bild gekommen?«

»Das weiß ich nicht«, erwiderte der Notar. »Haben Sie es denn noch nie gesehen?«

»Nein«, sagten Sophie und Michael gleichzeitig.

»Na, dann können wir nur hoffen, dass es irgendwo in der Wohnung gut aufbewahrt ist. Und was das Wohnrecht betrifft, Frau Doktor, es tut mir leid. Aber Sie haben ja gehört, Sie können das Bild verkaufen.«

Sophie war so verwirrt, dass sie hinterher nicht mehr auf das achtete, was Michael noch mit den Vertretern der Stiftung vereinbarte. Die waren natürlich froh darüber, das Haus nun doch so schnell wie möglich verkaufen zu können, ließen Sophie jedoch eine Frist von drei Monaten, eine neue Wohnung zu finden.

Auf der Heimfahrt war sie immer noch wie benommen. Anstatt ein sicheres Wohnrecht zu bekommen, hatte sie nun ein unsicheres Bild erhalten, und sie war nicht einmal überzeugt, dass es überhaupt existierte. Sie kannte die Wohnung von Katharina, wo könnte so ein Bild sein? Wo hatte Katharina es versteckt, wenn sie es überhaupt jemals besessen hatte?

Michael begleitete Sophie ins Haus, kam mit ihr noch hoch in die Küche und kochte ihr einen Tee. Langsam kehrten die Lebensgeister wieder zu ihr zurück.

»Was soll ich nun tun, Michael?«, fragte sie ihn bedrückt. »Ich weiß gar nicht, wo ich anfangen soll, das Bild suchen oder mich nach einer Wohnung umsehen? Ich bin doch mit dem Praxisumbau beschäftigt, und der Kredit ist auch schon genehmigt. Aber wenn ich nun umziehen muss und Miete zahlen, da wird es schon sehr knapp werden, was dann?«

»Du schläfst jetzt erst mal darüber«, schlug er vor und legte ihr die Hand auf den Arm. »Ich komme in den nächsten Tagen vorbei. Wir werden das ganze Haus auf den Kopf stellen und bestimmt das Bild finden. Dann musst du dir überhaupt keine Sorgen mehr machen. Und nach einer Wohnung kann ich mich umschauen.«

»Ich komme mir vor wie ein Kind auf Schatzsuche«, erklärte Sophie mit einem matten Lächeln und dem Versuch, Michael wieder ein fröhliches Gesicht zu zeigen. »Wenn ich das Mona erzähle, wird sie mir keine Ruhe lassen und mit Lena überall herumstöbern.«

»Dann lass sie doch, vielleicht finden sie ja das Bild. Es müsste ungefähr sechzig mal achtzig Zentimeter groß sein, hat mir der Notar gesagt. Bestimmt gerahmt und auf einen festen Untergrund aufgezogen. Der Name Videlis ist mir übrigens bekannt. Ich glaube, meine Eltern haben ein Bild von ihm – ein stürmisches Meer und eine Felsenklippe. Schau selbst noch einmal im Internet nach, dann weißt du auch, wonach du suchen musst.«

Sophie ging es am nächsten Morgen wieder besser, nachdem sie den Schock mit der Wohnung überwunden hatte. Sie war sogar ein bisschen frohgemut und erwartungsvoll. Wer weiß, was noch alles zutage kommt, dachte sie, wenn ich auf den Dachboden steige. Eigentlich wollte sie nicht in all diesen Dingen herumkramen, die Katharina gehört hatten und die jetzt die Stiftung besaß. Aber nun durfte sie es offiziell, und sie würde es ausgiebig tun.

Sie hatte Mona versprochen, zu warten, bis sie vom Kindergarten zurück war, und dann konnte es losgehen. Julian, dem sie alles am Telefon erzählt hatte, wäre am liebsten sofort gekommen, um mitzustöbern, hatte aber Termine. »Sag mir Bescheid, wenn du dieses geheimnisvolle Bild gefunden hast«, rief er ins Telefon. »Ich bin dann sofort bei dir.«

Am Nachmittag stiegen Mona und Sophie auf den dunklen Dachboden. Es gab hier nur eine kleine, helle Luke, und man konnte nicht mal aufrecht stehen. Der Raum hatte einen groben Bretterboden, oben konnte man die dicken Dachbalken sehen und eine Plane, über der das Reet befestigt war. Alles war staubig. Katharina hatte schon lange nicht mehr hier heraufsteigen können und wohl auch vergessen, was alles hier noch lagerte.

Mona leuchtete mit der Taschenlampe umher. »Wir fangen am vorderen Ende an«, erklärte Sophie, »und schieben die Kisten beiseite, aber vorsichtig. Wenn das Bild hier irgendwo ist, dürfen wir es nicht beschädigen.«

In gebückter Haltung nahm sich Sophie die erste Kiste vor. Sie enthielt altes, säuberlich eingepacktes Geschirr mit Blümchendekor. Sicher auch wertvoll. Aber es gehörte nicht ihr und wurde wieder sorgfältig verpackt. In der nächsten fanden sich Stoffe, die ziemlich muffig rochen. Vorhänge mussten das gewesen sein, doch man konnte sie nicht mehr verwenden, der Stoff brach, wenn man ihn nur berührte. Einige Bettteile aus Holz, Vorder- und Rückenteil fein geschnitzt, sicher noch von Katharinas Eltern, dazu ein fester und stabiler Lattenrost standen an der Wand; daneben eine Kommode, deren Schubladen leider verzogen waren und klemmten. Die Schnitzereien darauf passten genau zu denen des Bettes. Weiter hinten entdeckten die beiden eine Waschschüssel aus Porzellan mit dazugehörigem Krug, wahrscheinlich noch aus der Zeit, als es in der oberen Wohnung noch kein fließend Wasser gegeben hatte.

Doch nirgends war ein Bild zu finden.

Sophie hatte bereits Kreuzschmerzen, als sie an eine letzte Schachtel kamen, die eigentlich zu klein war, um das Bild zu enthalten. Mona wollte sie aber unbedingt öffnen und war dann enttäuscht, als sie nur ein paar alte Hefte fanden. Sie saß auf dem Boden, wieder ernüchtert, hatte sie sich doch irgendwelche wunderbaren Schätze vorgestellt.

»Weißt du was«, schlug Sophie vor, »du gehst jetzt runter und machst dich sauber. Ich komme gleich nach. Und dann backen wir zusammen Muffins zum Trost, weil wir uns hier umsonst abgerackert haben.« Sie war deprimiert, dass so gar nichts auf ein wertvolles Bild hindeutete, obwohl sie eigentlich bisher nie so richtig daran geglaubt und nur einen kleinen Hoffnungsschimmer gehabt hatte. Aber der war nun auch weg.

In Katharinas Wohnung unten war sicher kein Bild, die hatte Sophie in den letzten Tagen gründlich aufgeräumt. Und wenn auch hier nichts war, gab es keinen Ort mehr, wo es hätte sein können. Im Garten vergraben? Nein, niemals, verschenkt vielleicht und dann vergessen. Aber an wen?

Eins der Hefte fiel auf den Boden, als sie es wieder in die Schachtel legen wollte, und ein Foto rutschte heraus, eine Schwarzweißaufnahme. Ein junger Mann war darauf zu sehen. Er stand neben einem kleinen Tisch und hielt mit stolzem Lächeln einen Stuhl in der Hand. Sowohl der Tisch als auch der Stuhl waren offensichtlich für ein Kind gemacht, im Hintergrund sah man weitere kleine Möbel. Ein Kindergarten könnte das sein, dachte Sophie.

Hinten auf dem Foto stand ein Name: Ferdinand, 1955. Sophies Herz begann auf einmal schneller zu schlagen. Ferdinand, diesen Namen hatte sie schon ein- oder zweimal von Katharina gehört. Ferdinand erwartet mich, hatte sie geflüstert. Also das war der geheimnisvolle Ferdinand, von dem Katharina sonst nichts weiter erzählt hatte.

Vorsichtig blies Sophie den Staub von dem Heft und

schlug es auf. Sie sah auf den ersten Blick, dass es ein Tagebuch war, in der sauberen, aufrechten Schrift von Katharina. Sie erkannte die alte Sütterlinschrift. Die einzelnen Eintragungen waren mit einem Datum versehen. Katharina hatte Tagebuch geführt! Und als Sophie die anderen Hefte öffnete, stellte sie fest, dass auch diese dazugehörten. Also doch ein Schatz: Tagebücher von Katharina, aus der Zeit, über die sie immer geschwiegen hatte!

Sophie setzte sich neben die Schachtel. Soll ich die Hefte wieder einpacken, und irgendwann einmal wird der Dachboden ausgeräumt und alles verbrannt?, überlegte sie. Und niemand wird etwas über Katharinas Leben erfahren. Wollte Katharina, dass niemand etwas erfährt? Ist es anmaßend, wenn ich die Hefte mit nach unten nehme und durchsehe? Es könnte vielleicht ein Hinweis auf dieses Bild darin sein. Das würde mir auf jeden Fall weiterhelfen. Und ich möchte auch nicht, dass Fremde die Hefte irgendwann einmal durchblättern und vielleicht darüber den Kopf schütteln. Nein, Katharinas Schicksal sollte vor fremder Neugier bewahrt werden.

Sie verschloss die Schachtel wieder und überlegte, was sie damit machen sollte. Dann sah sie sich den Deckel noch einmal genauer an. Unter der Staubschicht oben waren einige Worte mit Bleistift zu erkennen. Sophie nahm ein Taschentuch und wischte den Staub weg. Nun konnte sie lesen, was da stand: *Für meine Kinder, wenn ich je welche haben sollte.*

Katharina hatte niemals Kinder gehabt. Und wenn, dann müssten diese jetzt älter sein als ich, dachte Sophie. Eine eigene Tochter hätte vielleicht bei ihr im Haus gewohnt und sie gepflegt, bestimmt wären auch Enkelkinder da gewesen. Ich war die Tochter, die sie nie gehabt hat, überlegte Sophie, auch wenn ich ein paar Jahre zu jung dafür bin. Aber ich habe diese Frau sehr gern gehabt, wie eine Mutter oder Oma oder beides zugleich. Ich habe sie versorgt und geliebt, und Mona war für sie wie eine Enkelin. Ich werde ihr Tagebuch lesen, und ich bin sicher, sie hätte nichts dagegen.

Sie stieg vorsichtig, mit der Schachtel unter dem Arm, die Leiter wieder hinunter, ging dann gleich in ihr Schlafzimmer und versteckte die Tagebücher unter dem Bett. Vorerst musste ja niemand etwas davon erfahren. Und sollte einiges im Tagebuch stehen, was nur Katharina etwas anging, würde Sophie auch niemandem davon erzählen. Bei ihr waren die Eintragungen wie in einem Schatzkästchen fest verschlossen.

# 33

Erst am Abend, als Mona bereits schlief, holte Sophie den Karton unter dem Bett wieder hervor. Die Eintragungen in dem ersten der vier Hefte begannen Ende der vierziger Jahre. Katharina musste damals ein Teenie gewesen sein, ein Einzelkind, das bei seinen Eltern in Karow lebte. Sie erzählte von den Kriegstagen, die sie zum Glück alle gut überstanden hatten. Rügen musste bis kurz vor Ende des Krieges kaum unter Bombenbeschuss leiden. Erst 1945, sie war damals dreizehn gewesen, fielen Bomben auf Saßnitz, als man schon geglaubt hatte, alles wäre nun vorbei. Sie hatten die Flugzeuge gehört und aus der Ferne beobachtet, wie sie ihre unselige Fracht dort oben am Rand der Halbinsel Jasmund abgeworfen hatten. Damals starben neunhundert Menschen, der Hafen war zerstört und viele Häuser. Kurz darauf, im Mai, wurde der Rügendamm gesprengt, der die Insel mit dem Festland verband. Auch das ein Ereignis, das sie in ihrem Tagebuch festgehalten hatte.

In den Nachkriegsjahren hatte sich die Bevölkerung der Insel durch die vielen Flüchtlinge verdoppelt. Dazu kamen noch die Russen, die die Insel besetzt hielten, aber immerhin hatten diese sich dann langsam wieder zurückgezogen.

*Wir hatten wirklich Glück*, schrieb Katharina im Juni

1948. *Vor drei Jahren wurden alle Großgrundbesitzer enteignet und das Land an die Bauern verteilt. Mein Vater hat aber seine drei kleinen Äcker behalten dürfen, und wir haben nie großen Hunger leiden müssen. Er wurde auch nicht verschleppt, wir sind einfach kleine Leute in einer abgelegenen Gegend, für die sich niemand interessiert. Eine Flüchtlingsfamilie hat eine Zeitlang bei uns gewohnt, wurde dann aber wieder weiter geschickt.*

Vier Wochen später dann der Eintrag: *Von Saßnitz geht wieder eine Fähre nach Schweden. Jetzt, nach drei Jahren, ist der Hafen wieder aufgebaut, hurra. Und noch etwas Schönes: Viktoria und ich haben unseren Schulabschluss gemacht. Ich möchte Kindergärtnerin werden, Viktoria Lehrerin. Sie haben alle ihre Güter verloren, der Vater ist verschwunden. Sie sagt, er hält sich versteckt, bis es nicht mehr gefährlich ist, wieder hier als ehemaliger Adeliger zu leben. Ihr und der Mutter hat niemand etwas angetan. Sie leben nun in einer kleinen Wohnung und haben auch keine Dienstboten mehr, aber Viktoria freut sich auf ihre Ausbildung, und ich auch. Ich drücke uns beiden die Daumen, dass es so klappt, wie wir es uns wünschen.*

Sophie rechnete nach: 1948 waren Katharina und Viktoria sechzehn Jahre alt gewesen und hatten schon viel erlebt. Und trotzdem hatten sie eine Vorstellung von Zukunft, von einer guten Zukunft, das war zu spüren. Sie las weiter. Es war nicht einfach, die alte Schrift zu entziffern, aber so langsam bekam sie Übung darin. In den Wirren der Nachkriegszeit hatte Katharina dann das große Glück gehabt, in Putbus einen Ausbildungsplatz zur Kindergärtnerin zu bekommen und dort einen Kinderhort mit aufbauen zu können. Sie wurde eine der beliebtesten Mitarbeiterinnen.

Damit endete das erste Heft, und Sophie legte es in die Schachtel zurück.

Dann, im zweiten Heft, stieß Sophie auf den Namen Ferdinand. Unter der Zeitangabe Frühling 1954 stand: *Gestern ist endlich der Schreiner gekommen, ein junger Mann noch, Ferdinand Kühn, und er hat sich unsere alten Kinderstühle angeschaut. Er hat gemeint, er könne uns in den nächsten Wochen zwanzig neue Stühle herstellen. Ich habe ihm gesagt, sie sollten keine so steile Lehnen haben und etwas breitere Sitze. Die ganze Zeit hat er mich angesehen statt die Stühle und dabei gelächelt. Ich dachte, er nimmt mich nicht ernst, und habe ihm erklärt, dass ich hier eine der Leiterinnen und zweiundzwanzig Jahre alt bin. Da hat er ganz ernst dreingeschaut und gesagt: Jawohl, Chefin, und seine Augen haben dabei gelächelt.*

*Er will wiederkommen, wenn er den ersten Stuhl fertig hat, und ihn mir zeigen, ob er so in Ordnung ist. Ich muss gestehen, dass ich mich darauf freue. Wenn ich an seine hellen, aufmerksamen Augen denke oder an die Art, wie er mit sorgfältigen und sicheren Bewegungen die Stühle vermessen und über das alte Holz gestrichen hat, da kann ich es kaum erwarten, ihn wiederzusehen. Dabei sieht er gar nicht besonders gut aus. Er ist ein bisschen hager, hat eine ziemlich vorspringende Nase und mittelbraune Haare, die er aus dem Gesicht nach hinten gekämmt trägt. Sie kräuseln sich leicht, und ich stelle mir vor, wenn er sie nicht so streng zurückkämmt, dann könnten sie ihm in lockeren Wellen in die Stirn fallen.*

*Ich weiß eigentlich gar nichts von ihm, aber ich werde ihn, wenn er wiederkommt, einfach fragen. Er redet gerne mit mir. Vielleicht gehe ich auch morgen einmal bei seiner Schreinerei vorbei, jetzt wo ich die Adresse kenne.*

Der nächste Eintrag war mit dem 15. März 1954 datiert. Katharina hatte angefangen, das genaue Datum aufzuschreiben: *Ferdinand kam heute Morgen gleich, nachdem wir geöffnet hatten. Er brachte den ersten neuen Stuhl mit, noch aus rohem Holz. Aber er war genau so, wie ich ihn mir vorgestellt habe. Er hat sich draufgesetzt, um uns zu zeigen, wie stabil er ist. Das sah lustig aus, der große Mann auf dem kleinen Stuhl. Ich habe einen Kaffee gekocht, und wir haben noch eine Weile um einen der kleinen Tische gesessen, bis dann die ersten Kinder kamen. Er hat sich angeschaut, was wir gerade mit ihnen basteln – Ostereier aus Pappe, die bunt bemalt und dann aufgehängt werden. Er will uns morgen einen Strauß Forsythienzweige bringen, die schon Knospen haben und in der Vase bald wunderbar gelb blühen werden. In diesen Strauß werden wir die Eier hängen. Woher er die Zweige wohl holt? Hat er einen Garten? Wohnt er noch bei seinen Eltern? Im Telefonbuch habe ich außer seinem Namen keine weiteren Eintragungen unter Kühn gefunden.*

Sophie legte ein Blatt Papier in die Seiten des Heftes und klappte es zu. So gern sie auch weitergelesen hätte, es war schon spät, und sie hatte morgen viel zu tun. In der Praxis wurde bereits umgeräumt, das alte Sprechzimmer sollte während des Umbaus betriebsfähig bleiben, und erst am Schluss, wenn das neue fertig wäre, würde es auch renoviert werden. So konnten die Patienten von Dr. Karl, allerdings auf beengtem Raum, weiterversorgt werden und sich dann auch von ihm verabschieden und ihre Unterlagen mitnehmen. Wenn alles fertig war, könnte dann die neue Kinderarztpraxis eröffnet werden.

Beate Lukas hatte sich als unkomplizierte junge Frau erwiesen, die kräftig mit anpackte und mit Sophie die besten

Lösungen für ihr neues Arbeitsumfeld besprach. An solchen Tagen blieb Sophie, nachdem sie Mona im Kindergarten abgeliefert hatte, in Bergen, bis sie ihre Tochter gegen Nachmittag wieder abholte. Danach hatte sie noch genügend bei sich zu Hause zu tun, und wenn sie ins Bett kam, war sie zu müde, um noch weiterzulesen. So mussten die Hefte bis zum Wochenende warten.

Am Samstag dann wurde es draußen richtig frühlingshaft warm, und Mona durfte zusammen mit fünf weiteren Kindern zwei Tage lang auf dem Reiterhof in Dalkvitz verbringen.

Sophie freute sich darauf, auf dem Sofa eingekuschelt in aller Ruhe weiter in den Tagebüchern von Katharina lesen zu können.

Als sie am Samstagvormittag dann Mona bei den Pferden in Dalkvitz abgeliefert hatte, konnte sie es doch nicht lassen und ging zu Michaels fast fertigem Hof. Es war niemand da, die Türen verschlossen, doch man konnte durch die großen Fenster an einigen Stellen hineinschauen.

Beide Gebäude, das Wohnhaus und die nun umgebaute Scheune, hatten außen wieder intaktes dunkelbraunes Fachwerk und rote Ziegelsteine.

Die tief gezogenen Reetdächer wirkten sehr gemütlich. Neue Dachgauben waren hinzugekommen, die die oberen Stockwerke heller machten. Im Vorderhaus konnte Sophie durch die Tür zur Küche, die in den Garten führte, die Einrichtung erkennen: ovaler Holztisch, eine bis zur Raummitte reichende Kochzeile, Regale und Schränke in einem warmen Cremeweiß, davon abgesetzt weinrote Arbeitsplatten und Fußbodenfliesen. Außen vor der Glastür war eine kleine Terrasse angelegt, und daneben gab es genügend Platz für einen Kräutergarten.

»Zufrieden?«, fragte plötzlich jemand hinter ihr.

Sie erkannte die Stimme sofort und drehte sich um. Michael stand neben einem noch kahlen Haselnussbusch, der aber schon dicke Knospen angesetzt hatte und dringend gestutzt werden musste. Er würde, wenn er so weiterwuchs, die Fenster zur Küche verdunkeln. Am liebsten hätte sie sofort eine Astschere genommen und gleich losgelegt.

Michael sah sie lächelnd an. »Du hast also doch Interesse an meinen Werken«, stellte er befriedigt fest. »Und so, wie du diesen Busch gerade angesehen hast, würdest du dich gern gleich im Garten betätigen, stimmt's?«

»Ja, nein, also, um ehrlich zu sein, natürlich«, antwortete Sophie, dann lachte sie. »Jetzt hast du mich erwischt und ganz schön verwirrt. Und ja, du hast recht, ein verwilderter Garten zieht mich magisch an.«

»Das freut mich, aber es ist nicht nötig, dass du hier allein herumschleichst. Du weißt doch, dass ich dir gerne meine Arbeit zeige und auch gerne mit dir zusammen bin. Und dich bereits vermisse, wenn wir uns länger nicht gesehen haben.«

Nein, das weiß ich nicht, hätte Sophie am liebsten gesagt, und wenn ich es weiß, dann ist es nicht gut, denn ich darf mir keine Träume mit dir erlauben. Laut sagte sie jedoch: »Und Clarissa, was meint sie dazu? Ist sie nicht ärgerlich, wenn sie merkt, dass du immer wieder mit mir über deine Bauernhöfe diskutierst, anstatt mit ihr über die Wohnungen im Prorarer Klotz zu reden? Oder erzählst du es ihr nicht?«

Er sah sie ernst an. »Clarissa weiß von dir, und sie weiß

auch, dass ich sie nicht hintergehen und mit einer anderen Frau betrügen würde«, antwortete er.

Und was soll ich nun tun?, dachte Sophie, soll ich mich freuen über diesen aufrichtigen, ehrlichen Mann oder mir wünschen, er wäre etwas weniger anständig? Nein, eine heimliche Affäre mit ihm würde sie kein bisschen glücklicher machen, das war ihr klar.

»Du siehst so aus, als könntest du ein bisschen Aufmunterung gebrauchen«, bemerkte Michael. »Hat dich die Sache mit dem verschwundenen Bild sehr deprimiert? Kann ich dir irgendwie helfen?«

»Ich komme schon zurecht«, entgegnete Sophie. »Das alles ist nur ein wenig viel auf einmal. Ich habe noch keine neue Wohnung, der Umbau der Praxis macht viel Arbeit, und ich schlafe schlecht, seit ich Schulden bei der Bank habe. Das bin ich nicht gewöhnt.«

»Dann schlage ich vor, dass wir jetzt zusammen einen kleinen Ausflug machen. Ich habe eine Stelle in der Nähe von Trips entdeckt, kurz vor dem kleinen Jasmunder Bodden, da wachsen die ersten Küchenschellen. Wir fahren jetzt zurück nach Karow, stellen die Wagen ab und gehen zu Fuß den schmalen Weg bis zu dem kleinen Ort. Einverstanden?«

Ein Spaziergang mit Michael in der ersten warmen Frühlingssonne über die Felder und Wiesen nach Trips und dann runter zum Bodden, das würde mir jetzt guttun, dachte Sophie. So kann ich mit Michael zusammen sein, ohne dass er mir zu nahekommt und ich auf keine Gedanken, die nicht sein dürfen. Und am Abend bin ich dann angenehm müde und kann noch ein wenig in den Heften von Katharina lesen. Das wäre dann der krönende Abschluss eines schönen Tages.

# 34

Michael legte ein zügiges Tempo vor, als sie nach Trips aufbrachen, und Sophie war das gerade recht. Sie liebte ein flottes Gehen durch die frische Luft mit einem weiten Blick rechts und links über die Felder und die kleinen Baumgruppen. Ein Buchenwäldchen war in der Ferne zu sehen, in dem in ein paar Wochen hellgrüne Frühlingsblätter in der Sonne leuchten würden. Jetzt streckten die Bäume noch kahle Äste in den Himmel. Über ihnen kreisten zwei Bussarde, und einige Möwen zogen vorbei und stießen ihre charakteristischen Schreie aus. Der Jasmunder Bodden lag hinter Trips und wurde noch von einem kleinen Hügel verdeckt, aber man konnte schon das sumpfige Ufer riechen.

»Ich habe immer wieder überlegt, ob ich nicht doch mal von Katharina oder meiner Mutter etwas von dem Dünenrosen-Bild gehört habe«, sagte Michael nach einer Weile. »Aber ich kann mich an keinerlei Gespräche darüber erinnern. Ich war ja auch als Junge nicht so sehr an Katharinas Vorleben interessiert, und als dann meine Mutter vor acht Jahren gestorben ist, gab es niemanden mehr, der mit Tante Katharina so eng befreundet war und den man fragen konnte. Es tut mir so leid, Sophie, dass dieses rätselhafte Bild einfach nicht mehr da ist.«

Sophie hatte sich vorgenommen, Michael noch nichts von den Tagebüchern zu erzählen, sie wollte erst einmal abwarten, was noch darin stand. Wenn sie einen Hinweis auf das Gemälde finden würde, könnte sie es ihm immer noch mitteilen.

»In der letzten Zeit bin ich mir manchmal vorgekommen wie auf einer Achterbahn«, sagte sie. »Erst das Glück, bei Katharina im Haus hinter den Dünen wohnen zu können. Dann stirbt sie, und es stellt sich heraus, dass ich nun doch ausziehen muss. Kurze Zeit später bekomme ich die Möglichkeit, in eine Praxis einzusteigen. Und dann erbe ich ein wertvolles Bild. Und jetzt? Doch kein Bild. Aber so ist es nun mal im Leben. Irgendwie geht es weiter, man darf nur nicht aufgeben.«

Michael schaute Sophie lange an. »Du bist wie die Dünenrosen«, erklärte er schließlich mit einem warmen Lächeln. »Dieses Bild müsste eigentlich für dich gemacht sein. Du bist nicht besonders auffallend, eher zart und in hellen Farben, wie ihre Blüten, aber du bist genügsam und machst aus dem, was du hast, das Beste. Du hast aber auch Stacheln, wenn es nötig ist. Wer in den echten Dünenrosen eine Kostbarkeit sieht, der wird auch Menschen wie dich schätzen.«

Sophie schwieg, sie wusste nicht, was sie darauf antworten sollte. Vielleicht, dass die meisten Menschen inzwischen die rasch wachsende Kamtschatkarose mit ihren leuchtend rosafarbenen Blüten, dem satten Grün und den tiefroten Hagebutten vorzogen? Und dass Clarissa dieser auffallenden Rose glich, die alle anderen überstrahlte? Oder dass Michael nun einmal diese Frau liebte und nicht die unscheinbare »Kostbarkeit«? Die Kamtschatkarose hieß im

Volksmund Kartoffelrose oder auch Apfelrose. Doch das wollte Sophie ihm nicht erzählen, und über Clarissa wollte sie auch nicht reden. Seine Worte hatten ihr dennoch ein warmes Gefühl gegeben, auch das gehörte zu diesem schönen Tag dazu.

Der Weg führte an einigen Gebüschgruppen vorbei. Die Luft roch nach nasser Erde, an einem Haselnussbusch hingen lauter gelbe Haselwürstchen, und die Weiden trugen die ersten weißen flaumigen Weidenkätzchen. Die Felder ringsum waren zum Teil frisch gepflügt, auf anderen lugten bereits die grünen Spitzen des Winterweizens hervor.

»Es ist schön hier«, stellte Sophie fest, »auch ohne spektakuläre Aussicht oder Sandstrand. Ich mag so alltägliche Orte, sie geben einem eine zuversichtliche Ruhe.«

»Ich bin froh, dass du nicht den Kopf hängen lässt«, sagte Michael, der sichtlich genauso die Landschaft und die Stille genoss, die nur ab und zu von ein paar Möwenschreien unterbrochen wurde. »Du findest immer wieder einen Weg bergauf.«

»Ich habe das Glück, dass ich schon viele wunderbare Menschen getroffen habe, die für mich da sind. Das Ehepaar Winterkorn zum Beispiel, Katharina, Julian, die neue Kollegin Beate. Und du natürlich auch.«

Michael sah sie mit einem rätselhaften Ausdruck in den Augen von der Seite an, dann lächelte er und meinte: »Da bin ich aber froh, dass ich auch dazugehöre. Ich hatte schon manchmal den Eindruck, dass du dich von mir fernhalten möchtest.«

»Ich habe zurzeit viel zu tun«, erwiderte Sophie zögernd. »Ich kann mir solche Spaziergänge nicht allzu oft leisten. Aber wenn dann mal die Gelegenheit da ist, genieße ich sie, wie du siehst. Schau mal, da sind schon die ersten Häuser von Trips. Dieser Ort ist noch kleiner als Karow. Dabei dachte ich, wir sind schon am Ende der Welt, aber hier geht es wirklich nicht weiter.«

»Es geht schon noch weiter, doch nur auf einem Feldweg. Komm, gleich dort hinten, wo das Gestrüpp wächst, finden wir die Küchenschellen. Und im Sommer gibt es noch viel mehr Blumen – Grasnelken, Flockenblumen, wo es sumpfig wird, kleine wilde Orchideen, Bitterkraut, Sichelmöhre – und eine Menge Schmetterlinge. Aber dafür ist es jetzt noch zu früh.«

Sophie war froh, dass Michael das Thema, wie sie zu ihm stand, nicht weiterverfolgte. Und als sie dann tatsächlich nach einem kleinen Anstieg an einem trockenen warmen Hang mehrere violette, haarige Blüten der Küchenschelle unter einem Busch entdeckte, drehte sie sich erfreut zu ihm um. »Das ist ja ein wunderhübscher Platz, und man kann jetzt auch über den ganzen kleinen Jasmunder Bodden bis rüber zu den Hügeln vom Krauthaken und dem Sonnenhaken sehen.« Sie schaute sich um, dann suchte sie sich eine weiche Stelle im gelben Gras und ließ sich nieder. Michael setzte sich neben sie. Auf dem Wasser in einiger Entfernung tummelten sich Wildenten und Wildgänse, die hier überwintert hatten. Irgendwo im Schilf in der Nähe hörte man es zwitschern und flöten, vielleicht ein Teichrohrsänger oder eine Rohrammer, die wahrscheinlich schon nach Nistplätzen suchten.

»Das ist ein guter Ort für die Rügener Unterirdischen«, bemerkte Michael nach einer Weile. »Sie wohnen gern unter den Findlingen, in den Hünengräbern oder den Dolinen. Das sind Krater in der Erde. Die Unterirdischen gibt es nur auf Rügen. Also solltest du wissen, wie man mit ihnen umzugehen hat und was man beachten muss.«

Sophie blickte ihn lachend an. »Julian hat sie schon mal erwähnt, als er mir den Garzer Burgwall gezeigt hat. Aber er war der Meinung, diese alten Geschichten seien nichts für realistische, aufgeklärte Menschen.«

»Und, was meinst du?«, wollte Michael wissen.

»Ich mag Geschichten, also erzähl.«

Er lehnte sich entspannt zurück und sah Sophie an. »Es gibt vier Arten von Unterirdischen, also kleinen Zwergen, nämlich schwarze, braune, grüne und weiße.«

»Aha, lass mich raten, die schwarzen sind die bösen, nicht wahr?«

»Ja, sie können zaubern, sich verwandeln und spielen den Menschen gern Streiche. Sie können die Flinte eines Jägers verhexen, dann trifft er nicht mehr. Und bei Nacht kreischen und heulen sie in den Wäldern und Sümpfen, also geh hier nie bei Nacht in einsame Gegenden.«

»Ich werde es mir merken«, sagte Sophie. »Am Tag verstecken sie sich bestimmt, denn ich habe bisher noch keine gesehen.«

»Das ist auch nicht so einfach, sie sind sehr scheu. Du musst im Sommer ganz leise zu einem blühenden Holunderbusch schleichen, da sitzen sie oft darunter. Aber lass dich ja nicht erwischen, sonst fallen sie über dich her und schleppen dich in ihren Bau, und du musst ihnen dienen, für sie kochen und waschen. Am besten ist es, wenn du immer ein kleines Wildkraut bei dir hast, dann können sie dir nichts antun.«

Sophies Augen leuchteten. »Also werde ich mich vor diesen Wichten in Acht nehmen. Und wie sehen die braunen Unterirdischen aus?«

»Sie tragen braune Jacken und Hosen. An der Mütze hängt ein gläsernes Glöckchen, und sie haben Schuhe aus Glas und können durch die Berge, in denen sie wohnen, hindurchsehen. Das ist sehr praktisch. Wenn du einmal von einem braunen Unterirdischen belästigt wirst, nimm ihm die Mütze weg, dann verlieren sie ihre Zauberkraft. Unter der Mütze bist du dann selbst unsichtbar.«

»Das wäre ich gern manchmal«, meinte Sophie versonnen.

»Und solltest du einmal bei Mona goldene Ringe finden, eine glitzernde Spange oder ein gläsernes Krönchen«, fuhr Michael fort, »dann haben das die braunen Unterirdischen gebracht, denn sie mögen Kinder.«

»Aber Mona mag nichts Glitzerndes, und ein Krönchen wäre das Letzte, was sie aufsetzen würde.«

»Na gut, dann möchte sie vielleicht einmal ein Fest der grünen Unterirdischen miterleben. Das ist jedoch nicht so einfach. Sie wohnen im Buchenwald in der Granitz. Manchmal machen sie ein Feuer und tanzen zur Musik. Sie leben sehr zurückgezogen, und es braucht viel Geduld, um sie einmal zu beobachten.«

»Wenn ich das Mona erzähle, sitze ich bald tagelang mit ihr im Wald und darf mich nicht rühren. Nein, lassen wir die grünen Unterirdischen ihre Feste allein feiern. Was ist mit den weißen, sind die leichter aufzuspüren?«

»Die weißen Unterirdischen kommen mit dem Frühling aus der Erde hervor. Sie sind kleine luftige Elfen, die in jeder Blüte sitzen. Man kann sie nicht sehen, aber sie sind da. Sie zeigen den Bienen die schönsten Blumen, tanzen mit den Schmetterlingen durch die Luft, fliegen auf den Spinnenfäden über eine Sommerwiese und sitzen mit Vorliebe in den Dünenrosen hoch überm Meer. Deshalb ist es auch so wichtig, dass diese Pflanzen nicht aussterben und von der Kartoffelrose überwuchert werden.«

»Michael, du bist ein Träumer«, stellte Sophie mit einem warmen Lächeln fest.

»Das sagt Clarissa auch immer«, gab er mit belustigt funkelnden Augen zurück. »Aber manchmal muss man ein bisschen träumen. Was ist so schlimm daran, sich vorzustellen, dass in den Blumen Elfen sitzen? Man würde vielleicht achtsamer mit ihnen umgehen, wenn man daran denkt. Außerdem gefallen dir solche Geschichten. Gib es zu, du träumst doch auch gerne mal.«

»Ja, aber ich weiß nicht, ob es gut ist.«

»Es ist gut, wenn man nicht vergisst, mit beiden Beinen auf der Erde zu stehen. Clarissa ist sachlich und vernünftig, aber ihr fehlen manchmal die Leichtigkeit, ein wenig Unbeschwertheit und Fantasie. Sie baut Eigentumswohnungen und keine Luftschlösser. Sie würde besser zu deinem Julian passen, der auch nicht viel von Hirngespinsten hält.«

»Julian ist immer gut aufgelegt und ein unverbesserlicher Optimist. Er nimmt das Leben, so wie es kommt, und macht das Beste draus. Und vielleicht ist das gar nicht so schlecht.«

»Ja, du hast recht«, erwiderte Michael. »Wahrscheinlich ist es wirklich das Beste, wenn wenigstens einer von beiden auf dem Boden bleibt.«

Sophie wusste nicht, was er damit sagen wollte, sie war auf einmal traurig. Michaels Erzählungen hatten sie eine Weile alle Probleme vergessen lassen und heiter und fröhlich gestimmt. Nun spürte sie auf einmal die Härte des Bodens unter sich. Sie legte den Kopf auf die Arme und blieb eine Weile so sitzen. Dann bekam sie mit, dass Michael aufstand und sich über sie beugte. Sie sah zu ihm auf. Er ergriff ihre Hände und zog sie mit einem Schwung hoch. »Trotzdem«, meinte er, als sie vor ihm stand, und hielt sie weiter fest, »trotzdem sind Träume so etwas wie die goldenen Krönchen der Unterirdischen. Sie geben unserem Leben Kraft und Glanz, und ich möchte sie niemals missen.«

# 35

Auf dem Rückweg nach Karow erzählte Sophie Michael von den Umbauplänen in der Praxis. Er sagte ihr, dass der Architekten-Kollege von ihm, der das Ganze leitete, viel Erfahrung gerade mit Arztpraxen und deren Einrichtung hätte. »Ich bin froh, dass du dir endlich deinen großen Wunsch erfüllen kannst. Das fühlt sich bestimmt richtig und gut an, oder?«

»Ja«, stimmte Sophie aus tiefstem Herzen zu, »ich weiß genau, was ich möchte, und auch, was ich kann. Eine eigene Praxis zu haben macht mich zuversichtlich und glücklich.«

»Das kann ich verstehen. Du kannst nun deinen Weg gehen.« Er zögerte ein wenig, dann sagte er: »Ich frage mich manchmal, ob ich nicht ...« Sophie blickte ihn an, er sah an ihr vorbei in die Weite der Landschaft hinein, seine Miene drückte Unsicherheit aus. Aber dann drehte er sich wieder zu ihr um und lächelte. »Es ist nicht immer leicht zu erkennen, was man wirklich will«, flüsterte er. Und dann schwiegen beide. Sophie wusste nicht, welchen Gedanken Michael nachhing. Seine letzte Bemerkung hatte nicht gerade glücklich geklungen, aber sie fragte nicht nach. Er musste selbst den Weg finden, der zu ihm passte, sie konnte nicht für ihn entscheiden, was gut für ihn war.

Schließlich kamen die Häuser von Karow in Sicht, viel

zu schnell für Sophie. Sie hätte noch bis ans andere Ende der Welt oder wenigsten bis ans Ende von Rügen so mit Michael gehen können.

Als sie am Haus von Katharina angekommen waren, wandte Sophie sich zu Michael um, wollte ihm auf Wiedersehen sagen und auch, dass sie diesen Ausflug zu den Küchenschellen in ihrem Herzen bewahren würde. Doch in diesem Moment fuhr ein Auto vor, hielt an und Julian stieg aus. »Hallo, ihr beiden«, rief er fröhlich, »ihr habt wohl gerochen, dass ich Kuchen eingekauft habe. Jetzt hoffe ich auf einen Kaffee bei dir, Sophie. Herr Teschen ist natürlich auch eingeladen.«

»Danke, aber ich habe noch einen Termin und muss passen«, antwortete Michael. »Sophie, ich danke dir für diesen schönen Spaziergang, fürs Zuhören und für alles.«

Er verabschiedete sich mit einem warmen Händedruck, ging zu seinem Wagen und winkte noch einmal zurück. Er war weg, noch bevor Sophie etwas erwidern konnte. Sie hätte ihm gern noch so vieles gesagt, zum Beispiel wie sehr sie seine Erzählungen von den Unterirdischen genossen hatte. Sie hätte gern gewusst, warum er am Schluss so nachdenklich und irgendwie mit sich selbst uneinig gewirkt hatte. Aber nun war die Gelegenheit vorüber, und ob sie noch einmal so vertraut mit ihm würde sprechen können, das bezweifelte sie.

Sie straffte die Schultern und ging auf Julian zu. Er nahm sie kurz und fest in den Arm. »Du wirst doch hoffentlich meinen Kuchen nicht auch verschmähen. Und soll ich danach noch mal das Haus durchstöbern?«, fragte er unternehmungslustig. »Vielleicht findet sich das Bild doch noch. Es geht immerhin um fünfzigtausend Euro!«

»Ich habe in jedem Winkel gesucht«, erklärte Sophie und machte sich von ihm los. »Überall, vom Dachboden bis zum Keller, und es gibt auch keinen Hinweis dafür, dass Katharina das Gemälde bei jemandem deponiert hat oder es sich in einer Bank in einem Schließfach befindet. Sie hat keinen Tresor und keine Geheimtüren oder versteckte Geheimgänge. Es ist einfach nicht da.«

»Schade, ich wäre so gerne auf Schatzsuche gegangen.«

»Und hättest dabei das ganze Haus in Unordnung gebracht. Nein, Julian, lass uns lieber etwas essen. Ich habe richtig Hunger nach diesem Spaziergang.«

Auch Julian wirkte nachdenklich, als sie zusammen in der oberen Küche saßen. Es ist wohl heute ein Tag zum Sinnieren, dachte Sophie. Aber als sie ihn fragte, vorüber er sich Gedanken mache, war er genauso verschlossen wie Michael vorher. »Ich habe eine Idee«, sagte er. »Sie ist aber noch nicht reif, ich muss erst mal alle Vor- und Nachteile überdenken. Ist mir heute Nacht eingefallen, also noch ganz neu. Und sollte es eine gute Idee sein, wirst du dich darüber freuen.«

»Und sollte es eine nicht so gute Idee sein, vermisse ich auch nichts, weil ich ja nicht weiß, was du gerade in deinem Inneren umwälzt«, antwortete Sophie lachend.

»Auf jeden Fall möchte ich dich morgen zum Essen einladen«, teilte er ihr mit. »Da Mona noch auf dem Reiterhof ist, kann ich dich einmal ganz für mich allein haben. Wir fahren nach Samtens. Da kann man sehr gut essen. Und vorher gehen wir ins Technik-Modellmuseum, dort kann man kleine Eisenbahnen, Autos, Fähren und Flugzeuge besichtigen. Selbst die Wittower Fähre von früher haben sie nachgebaut. Du kommst doch mit? Hast morgen nichts Wichtiges vor, oder?«

Eigentlich schon, dachte Sophie, ich wollte den ganzen Tag in Katharinas Heften weiterlesen, aber das kann ich Julian nicht erzählen. Also willigte sie ein. »Wir können dann auf dem Rückweg Mona abholen«, schlug sie vor. »Gegen sechzehn Uhr ist dort Schluss. Und sie hat mir bestimmt viel zu erzählen.«

»Gut, und ich fahre dann nach Hause und feile weiter an meiner Idee«, gab er zurück. »Dieser Architekt, mit dem du unterwegs warst, hat er dir eine Wohnung angeboten? Er müsste doch eigentlich wissen, wo etwas frei wird. Aber das musst du dir dann gut überlegen. Am besten ist es, wenn du das alles mit mir besprichst. Einverstanden?«

»Ja, warum nicht«, erwiderte Sophie. »Solange du mir keine Luxuswohnung für einen horrenden Preis aufschwatzen willst.«

»Das hab ich bestimmt nicht vor«, versicherte Julian. »Und nun essen wir meinen Kuchen, und danach machst du dir einen gemütlichen Abend und denkst dabei ein paarmal an mich.«

Sophie lachte. »Aber nur vielleicht«, antwortete sie. Wenn sie in den Heften las, verschwand sie ganz in Katharinas Welt. Zum Glück wusste Julian nicht, dass sie im Moment so etwas ganz anderes im Sinn hatte als einen netten Physiotherapeuten.

Als es draußen schon langsam dunkel wurde, verabschiedete sich Julian. Sophie kuschelte sich mit einem Aufseufzen in die Sofaecke und nahm sich die Hefte von Katharina. Wo war sie stehen geblieben? Ach ja, bei Ferdinand, dem Schreiner, der ihr einen Strauß blühende Zweige für die Papp-ostereier bringen wollte. Und von dem Katharina mehr wissen wollte als nur seinen Namen.

# 36

Der nächste Eintrag in dem Tagebuch war auf den 5. April 1954 datiert, also vier Wochen später: *Ferdinand ist verheiratet. Er hat es mir selbst erzählt.* Ach, du lieber Himmel, das war also der Grund, warum Katharina ihren Traummann nicht bekommen hatte. Kein Wunder, dass sie nie darüber hatte reden wollen. *Wir sind ein paarmal, als er weitere Stühle abgeliefert hat, zusammen in der Mittagspause essen gegangen. Ich habe ihn gefragt, ob er noch bei seinen Eltern wohnt. Und er hat mir erzählt, dass sie auf Sylt leben. Er ist dort aufgewachsen, wollte immer in der Nähe des Meeres sein. Und da er dort keine Lehrstelle als Schreiner bekommen hat, ist er nach Stralsund gegangen. Schuld daran war Luise, die er auf Sylt kennenlernte, als sie dort mit ihrer Familie Urlaub machte. Ihr Vater hat Ferdinand eine Ausbildungsstelle in Stralsund vermittelt. Es war eine mutige Entscheidung, in den Osten zu wechseln, aber er hat dort viel gelernt und dann seinen Meister gemacht.*

*Er hat während dieser Zeit Luise oft auf Rügen besucht, ihr Vater hat eine kleine Schreinerei in einem Hinterhof hier in Putbus gehabt. Er war dann aber krank geworden und wollte sie verkaufen. Und Luise hat Ferdinand gebeten, den Betrieb zu übernehmen. Der Vater war sehr froh, als Ferdinand kam und er ihm die Schreinerei übergeben konnte. Die beiden haben sich gut verstanden. Der Vater hat sich für seine Tochter Luise gewünscht, dass sie heiraten. Das war vor drei Jahren. Ferdinand war dreiundzwanzig und Luise zwanzig. Eigentlich war das viel zu früh, aber in diesen Zeiten konnte man froh sein, einen kleinen Betrieb zu bekommen, der nicht enteignet worden war.*

*Ferdinand hatte nichts dagegen, dass Luise seine Frau wird. Sie waren beide jung, wollten eine Familie, und sie haben sich dann bald darauf das Jawort gegeben. Damit war sein weiterer Lebenslauf entschieden, und er war nicht unzufrieden. Sein Schwiegervater hat nicht mehr lange gelebt, aber er war sehr glücklich über diese Ehe. Glücklicher als ich, hat Ferdinand gesagt und mich angeschaut. Er hat meine Hand genommen und sie gehalten. Da ich keine andere Liebe hatte, sagte er, war mir diese Abmachung ganz recht. Luise ist eine pflichtbewusste und rechtschaffene junge Frau, kümmert sich um die Buchhaltung, den Haushalt und den Garten. Ich habe es gut mit ihr. Aber seit ich dich kenne ... Er hat nicht weitergesprochen, hat nur irgendwie resigniert den Kopf geschüttelt.*

*Und ich? Ich weiß nicht, was ich tun soll, mich weiter mit ihm treffen oder ihn nicht mehr sehen? Mein Gefühl für Ferdinand ist inzwischen so tief und fest, dass ich mir nicht vorstellen kann, ihn nicht mehr zu sehen.*

Ein Jahr zuvor, im Februar 1953, das wusste Sophie, fand die Aktion Rose statt. Das war eine Aktion der DDR-Regierung zur Verstaatlichung von Hotels, Erholungsheimen, Taxi- und Dienstleistungsunternehmen, hauptsächlich in den Badeorten der Ostseeküste, insbesondere auf Rügen. Bei vermeintlichen Verstößen kamen die Unternehmer in Haft. Kein Wunder, dass Ferdinand die Gelegenheit ergriffen hatte, die kleine Schreinerei selbst zu führen. In diesen Jahren wurden auch die Kindererholungsaktionen durchgeführt. Rügen war einer der Ferienorte für Kinder, die meist aus den Städten kamen und viel Elend erlebt hatten. Sophie konnte sich gut vorstellen, dass die Arbeit mit diesen Kindern für Katharina besonders wichtig war. So hatten die verworrenen Zeiten die beiden zusammengeführt.

Der nächste Eintrag war vom 27. April 1954: *Ich war heute mit Ferdinand unten am Meer bei Neukamp, einem kleinen Fischerdorf. Nur wenige Häuser stehen da. Es war ein warmer Tag, wir haben am Strand gesessen und in der Ferne die Insel Vilm gesehen. Er hat gemeint, das wäre was für uns, wir zwei ganz allein auf einer kleinen Insel, und niemand kann uns da stören. Es ist, als würden wir uns schon lange kennen. Ich sehe, wie er den Kopf ein wenig auf die Seite legt beim Reden. Oder wie er lacht, so dass sein ganzes Gesicht hell wird, das ist mir so vertraut. Ich habe ihm vorgeschlagen, die Haare nicht mehr so streng nach hinten zu kämmen. Nun wellen sie sich auf seinem Kopf und fallen ihm in die Stirn. Das sieht sehr gut aus, ich wusste es. Wenn er mit seinen langen Schritten neben mir her geht, muss ich fast doppelt so viele machen, um mithalten zu können. Dann sagt er oft »kleine Prinzessin« zu mir. Einmal hat er mich mühelos über einen schmalen Bach gehoben, als wir miteinander spazieren gingen. Ich liebe ihn, das ist so sicher und unabänderlich wie auch die Tatsache, dass wir keine Zukunft zusammen haben können. Ferdinand liebt mich genauso, aber er ist verheiratet, und eine Scheidung ist für ihn undenkbar. Er sagt, er hat Luise so viel zu verdanken, und er möchte auch nicht sein Gelöbnis brechen, das er ih-*

*rem Vater gegeben hat. Wir sehen uns, so oft es geht, aber wir tun nichts Unrechtes. Meistens fahren wir zum Strand, sitzen nebeneinander, reden oder schweigen und sind froh, dass wir zusammen sind. Über die Zukunft mag keiner von uns nachdenken. Aber irgendwann einmal muss etwas geschehen, das wissen wir, so kann es nicht weitergehen. Irgendwann einmal wird uns jemand beobachten, und es wird Gerede geben, oder wir halten es beide nicht mehr aus so. Das wird unsere Liebe zerstören. Das darf nicht geschehen.*

*Wir haben jetzt sehr viele Kinder in unserer Einrichtung, die zur Erholung auf die Insel verschickt werden. Ich bin froh, wenigstens eine Arbeit zu haben, die mir Freude bereitet, sonst wäre ich wohl den ganzen Tag traurig. Auch erwachsene Urlauber kommen wieder mehr, das Meer ist immer noch ein anziehender Ort für die meisten. Oft sehen diese Leute nicht gut aus, vor allem wenn sie aus einer Großstadt kommen, obwohl der Krieg nun schon neun Jahre vorbei ist. Und dann denke ich, wie gut ich es hier habe, musste nie richtig Hunger leiden, meine Heimat nicht verlassen und kein neues Leben in einem anderen Land anfangen. Einige der Flüchtlinge sind auf Rügen geblieben, die meisten aber weitergezogen. Allerdings ist unser Leben nun doch stark beeinflusst von dem DDR-Regime. Die beschlagnahmten Häuser und Hotels und Geschäfte werden nicht mehr richtig gepflegt, man sieht ihnen an, dass sich niemand dafür verantwortlich fühlt und sie erhält. Ich gönne den Urlaubern ihre Erholung bei uns wirklich, aber ich bin auch traurig darüber, dass viele der schönen alten Gebäude nicht mehr erhalten werden. Sogar unser Putbuser Schloss verfällt zusehends und wird als Lager für alles Mögliche benutzt.*

Sophie ließ das Heft sinken. Die Geschichte bewegte sie tief. Katharina hatte niemanden, dem sie ihr Herz ausschütten konnte, deshalb vertraute sie wohl alles ihrem Tagebuch an. Damals, 1954, hatten solche Verbindungen wie die zwischen ihr und Ferdinand viel weniger Chancen als heute, irgendwann einmal offen gelebt werden zu können. Scheidungen waren selten und immer ein Makel. Sie konnte gut verstehen, dass das für beide nicht infrage kam.

Heute kann man Verlobungen oder Ehen lösen, sich trennen, wenn man feststellt, dass man nicht mehr zusammenpasst, dachte sie. Oft vielleicht sogar zu leicht. Ihre Mutter hatte das getan, war einfach eines Tages nach Neuseeland gegangen und lebte nun schon seit siebzehn Jahren dort. In ihren seltenen Briefen erzählte sie von der einmalig schönen Landschaft und von dem einfachen Leben, das sie führte. Sie arbeitete immer wieder in einer Bäckerei, bis sie genügend Geld hatte, um weiterzufahren. Eigenartig, Sophie konnte das nicht verstehen, so ohne feste Absicherung und ohne beständige Freundschaften durch ein Land zu ziehen. Aber für ihre Mutter schien es das richtige Leben zu sein.

Sie stand auf und holte sich aus der Küche ein Marmeladenbrot, dann kuschelte sie sich wieder auf dem Sofa ein und begann zu lesen: *18. Mai 1954. Viktoria hat mich besucht, und ich habe ihr von Ferdinand erzählt. Sie ist die einzige Freundin, die ich habe, ihr kann man alles anvertrauen.* Also gab es doch jemanden, mit dem sie über ihre Liebe reden konnte. Viktoria, das war die Mutter von Michael, damals auch zweiundzwanzig. Die beiden kamen aus völlig verschiedenen Elternhäusern – Viktoria aus einer reichen Adelsfamilie, Katharina war die Tochter eines Bauern. Und trotzdem waren sie ganz enge Freundinnen geworden, vor allem, als die Familie nach dem Krieg ihr Vermögen verloren hatte und Viktoria als Lehrerin arbeitete. Und diese Freundschaft hatte offensichtlich so bis zu Viktorias Tod bestanden.

Sophie las weiter: *Viktoria ist mit ihrem Clemens von Teschen verlobt und sehr glücklich, obwohl auch er seinen Besitz verloren hat und der Adel heute nichts mehr gilt, eher ein Makel ist. Aber sie wollte schon immer Lehrerin werden und niemals als reiche Adelstochter daheim herumsitzen. Wenn sie mir nur ein wenig von ihrem Glück abgeben könnte, hat sie öfter gesagt. Aber es war schon eine Erleichterung, jemandem von mir und Ferdinand erzählen zu können. Sie hat gemeint, es wäre besser, ich würde fortgehen, und versuchen, ihn zu vergessen. Ich habe auch schon daran gedacht. Auf dem Festland hätte ich bestimmt ebenfalls gute Chancen, einen Arbeitsplatz als Erzieherin zu bekommen. Aber noch bin ich nicht so weit. Ferdinand verlassen, die Insel verlassen, meine Eltern verlassen, nein, das kann ich nicht. Mein Verstand sagt mir, ich soll es tun, aber mein Herz wehrt sich mit aller Macht dagegen.*

Hier endete das zweite Heft, und Sophie nahm das dritte aus der Schachtel. Die nächste Eintragung war zwei Wochen später datiert: *Ende Mai 1954. Mir geht es nicht gut. Ich kann nicht richtig essen, schlafe schlecht. Alles ist so hoffnungslos. Ferdinand hat mir gestern von seinen Eltern erzählt, von früher, als sie sich kennenlernten. Sein Vater ist Künstler, er malt Bilder, aber er hatte anfangs wenig Erfolg. Und seine Mutter kam aus besserem Hause. Ihr wurde von den Eltern verboten, sich mit dem armen Maler einzulassen. Sie hat sich aber durchgesetzt und ist einfach mit ihm durch-*

*gebrannt. Sie haben zuerst in einer einfachen Wohnung auf Sylt gelebt, das damals noch nicht so mondän wie heute war. Aber irgendwann einmal bekam er eine Ausstellung, und seine Bilder wurden gekauft. Er nannte sich Videlis, nach den Endbuchstaben seines Vornamens David und den Anfangsbuchstaben seiner Frau Elisabeth.*

Sophie setzte sich ruckartig auf. Da war er, der Name des Künstlers, der das verschollene Bild gemalt hatte. Er war der Vater von Ferdinand Kühn! Aber wie war dann Katharina an dieses Bild gekommen? Oder hatte sie es nie gehabt und nur davon gehört oder es bei Ferdinand gesehen? Und wenn sie es hatte, wo war es dann jetzt? Seit vierzig Jahren galt es als verschollen, seit vielen Jahren brachten die Bilder von Videlis immer mehr Geld. Sophie hatte im Internet nachgeschaut. Es gab Sammler, die für ein Bild von ihm sogar mehr als fünfzigtausend Euro zahlten. Allerdings hatte sie kein Foto gefunden, das Bild wurde erwähnt, war aber nie an die Öffentlichkeit gelangt. Es musste ein Bild sein, das Videlis nie auf einer Ausstellung gezeigt und nur für sich gemalt hatte.

Sophie schaute auf die Uhr. Es war schon spät, und sie war müde. Sie musste eine Pause machen, obwohl sie am liebsten bis zum Morgen weitergelesen hätte. Aber die Hefte konnten ihr nicht davonlaufen, und nun hatten sie so lange auf dem Dachboden gelegen, dass es auf einen oder zwei Tage auch nicht mehr ankam. Sie stand auf und reckte sich. Draußen standen unzählige Sterne am klaren Himmel. Ein halber Mond kam gerade hinter der alten Weide hervor. Sie dachte an Michael, ob er jetzt auch irgendwo stand und in die Dunkelheit schaute? Und an sie denken würde? Aber wahrscheinlich war er mit Clarissa zusammen und trank ein

Glas Wein mit ihr. Ferdinands Eltern waren glücklich miteinander geworden, obwohl sie aus so verschiedenen Kreisen stammten und Hindernisse hatten überwinden müssen. Und Viktoria und Clemens auch. Katharina hatte sich darüber gefreut, dass die beiden nach den schweren Zeiten, die sie durchgemacht hatten, schließlich eine zufriedene Familie geworden waren. Aber Katharina musste auf ihre große Liebe verzichten, da war sich Sophie sicher, denn sonst hätte die alte Frau ihr von ihrem Ferdinand erzählt. Und er war wahrscheinlich mit seiner Luise zusammengeblieben, aber auch nicht glücklich geworden.

Und sie selbst? Leonardo war weit weg in Italien verheiratet. Sie begann schon, ihn zu vergessen. Und Michael, nach dem sie sich sehnte, liebte Clarissa, die eigentlich gar nicht zu ihm passte. Sophie seufzte. Warum war nur immer alles so kompliziert? Warum konnte sie sich nicht in Julian verlieben? Er würde wunderbar zu ihr passen, war immer gut aufgelegt, zuverlässig und bodenständig. Und es gab keine Hindernisse, die eine Heirat mit ihm verbieten würden. Aber sie wollte Julian nicht heiraten, er war ein guter Freund für sie, aber nicht die große Liebe. Vielleicht würde sie auch wie Katharina ihr Leben ohne einen Mann verbringen, und das war nicht sehr erfreulich. Immerhin hatte sie Mona, doch eines Tages würde Mona ihre eigenen Wege gehen.

Wenn ich jetzt meine Sehnsucht nach Michael zum Mond hinaufschicke, und er sieht zur selben Zeit auch hinaus zu ihm, spürt er dann, dass ich ihn liebe? Und würde das etwas ändern? Es würde nichts ändern, und deshalb war es besser, ins Bett zu gehen und sich die Geschichte von Katharina nicht so sehr zu Herzen gehen zu lassen. Morgen war ein neuer Tag, und vielleicht sogar ein schöner neuer Tag. Diese Erfahrung hatte Sophie schon mehrmals gemacht. Manchmal war man am Abend müde und deprimiert, und wenn man dann eine Nacht wieder richtig gut geschlafen hatte, sah die Welt dann wieder besser aus. So würde es hoffentlich auch morgen sein. Und mit diesem zuversichtlichen Gedanken legte sie sich schlafen.

# 37

Am Sonntag konnte sie ihren Ausflug mit Julian nach Samtens genießen, trotz der traurigen Geschichte von Katharina und ihrem eigenen Kummer. Die Schwarzwälder Großmutter hatte auch dazu einen ihrer weisen Sprüche gehabt: »Freude und Glück hält nicht ewig, aber Kummer auch nicht.« Daran wollte Sophie denken.

Julian führte sie nach der kurzen Fahrt in ein gemütliches Gasthaus, in dem sie Fisch aßen. Hinterher ließ Sophie sich noch einen Früchteeisbecher schmecken, während Julian einen Kaffee trank. Danach schlenderten sie durch den Ort, sahen sich die schöne Kirche an und ein Gutshaus aus roten Backsteinen und mit weiß leuchtenden Sprossenfenstern. Julian zeigte ihr auch das alte Rittergut Plüggentin, in dem sich Sophie mit großer Begeisterung eine vielköpfige Mehrgenerationenfamilie vorstellen konnte, mit Ställen, in denen die Hühner gackerten und die Schweine grunzten, und wo Pferde und Kühe auf den Weiden grasten. Und zwei Esel müssten unbedingt auch dabei sein, die morgens um sechs Uhr ihr lang gezogenes Iahiah ausstießen.

»Wen würdest du denn alles hier unterbringen?«, fragte Julian neugierig und erfreut über ihre Begeisterung.

»Ach, da kämen schon einige infrage: Ich könnte meinen Vater samt der neuen Frau und den Kindern holen, und er könnte endlich seine Bäckerei schließen und jeden Morgen ausschlafen. Und dann wäre vielleicht auch meine Mutter bereit, hier ihr alternatives Leben zu verbringen statt in Neuseeland. Ein Zimmer würde für dich da sein, wenn du zu Besuch kommst, ganz oben, mit Blick über die Landschaft. Beate Lukas sucht noch eine Wohnung für Mann und Kind. Michaels Schwester Adelina will aufs Land. Also, wenn ich Millionärin wäre, könnte ich hier viele nette Menschen versammeln.«

»Du hättest gern deine Familie in der Nähe, stimmt's?«, stellte Julian fest. »Oder wenigstens irgendeine.«

»Das ist einer meiner Träume, aber vielleicht würden wir uns auch gar nicht mehr verstehen. Wir sind schon so lange auseinander, meine Eltern und ich«, erwiderte Sophie zögernd.

»Dann halte dich an mich«, schlug Julian vor.

»Das tue ich auch. Ich bin froh, dass es dich gibt, und wenn es bei mir ganz trübe aussieht, bringst du immer Wetterbesserung mit. Das weiß ich zu schätzen.«

»Aber ich bin nicht der Mann deines Lebens«, sagte Julian seufzend.

»Ach, Julian!« Sophie nahm ihn am Arm und drückte ihn. »Das ist ein Thema, bei dem ich selbst noch nicht weiß, wohin es geht. Lass mir Zeit, schau dich um, vielleicht findest du etwas Besseres als mich.«

»Eigentlich habe ich schon beschlossen, dass du die richtige Frau für mich bist«, entgegnete er. »So eine Mischung aus starkem Willen und Verträumtheit. Ein Engel mit ganz irdischen Bedürfnissen – eigene Praxis zum Beispiel und dem Traum von einem großen Bauernhof mit Tieren.«

Sophie blickte ihn mit glänzenden Augen an. »Weißt du,

was meine Großmutter nun sagen würde: ›Wer auf die Brautschau geht und einen Engel heimführen will, dabei aber bloß auf die Flügel sieht, braucht sich nicht zu wundern, wenn er eine Gans heimbringt.‹«

Julian lachte, bis ihm die Tränen kamen. »Sophie, egal ob Engel oder Gans, du bist einfach einmalig. Das wirst du mir nie ausreden können!«

Später musste sie mit Julian natürlich noch ins Technik-Modellmuseum gehen, von dem er so begeistert war, und die unzähligen kleinen Modelle von Autos, Eisenbahnen, Schiffen und Flugzeugen bewundern. Beim Modell der Wittower Fähre mit Anlegestelle sah sie in Gedanken sich und Michael an der Reling stehen. Aber daran durfte sie jetzt nicht denken. Julian erzählte keine Geschichten von versunkenen Städten und heidnischen Göttern. Er zeigte ihr den Saßnitzer Hafen bei Mukran in Kleinformat.

»Alles beim Bau dieses Hafens war streng geheim«, sagte er. »Da wurden Fähren gebaut zum Transport von Truppen und Fahrzeugen der Bahn, und der ›große Bruder Sowjetunion‹ bewachte alles. Aber wir kannten einige Stellen, von wo aus wir hinüberlinsen konnten. Das war der einzige Ort auf der Insel, wo wir nicht hindurften. Das hat uns natürlich mächtig gereizt. Übrigens ist dieser Hafen heute, nachdem er nach der Wende verfiel, wieder saniert worden. Du kannst von da aus mit der transsibirischen Eisenbahn bis zum anderen Ende der Welt fahren. Oder nach Skandinavien oder ins Baltikum.«

Er sah richtig stolz aus bei dieser Feststellung. »So etwas haben wir im Schwarzwald natürlich nicht«, gab Sophie mit ernster Miene zu. »Könnte es sein, dass du noch ein wenig an der Tatsache zu knabbern hast, dass die Berge hier kaum über hundert Meter hoch sind? Und bei mir im Süden locker das Zehnfache erreichen?«

Er sah sie von der Seite an und hob die Brauen. »Ertappt«, meinte er dann lachend und zog sie an sich. »Aber eure Berge sind auch ganz nett anzuschauen«, fügte er dann großmütig an.

Spät am Nachmittag holten Julian und Sophie schließlich Mona in Dalkvitz ab, die begeistert von ihrem Pferdewochenende berichtete. Und Sophie dachte wieder einmal, dass es richtig war, hierher gezogen zu sein.

Julian blieb noch zum Abendessen da, dann verabschiedete er sich mit dem Vorschlag, demnächst einmal zusammen einen Rundflug über die Insel zu machen.

»Vielleicht«, war Sophies vage Antwort. Worauf er erwiderte: »Ja, gerne, lieber Julian, so muss es heißen.«

»Du Kindskopf«, rief Sophie ihm nach, und er winkte lachend.

Mona war zum Glück müde und ging bald ins Bett. Sophie nahm sich nach diesem ereignisreichen Tag wieder die Hefte von Katharina vor. Es war nun schon ein richtig schönes Ritual, sich aufs Sofa zu kuscheln, ein Glas Wein auf den Tisch zu stellen und weiterzulesen.

Der letzte Eintrag im dritten Heft war Ende Mai gewesen, und Katharina hatte von Ferdinands Vater, dem Maler Videlis, berichtet. Jetzt kam Sophie ein neuer Gedanke: Wenn dieser Maler Erfolg gehabt hatte und seine Bilder wertvoll geworden waren, dann war es doch am ehesten denkbar, dass irgendjemand das Bild bei Katharina gesehen und gestohlen hatte. Wenn es dann an einen Sammler verkauft wurde, verschwand es auch vom Markt. Vielleicht gab es im Tagebuch noch irgendeinen Hinweis.

Sie schlug das Heft auf und begann zu lesen: *Ferdinand hat mir erzählt, dass seine Eltern sehr glücklich sind. Er hat noch drei jüngere Geschwister, denen es gut geht. Am Anfang verdiente sein Vater so wenig Geld, dass seine Mutter noch als Haushaltshilfe bei einer reichen Familie arbeiten musste. Aber dann, nach dem Krieg, kam auf einmal der Durchbruch: Der Vater kann einige Bilder gut verkaufen und wird im Laufe der Jahre in Kunstkreisen bekannt. Und es sieht nun so aus, als wenn er sich niemals mehr Sorgen um Geld machen müsste. Seine Bilder sind in hellen Farben gehalten. Ferdinand hat mir Fotos von ihnen gezeigt. Sie gefallen mir sehr gut. Wenn man sie aus der Nähe betrachtet, erkennt man die einzelnen Pinselstriche, mit hingetupften Farben. Ein wenig erinnert sein Malstil an Monet, der auch sein großes Vorbild ist. Und seine Motive findet er auf Sylt am Strand. Er malt oft seine Frau, wie sie oben auf einer Düne steht oder inmitten von Blüten auf einer Wiese sitzt. Ferdinand hat mir auch Fotos von den beiden gezeigt. Man sieht auf allen, wie sehr sie sich lieben. Sein Vater war jedes Mal traurig, wenn er ein Bild verkaufen musste, sagt Ferdinand, aber dann wieder war er froh, für seine Familie so gut sorgen zu können, und fing gleich das nächste Gemälde an. Die Kinder durften ihn nicht stören, wenn er malte. Erst wenn das Bild fertig war, durften sie es sehen.*

Sophie ließ das Heft sinken und blickte in die Nacht hinaus. Sie konnte sich das alles gut vorstellen, den Mann mit seiner Leidenschaft zum Malen, die Frau, die ihn liebte, und die Kinder, die auf ihrer Insel Sylt so frei und frohgemut aufgewachsen waren. Ja, Ferdinand hatte eine schöne

Kindheit gehabt, obwohl auch der Krieg hier seine Spuren hinterlassen hatte. Sophie hatte einiges über diese Insel gelesen. Damals waren aus Angst vor der Invasion Bunker an den Stränden gebaut und schwere Geschütze in Stellung gebracht worden. Wie sehr musste das den Vater von Ferdinand, diesen sensiblen Künstler, deprimiert haben, diese Zerstörung seiner Lieblingsplätze. Aber Sylt wurde kaum bombardiert, und später wuchsen über alles Unschöne die unverwüstlichen Pflanzen der Sylter Flora und bestimmt auch wieder die Dünenrosen. Und die Insel erholte sich schnell wieder von den schweren Zeiten, und der Fremdenverkehr stellte sich auch bald wieder ein. Das war die Zeit gewesen, in der Ferdinand Luise kennengelernt haben musste und dann nach Stralsund gegangen war, um dort Schreiner zu werden.

Sophie schüttelte den Kopf. Wenn Luise damals nicht nach Sylt gekommen wäre ... aber dann wäre Ferdinand auch nie Katharina begegnet, und dann ... nun, es hatte keinen Sinn, darüber nachzudenken. Das Leben ging seinen Weg, und man konnte sich zwar manchmal für den einen oder anderen entscheiden, aber nicht immer. Man musste auch lernen, sich dem Lauf der Dinge zu fügen, das hatte auch ihre Großmutter oft gesagt.

# 38

Sophie nahm das Heft wieder zur Hand und las weiter. Die nächsten Eintragungen waren erst im Spätherbst 1954 erfolgt: *Nun ist es abgemacht, Viktoria hat mir über Bekannte eine Stelle in Rostock besorgt. Ich kann nicht mehr so weiterleben. Niemand darf von mir und Ferdinand erfahren, auch meine Eltern nicht. Wir dürfen uns nur heimlich treffen, und bevor unsere Liebe daran kaputtgeht, werde ich mich von Ferdinand trennen. Ich habe ihm nichts gesagt, werde ihm einen Brief schreiben. Er wird meine Entscheidung verstehen. Ich bin zutiefst unglücklich, aber es geht nicht anders. Es wird für mich sehr schwer, Rügen den Rücken zu kehren. Ich werde Viktoria und meine Eltern nicht mehr so oft sehen können. Auch meine Kolleginnen und die Kinder, die an mir hängen und ich an ihnen. Aber ich kann mich nicht mehr mit Ferdinand treffen. Ich muss ihn aus meinem Herzen verbannen. Vielleicht eines Tages, wenn es nicht mehr so schmerzt, werde ich wiederkommen. Das sage ich mir immer wieder. Ferdinand wird dann sicher immer noch hier wohnen und vielleicht Kinder haben und hoffentlich zufrieden sein. Wenn wir uns dann wie zwei alte Freunde sehen könnten, wäre das schön, und ich hätte ihn nicht ganz verloren.*

Damit endete das dritte Heft. Sophie öffnete nun zögernd

das vierte. Wie war es Katharina wohl ergangen in den nächsten Jahren? Hatte sie eine neue Liebe gefunden? War sie als Kindergärtnerin erfolgreich gewesen? Hatten die Jahre in der Großstadt sie verändert?

*Sommer 1969*, stand da auf der ersten Seite. Das war doch, Sophie rechnete nach, fünfzehn Jahre später, und zwischendurch keine einzige Eintragung. Schade, sie hätte so gerne gewusst, ob Katharina in Rostock mit der Zeit ihren Seelenfrieden wiedergefunden hatte.

Sie las weiter: *Ich habe mein Tagebuch wiederentdeckt, als ich nach Hause kam. Es lag noch immer in der Nachttischschublade, die oben in der Kammer steht. Mutter ist krank, deshalb bin ich zurückgekommen. Ich bin wieder da, und ich bleibe auf meiner geliebten Insel. Ich habe viele Erfahrungen in Rostock gemacht und viel gelernt. In der Zwischenzeit bin ich nur ganz selten hier gewesen, zuletzt als mein Vater vor einem halben Jahr gestorben ist. Und obwohl es mir in Rostock gefallen hat, ist die Stadt nie eine Heimat für mich geworden. Eigenartig, dass ich das Tagebuch so ganz vergessen hatte. Aber vielleicht wollte ich an die traurige Zeit damals, als ich fortmusste, einfach nicht erinnert werden.*

*Es hat sich bei uns nichts verändert. Die Balken am Fachwerk des Hauses hat Papa vor seinem Tod noch frisch gestrichen, die roten Ziegelsteine hat er auch ausgebessert. Im Garten wächst meine geliebte Weide, die inzwischen ziemlich groß geworden ist. Nun kann man schon in ihrem Schatten sitzen. Der Dünenhügel hinter dem Haus trägt seine Heidekrautmütze. Und bald wird hier alles violett blühen. Viktoria ist da, um mich zu begrüßen, sie hat zwei Kinder, Hella und Adelina, und ist mit dem dritten schwanger.*

*Ich beneide sie schon ein wenig. Wir sind nun siebenunddreißig, und unsere Lebenswege haben sich so verschieden gestaltet.*

Sophie legte das Heft auf den Tisch. Sie rechnete nach. Hella musste damals neun Jahre gewesen sein und Adelina fünf, und das ungeborene Kind war Michael. Wie schön, auf diese Weise etwas von ihm zu erfahren. Hoffentlich gab es noch mehr Geschichten über Viktorias Kinder zu lesen.

Sie nahm das Heft wieder auf und las weiter: *Ich selbst werde wohl allein bleiben. Ich hatte in Rostock einen netten Mann kennengelernt, der mich heiraten wollte, aber ich liebe ihn nicht. Ich kann Ferdinand nicht vergessen, und ich möchte lieber ohne einen Mann leben als mit einem, den ich zwar gern habe, aber niemals lieben werde. Ich habe mir vorgenommen, Ferdinand zu besuchen, wenn ich wieder da bin. Schon wenn ich nur daran denke, bekomme ich Herzklopfen. Aber es ist vielleicht die einzige Möglichkeit, endlich meinen Frieden zu finden. Wir werden uns wahrscheinlich auseinandergelebt haben, und wenn ich fühle, dass er nur noch ein Traum in meiner Seele ist und die Wirklichkeit ganz anders aussieht, dann kann ich endgültig von ihm Abschied nehmen.*

*Viktoria ist überglücklich, dass ich wieder da bin. Sie will, so oft es geht, mit den Kindern hier heraus nach Karow kommen. Sie hat mich bereits gefragt, ob ich nicht ab und zu auf sie aufpassen kann, denn sie möchte einiges in ihrem Haus ändern – Zimmer neu gestalten und einrichten, andere Vorhänge und Kissen nähen. Und wenn dann das Baby da ist, wird sie den Kinderwagen bei mir im Garten unter die Weide in den Schatten stellen.*

*Natürlich passe ich auf Viktorias Kinder auf. Meine Mut-*

*ter ist nicht sehr anspruchsvoll, am liebsten sitzt sie im Sessel am Fenster. Sie kann nur noch mit meiner Hilfe gehen, und so werde ich die nächste Zeit mit meiner Mutter und Viktorias Kindern verbringen. Das ist gar nicht so schlecht. So bin ich nicht allein. Und wenn ich auch keine eigenen Kinder habe, ist das nicht schlimm. Ich soll die Patentante für Viktorias drittes Kind werden. Das freut mich jetzt schon.*

Sophie lehnte sich auf dem Sofa zurück. Siebenunddreißig Jahre alt war Katharina damals gewesen. Sie war jetzt vierunddreißig und auch nicht verheiratet. Aber sie hatte wenigstens ein Kind. Sie steckte sich ein Kissen in den Rücken und las weiter, sie konnte jetzt einfach nicht aufhören: *Frühjahr 1970. Viktorias drittes Kind ist da – ein Junge, er heißt Michael. Ich bin genauso glücklich wie sie. Sie hat ihn bereits ein paarmal hierher gebracht. Mit dem Kinderwagen bin ich ein Stückchen rausgefahren. Die Wiesen sind schon ganz grün, der Raps fängt bald an, gelb zu blühen. Die Weißdornbüsche sind voller Blüten, und bald werden auch die Obstbäume ihre Knospen öffnen. Am meisten freue ich mich auf die Apfelbäume und die Quitten, mit ihren rosafarbenen Blüten. Ich möchte bei uns im Garten ein Quittenbäumchen pflanzen, denn ich mag Quittenmus.*

*Meine Mutter wird immer schwächer, aber sie ist eine sehr zufriedene Patientin. Mir scheint, sie hat mit ihrem Leben im Frieden abgeschlossen. Manchmal erzählt sie mir eine kleine Geschichte von der Zeit, als ich nicht hier war. Von meinem Vater, der 1960 doch noch gezwungen wurde, in diese Landwirtschaftliche Produktionsgenossenschaft einzutreten. Und wie er am Anfang unglücklich darüber war, nicht mehr selbst über seine Äcker bestimmen zu kön-*

*nen. Er war ein sehr schweigsamer Mann geworden, erzählte sie mir. Er hatte sein ganzes Leben lang über sein eigenes Land verfügen können, und nun musste er nach einem vorgegebenen Plan säen und ernten. Er hat seine Erfahrungen und sein Gefühl für die Erde und das Wetter nicht mehr einbringen können. Das hat ihn unzufrieden gemacht.*

*Ich sitze oft neben Mutter und lese ihr vor. Sie mag Kinderbücher wie Bambi oder Heidi, und wenn ich eines fertig gelesen habe, kann ich wieder von vorn anfangen, weil sie vergessen hat, wie die Geschichte geht.*

Das klang eigentlich ganz gut. Katharina schien sich wohlzufühlen. Und Ferdinand? Offensichtlich hatte sie ihn noch nicht besucht in der Zeit, seit sie hier war. Aber auf der neuen Seite verriet Katharinas Schrift, dass sie ziemlich aufgewühlt war: *Juni 1970. Endlich habe ich mich getraut, nach Putbus zu fahren. Von Viktoria weiß ich, dass es die Schreinerei Kühn noch gibt, Ferdinand auch noch da ist und seine Frau. Sie haben keine Kinder. Er wird im Herbst zweiundvierzig. Ein reifer Mann inzwischen.*

*In Putbus bin ich zuerst in den Schlosspark gegangen. Das Schloss hat man abgerissen! Es ist nur noch ein Haufen Schutt da. Mir kamen die Tränen. Es war in den letzten Jahren schon ziemlich heruntergekommen, aber man hätte es doch wiederherrichten können. Ich war damals mit Ferdinand oft im Park, der nun inzwischen ziemlich zugewuchert ist. Die Büsche wachsen einfach weiter. Ich saß am See, so wie ich immer mit Ferdinand dort gesessen und wir über eine Zukunft geredet haben, die es für uns nicht geben würde. Nach einer Weile bin ich dann aufgestanden und zur Schreinerei gegangen. Ich war ziemlich aufgeregt, und am liebsten wäre ich wieder umgekehrt. Aber ich wollte jetzt eine Begegnung mit ihm und nicht irgendwann einmal zufällig, wenn ich überhaupt nicht darauf gefasst wäre.*

*Ich ging über den Hof zur Werkstatt, die einen Anbau bekommen hatte. Ich machte die Tür zur erweiterten Halle auf und sah Ferdinand sofort. Er stand mit dem Rücken zu mir, groß und schlank, aber nicht mehr so hager, etwas gebeugt und in ein Gespräch mit einem jungen Mann vertieft, vielleicht einem Lehrling. Als der mich bemerkte und Ferdinand dies mitteilte, hat er sich umgedreht. Er hat nur dagestanden und kein Wort gesagt, mich nur angesehen. Sein Gesichtsausdruck verriet alles: Überraschung, Ungläubigkeit, plötzlich Freude, dann wieder Ernst, Zurückhaltung. Ich habe schon immer in seinem Gesicht seine Gefühle lesen können, nichts hatte sich verändert. Ich stand ganz still da. In seinen Haaren entdeckte ich erste graue Strähnen, und da kamen mir die Tränen.*

*Erst nach einer Weile, der Junge war inzwischen weggegangen, ist Ferdinand auf mich zugekommen. Er hat nur »Katharina« gesagt. In seiner Stimme lag all das, was ich mir immer in den vergangenen fünfzehn Jahren gewünscht und von dem ich gefürchtet habe, es sei nur ein Traum, der inzwischen schon längst vergangen wäre: Wärme, Liebe und eine tiefe Vertrautheit. Dann hat er meine Hände genommen, etwas seinem Kollegen im Hintergrund zugerufen und mich mit sich gezogen, hinaus in die Sonne, in den Schlosspark, wo wir allein sein konnten. Wir sind zusammen wieder die alten Wege gegangen. Er hat nicht gefragt, warum ich fort war. Er hat es gewusst. Wir haben uns alles erzählt, was uns in den Sinn gekommen ist, und auch geschwiegen und uns an den Händen gehalten, als wären wir nur einen Tag getrennt gewesen. Und dann hat er gesagt:*

*»Schau, unser Park, er hat die Jahre nicht unversehrt überstanden. Aber unsere Liebe ist immer noch lebendig und am Blühen. Ach, Katharina, ich habe dich nie vergessen, und dass du auf einmal wieder da bist, ich kann es noch kaum glauben …«*

*Am späten Nachmittag, als ich wieder fahren musste, wollte er mich nicht gehen lassen und bat, ich solle wiederkommen, wir können uns treffen wie früher. Aber ich habe den Kopf geschüttelt. Nicht mehr so wie früher. Da hat er geschwiegen und mich lange angesehen. Ich bin schließlich gegangen, und er hat weiter am See gesessen. Ich sehe noch seinen gebeugten Rücken und den Kopf, den er in die Hände gestützt hatte.*

*Ich weiß genau, was ich will: alles oder gar nichts. Anders geht es nicht. Ferdinand ist noch nicht so weit, die Entscheidung liegt jetzt bei ihm. Ich bin ganz ruhig, wir lieben uns immer noch. Und das ist das Wichtigste.*

# 39

Sophie legte das Heft beiseite. Es war schon wieder spät geworden. Morgen früh wurde sie in den Praxisräumen erwartet, die Handwerker hatten sich bereits für sieben Uhr angemeldet. Beates Mann wollte wissen, welchen Schreibtisch Sophie ausgesucht hatte, und nachmittags musste sie eine Wohnung in Bergen anschauen – drei Zimmer unterm Dach, kein Garten, aber nicht allzu teuer. Ob die Vermieter wohl eine Katze und Meerschweinchen dulden würden?

Die Stiftung, der das Haus nun gehörte, hatte ihr mitgeteilt, sie könne sich von den Möbeln der unteren Wohnung aussuchen, was sie noch haben wolle, bevor sie verkauft würden. Sie war froh darüber, denn sie hatte keine Waschmaschine, und auch für einen Teil des Geschirrs von Katharina und für einige schöne alte Stühle und Schränke hatte sie sich entschieden. So war das ein Andenken an sie, und in einer neuen Wohnung hatte sie dann wenigstens die vertrauten Möbel um sich. Der Garten würde ihr fehlen. Sie wäre am liebsten in Karow geblieben. Mona hatte schon protestiert, sie wollte nicht umziehen, wollte bei Lena und den Ponys bleiben und ihre Katze die Meerschweinchen behalten. Aber in Karow war eine freie Wohnung in nächster Zeit nicht in Sicht.

Gerade als Sophie ins Bad gehen wollte, klingelte das

Telefon. Wer rief sie so spät noch an? Aber dann, als sie den Hörer abnahm, schlug ihr Herz gleich höher, denn es war Michael. Am liebsten hätte sie ihm gesagt, dass sie heute schon etwas über ihn gelesen hatte. Aber sie wusste immer noch nicht, ob sie ihm von den Tagebüchern erzählen sollte.

»Sophie«, sagte er mit seiner ihr so vertrauten dunklen Stimme, »wie schön, dass du noch nicht im Bett bist. Wie geht es dir? Hast du schon eine Wohnung?«

»Nein, leider nicht. Morgen kann ich mir eine in Bergen anschauen – drei Zimmer unterm Dach, ohne Garten, aber nicht teuer. Ich muss schon nehmen, was sich mir bietet, sonst stehe ich im April auf der Straße.«

»Das gefällt mir gar nicht«, erwiderte er zögernd. »Es ist wichtig, dass du etwas findest, in dem du dich wohlfühlst. Und so wie ich dich kenne, brauchst du, genau wie ich, viel Grün um dich herum.«

»Ja, aber mein Traumhaus auf dem Land ist nun mal ein unerfüllbarer Wunsch, da ist leider nichts zu machen.«

Michael lachte leise. »Ja, das würde mir auch gefallen, und wenn ich zaubern könnte, ich würde dir jetzt sofort das alles zu Füßen legen.«

»Michael«, hakte Sophie vorsichtig nach, »ist die Wohnung der einzige Grund, warum du noch so spät anrufst?«

Er schwieg kurz, dann antwortete er: »Nein, ich werde … Clarissa möchte, dass ich, wenn jetzt der Hof in Dalkvitz fertig ist, zu ihr nach Stralsund ziehe. Wir haben das schon länger besprochen. Sie hat diese große Villa am Rand der Stadt und fühlt sich allein dort. Und sie möchte auch, dass ich an ihrem Projekt in Prora mitarbeite.«

Sophie war wie erstarrt. Ihr war klar gewesen, dass Michael eines Tages nach Stralsund ziehen würde, doch nicht so bald, nicht schon jetzt. Was sollte sie dazu sagen? Und warum teilte er es ihr so spät am Abend noch mit? Hatte er sich nicht getraut, es ihr zu sagen?

»Sophie«, hörte sie seine Stimme, »ich habe es ihr versprochen. Und ich dachte, wir könnten morgen Nachmittag zum Nonnensee rausfahren, am See entlanggehen und uns so noch mal in aller Ruhe sehen. Ich bin schon dabei, meine Sachen zu packen, aber ein paar Tage habe ich noch Zeit. Du kommst doch mit?«

Mein Gott, was verlangte er da von ihr? Und warum? Wenn er gehen wollte, warum verschwand er dann nicht einfach, ohne sie noch mit einem langen Abschied zu quälen? Am liebsten hätte sie ihm entgegnet: Warum machst du immer, was Clarissa sagt? Ist es das, was du wirklich willst? Gerade noch hast du gesagt, du wohnst gern im Grünen, und nun ziehst du nach Stralsund. Und deine Stimme klingt überhaupt nicht froh! Aber das alles konnte sie ihm nicht sagen, und so antwortete sie lediglich: »Ja, gern, treffen wir uns dort am See?«

»Kannst du in Bergen bei mir vorbeikommen?«, fragte er. »In meine Wohnung? Wir fahren dann zusammen.«

»Gut, ich bin gegen vierzehn Uhr bei dir.«

»Danke«, sagte er, »und, Sophie, Stralsund ist nicht am anderen Ende der Welt.« Dann legte er auf.

Sollte das ein Trost für mich sein? Es klingt eher nach einem Trost für ihn selbst, dachte Sophie. Er liebte die Insel, die alten Katen, die geheimnisvollen Orte und die Geschichten und Sagen, die Felder, Wiesen und die lichten Buchenwälder. Ja, Stralsund war nicht am Ende der Welt, aber es waren nicht die Kilometer, die sie dann trennten, es war viel mehr.

In dieser Nacht fand Sophie lange keinen Schlaf. Sie dachte an Katharina, die nach so vielen Jahren ihren Ferdinand wiedergefunden hatte, ohne dass sich an ihrer Liebe etwas geändert hatte. Und die nun vielleicht wieder auf ihn verzichten musste, weil er sich nicht klar für sie entscheiden konnte, aus welchen Gründen auch immer. Sie dachte an Michael, den sie liebte und der auch für sie nicht erreichbar war. Aber Katharina hatte wenigstens die Sicherheit gehabt, dass sie wiedergeliebt wurde. Bei Michael war das anders, bei ihm war sich Sophie nicht klar, was er fühlte. Manchmal hatte sie das Gefühl, dass sie ihm nicht gleichgültig war und er viel lieber mit ihr zusammen wäre als mit Clarissa. Aber nun hatte er sich endgültig für Clarissa entschieden. War es so schwer für einen Mann, sich über seine eigenen Gefühle klarzuwerden und sich dann danach zu richten? Auch wenn damit zuerst einmal eine klare Absage an die Frau, an die er gebunden war, nötig wäre? Hatte Katharina Ähnliches erlebt wie jetzt sie? Hätte sie vielleicht ihren Ferdinand am liebsten am Kragen gepackt und geschüttelt, bis er mit fliegenden Fahnen und ganz klarer Entscheidung sich zu ihr bekannt hätte?

In dieser Nacht hatte Sophie nur wenig geschlafen. Und am Morgen war sie froh, gleich nachdem sie Mona im Kindergarten abgeliefert hatte, in die Praxisräume in Bergen fahren zu können. Überall wurde jetzt eifrig geschraubt und gehämmert, außer in Dr. Karls altem Sprechzimmer. Dort wurde die Notsprechstunde für die nächsten drei Wochen aufrechterhalten. Dann sollte das neue Sprechzimmer für Sophie fertig sein, und Dr. Karl würde seine Praxis schließen, bis auch alles andere gerichtet war und sie und Beate Lukas ihre Praxis eröffnen würden.

Die Wand zur Nachbarwohnung war bereits geöffnet worden, um eine breite Tür einzubauen. Danach kam ein neuer Boden rein, und dann wurde die Einrichtung angeliefert. Ein wenig aufgeregt war Sophie schon. Ihr erstes eigenes Reich entstand – ihr Schreibtisch, die Schränke mit den Medikamenten und Instrumenten, eine Liege. Viele kleine Patienten kannte sie schon aus der Praxis von Dr. Burg und hoffte, sie würden dann in die neue Praxis zu ihr kommen. Und vor allem freute sie sich darauf, sie nun regelmäßig betreuen zu können und nicht nur zweimal in der Woche. Dr. Burg wollte noch einige Monate weiterarbeiten, wäre aber keineswegs böse darüber, wenn ein Großteil der Mütter nun schon zu den neuen Kolleginnen wechselte.

Beate Lukas hatte vorgeschlagen, dass sie beide täglich vormittags ihre Sprechstunden abhalten würden. Das passte Sophie gut, denn da war Mona im Kindergarten oder später dann in der Schule. Die Nachmittagssprechstunden wollten sie sich teilen, so dass jede nur zweimal in der Woche auch nachmittags noch Sprechstunde hatte. Auf diese Weise blieb genügend Zeit für beide, sich um Kind und Haushalt zu kümmern, und für sich selbst.

Der Vormittag auf der »Baustelle« ging so schnell vorüber, dass Sophie, als sie einmal auf die Uhr schaute, feststellte, dass sie sich beeilen musste, um rechtzeitig in Michaels Wohnung zu sein. Sie nahm sich vor, keine traurige Abschiedsstimmung aufkommen zu lassen. Wie ihr zumute war, das ging niemanden etwas an. Sie würden einen Spaziergang machen, sie würde von der Praxis erzählen, er vielleicht von der Villa in Stralsund, und dann wollte sie ihm die Hand geben und gehen. Der Kummer, der bestimmt danach kam, den wollte sie mit sich allein ausmachen.

# 40

Pünktlich um zwei stand sie dann vor dem schönen alten, hohen Fachwerkhaus in der Nähe vom Markt. Michael wohnte ganz oben. Seine Schwester Adelina lebte mit ihrer Familie in den unteren zwei Stockwerken, nachdem die Eltern nach Binz gezogen waren.

Als Sophie klingelte, erklang Michaels Stimme aus der Gegensprechanlage: »Kannst du noch kurz raufkommen, Sophie? Es gibt leider keinen Aufzug, aber du bist ja gut zu Fuß.«

In dem hellen, großzügigen Treppenhaus mit den alten, schön geschwungenen Holzhandläufen und schon etwas ausgetretenen Treppenstufen roch es nach Bienenwachs. Überall auf den Fensterbrettern in jedem Stockwerk standen Blumen. Ganz oben führte eine breite Glastür zu Michaels Wohnung. Sie stand offen, und Sophie trat ein. Er kam ihr entgegen, nahm sie an beiden Händen und freute sich sichtlich. Und Sophie musste sich zurückhalten, um ihm nicht einfach in die Arme zu fallen.

»Komm, Sophie«, bat er stolz. »Hier aus dem Wohnzimmerfenster kannst du über Bergen blicken und noch ein Stückchen von der Insel sehen. Und ganz hinten ist der Jasmunder Bodden, und dann kommt das Meer. Ist das nicht herrlich?«

Ja, es war ein einmaliger Ausblick. Und den wollte er aufgeben? Überall standen schon Umzugskartons herum, leere Regale lehnten an den Wänden, und ein Teppich war aufgerollt. Michael wirkte heute lange nicht so bedrückt wie am Abend zuvor. Vielleicht freute er sich doch, zu seiner Clarissa zu kommen, und Sophie wollte ihm diese Freude nicht mit ihrer Traurigkeit schmälern.

Auf der Fahrt zum Nonnensee erzählte er ihr, dass dieser See vor Jahren einmal trockengelegt werden sollte, gegen den heftigen Widerstand der Naturschützer. Man wollte neue Weideflächen gewinnen. Aber das mit dem Auspumpen hatte nicht geklappt, und so blieb der See erhalten.

»Es ist ein beliebter Platz für Vögel. Sie brüten hier oder machen Rast, wenn sie nach Süden ziehen oder nach Norden. Im Frühjahr und Herbst ist es ein endloses Geschnatter, jede Menge Wildgänse und Enten und Schwäne kannst du hier sehen, auch Kraniche und kleinere Zugvögel. Wir können ein Stückchen am Rand entlanggehen, das wird dir gefallen.«

Der See, größer als Sophie ihn sich vorgestellt hatte, lag ruhig und still zwischen ausgedehnten Wiesen, die noch vom Winter gelbbraun waren. Viele kleine noch kahle Baumgruppen lockerten die Landschaft auf. Im Schilf hörte man einige Vögel zwitschern, auf dem Wasser schwammen Möwen und Blässhühner, Haubentaucher, Enten und ein paar Schwäne.

Sophie holte tief Luft. »Das ist ja ein richtiges kleines Paradies hier«, sagte sie erfreut. »Wieder eine Entdeckung für mich. Ich glaube, ich werde Jahre brauchen, bis ich alle schönen Winkel und Ecken auf Rügen kenne.«

»Die Insel ist nun schon deine Heimat geworden, stimmt's? Du liebst sie bereits genau so wie ich«, sagte Michael. »Komm, wir können auf dem Uferweg ein Stückchen entlanggehen. Hier gibt es immer wieder andere einzigartige Ausblicke.«

Er sprach nicht mehr von Clarissa und Stralsund. Er war fröhlich und erzählte Sophie, dass hinten am anderen Ufer jedes Frühjahr eine Kolonie Kormorane brütete. Und dass man hier noch Seeadler beobachten konnte und Eisvögel. »Das Wasser ist nicht tief, nur anderthalb Meter an den meisten Stellen, und von hier fließt die Duwenbeek, der einzige größere Bach auf Rügen, Richtung Westen und bei Ummanz in die Ostsee.«

»Wenn ich noch mehr höre, werde ich bald eine der besten Rügen-Kennerinnen sein«, stellte Sophie fest.

»Gut, dann werde ich dir auch noch die Geschichte vom Nonnenkloster erzählen«, meinte Michael und lachte.

»Geschichten höre ich besonders gern, wie du ja inzwischen weißt. Damit kannst du mich immer ködern«, stimmte Sophie begeistert zu.

Und so schlenderten sie gemächlich am See entlang, und Sophie wünschte sich, es wäre nicht das letzte Mal. Aber daran wollte sie jetzt nicht denken.

»Hier, wo der See ist, stand einmal ein Kloster. Die Nonnen benahmen sich gar nicht so, wie es Nonnen eigentlich sollten. Sie hatten goldene Teller und Gerätschaften, waren so reich, dass sie Unmengen Salz kauften, das damals sehr begehrt und teuer war, und im Sommer darauf Schlitten fuhren.«

Michael nahm wie selbstverständlich Sophies Hand. Es fühlte sich gut an. Und während sie so am Ufer entlanggingen, erzählte er weiter: »Und diese Nonnen waren dazu noch geizig. Wenn jemand, der Hunger hatte, bei ihnen anklopfte, schickten sie ihn fort. Eines Tages, an einem Pfingstmontag, versank dieses Kloster mit allen Bewohnern und dem vielen Gold in der Erde, und an seiner Stelle entstand ein See. Wenn man an einem Pfingstmorgen ganz früh hier vorbeigeht, kann man die Glocken hören, die aus dem See heraufschallen und ein Stöhnen und Klagen der Nonnen, die nun nie mehr im Sommer Schlitten fahren können.«

Sophie blickte Michael an, der noch immer ihre Hand hielt. »Wenn diese Nonnen sich mit der schönen Landschaft hier begnügt und sich an selbst angebautem Gemüse erfreut hätten, wäre das nicht passiert«, meinte sie, die Geschichte weiterspinnend. »So sind sie selbst schuld. Aber kann man sie nicht erlösen? In den meisten Sagen gibt es doch immer einen Hinweis, wie man verwunschene Gestalten erlösen kann, und dann bekommt man die unterirdischen Schätze. Stell dir vor, wir hätten dann all das Gold, das sich im Kloster befindet, und ich könnte mir meinen Bauernhof kaufen.«

Michael warf ihr einen heiteren Blick zu. »Da gibt es noch mehr Möglichkeiten hier auf Rügen. Unter dem Burgwall in Garz befinden sich Berge von Edelsteinen und Goldtalern, die von einem alten grauen Männlein gehütet werden. Und vor Kap Arkona liegt ja die ganze Stadt tief unten im Meer, ebenfalls mit vielen Reichtümern. In den Kreidefelsen gibt es unzählige Höhlen, in denen der bekannte Seeräuber Störtebeker sein Raubgut gelagert hat. Ja, die Rüganer sitzen auf einer wertvollen Insel. Nur hat keiner bisher etwas davon gefunden.«

Sophie lächelte und schwieg, und dann dachte sie daran, dass sie alles Gold und alle Edelsteine und alle Bauernhöfe dafür eintauschen könnte, wenn Michael hierbleiben würde. Aber dieser Spaziergang mit ihm, Hand in Hand am Nonnensee entlang, war für sie der Abschied. Doch sie ließ sich nichts anmerken, und auch Michael vermied das Thema Abschied.

Dann war es auch schon bald wieder Zeit umzukehren, und der Zauber dieses Nachmittags war verschwunden wie das Kloster im See. Michael brachte sie zu seinem Haus zurück, drückte ihr vor der Haustür die Hand, zögerte noch kurz, als wolle er noch etwas sagen, wandte sich dann aber schnell um und verschwand im Hausflur.

Erst abends, als Mona bereits im Bett lag und Sophie auf ihrem Sofa saß, kamen ihr die Tränen. Es wurde ihr klar, dass sie nun doch wieder über eine unglückliche Liebe hinwegkommen musste, obwohl sie sich fest vorgenommen hatte, sich nie wieder in den falschen Mann zu verlieben.

# 41

Sie entschloss sich, heute Katharinas Tagebuch zu Ende zu lesen. Dann konnte sie sich auch von dieser Geschichte frei machen, die ihr mehr zu Herzen ging, als sie wollte. So würde sie beide Geschichten beenden, ihre mit Michael und die von Katharina. Sie würde die Hefte einpacken und sie Michael schicken und dann versuchen, ihr Gleichgewicht wiederzufinden. Ein Glück kommt, ein anderes geht, dachte sie. Im Beruf lief alles nach Wunsch, aber privat segelte sie immer noch kreuz und quer und fand keinen klaren Kurs. Ein Gleichnis fiel ihr ein, das ihr ihre Großmutter einmal erzählt hatte: Das Leben ist wie ein Segelschiff, die Gefühle sind der Wind, der das Schiff vorwärtsbringt, die Vernunft ist das Ruder. Ohne Wind kann das Ruder nichts ausrichten, und ohne Ruder bringt einen der Wind nicht zum Ziel, beides gehört zusammen. Auch Unglücklichsein kann einen vorwärtsbringen, wenn man das Ruder nicht loslässt und sich nicht im Schiff verkriecht.

Nein, dieses Mal wollte Sophie sich nicht verkriechen. Und sie würde auch nicht mehr in ihr Tagebuch schreiben. Es gab so vieles, für das sich das Weiterleben mit Mut und Zuversicht lohnte. Katharina hatte das auch gewusst, es war in ihrem Tagebuch, an ihr selbst zu spüren gewesen. Sie war keine verbitterte, alte Frau geworden, sondern eine liebevolle, warmherzige, auch wenn sie das Leben mit ihrem geliebten Ferdinand nicht hatte teilen können.

Sophie holte Katharinas Tagebuch hervor und begann zu lesen: *Sommer 1970. Ferdinand hat sich nicht mehr gemeldet. Ich war die ganze Zeit so unglücklich und unruhig, dass ich einen Ausflug an den Herthasee gemacht habe. Ich weiß, es ist dumm, daran zu glauben, dass dort eine unglückliche Liebe sich oft ins Glück wendet. Aber vielleicht ist an den alten Sagen doch etwas dran.*

Sophie legte das Heft wieder weg, lehnte sich auf dem Sofa zurück und schloss die Augen. Der Herthasee! Michael hatte einmal erwähnt, dass er mit ihr dorthin fahren wolle. Er hatte damals auch etwas über unglückliche Liebe gesagt und dabei sie und Leonardo gemeint. Aber schon damals hatte sie gewusst, dass ihre unerfüllte Liebe nicht mehr dem Vater ihrer Tochter galt, sondern Michael. Er war nicht mehr auf dieses Thema zurückgekommen, und sie waren nicht zum Herthasee gefahren. Vielleicht weil er gesehen hatte, dass Sophie sich oft mit Julian traf und den Herthasee gar nicht mehr brauchte. Aber was war das für eine Sage, die sich um diesen See rankte? Vielleicht würde sie in Katharinas Tagebuch die Antwort finden. Sie nahm das Heft wieder in die Hand und las weiter: *Ich schreibe das alles für meine Kinder auf, wenn ich jemals doch welche haben werde, und so sollen sie auch die Sage vom Herthasee kennenlernen. Der Herthasee liegt auf der Halbinsel Jasmund, tief im Wald, und auf der Herthaburg wohnte einst die Göttin Hertha. Von der Burg ist heute nur noch der Burgwall übrig. Ich saß auf diesem Wall, es war still, die Buchen bildeten ein grünes Dach über mir. Hier lebten der Sage nach einmal die Göttin und ihre Jungfrauen, die schönsten aus dem ganzen*

*Land. Die Göttin war streng, aber auch weise. Sie wachte über die Ernte und bewahrte die Einwohner vor Streit und Kriegen. Eine der Jungfrauen jedoch verliebte sich in einen Ritter, und der Priester, der diese jungen Mädchen bewachte, erfuhr davon. Er bat die Göttin Hertha, ihm mit einem Zeichen die junge Frau zu zeigen, die das Gesetz übertreten hatte. Die Göttin ließ sie alle barfuß über den Opferstein gehen, und bei einem der Mädchen drückte sich nicht nur ihr eigener Fuß in den Stein, sondern auch der eines Kindes. Der Priester stürzte sie voller Zorn über die Kreidefelsen in die Tiefe, doch die Göttin hatte ein Einsehen: Sie fiel in die Arme ihres Ritters, der dort unten auf seinem Schiff wartete. Er nahm sie mit sich, und sie sind eine glückliche Familie geworden. Den Stein gibt es heute noch, und man kann auch die Abdrücke eines großen und eines kleinen Fußes sehen.*

*Ich strich mit der Hand über den Sagenstein und wünschte mir, dass Ferdinand zu mir käme und wir zusammen irgendwohin gehen könnten, wo wir immer zusammen sein, heiraten und Kinder bekommen würden. Als es dunkel wurde, bin ich mit dem Fahrrad wieder nach Hause gefahren. Mir bleibt nichts anderes übrig, als zu warten. Aber ich habe mir eine Frist gesetzt. Ich werde nicht den Rest meines Lebens mit der Hoffnung verbringen, dass der Mann, den ich liebe, sich doch noch für mich entscheidet. Ich werde im Herbst, wenn die Kraniche kommen und die Singschwäne durch die Nacht fliegen, endgültig Abschied von ihm nehmen, nur für mich, und dann nach vorn schauen. Vielleicht gehe ich dann auch wieder fort. Ich weiß es noch nicht. Aber ich werde mir dann ein Leben aufbauen, das auch ohne ihn ein gutes Leben für mich sein wird. Das habe ich mir ganz fest vorgenommen, und das werde ich auch tun. Ende September 1970*, las Sophie mit Spannung weiter: *Als ich heute vom Einkaufen zurückkam, stand Ferdinand vor der Tür. Ich war völlig sprachlos und überrascht. Seit unserer Begegnung im Park hatte ich nichts mehr von ihm gehört. Ich war schon dabei gewesen, ihn endgültig aufzugeben. Und nun stand er vor mir, schmaler geworden, blass, aber auch irgendwie ruhig, wie jemand, der endlich seinen Weg gefunden hat. Als er mich am Arm nahm, spürte ich die Wärme seiner Hand. Er bat mich, ein Stück mit ihm den Weg Richtung Trips zu gehen, denn er müsse mir etwas sagen.*

Sophie ließ das Heft sinken. Genau auf diesem Weg war sie vor nicht allzu langer Zeit mit Michael gegangen zu den Küchenschellen. An diesem Tag hatte Sophie das Gefühl gehabt, dass er sie vielleicht doch mehr mochte, als er es sich eingestehen wollte. Wenn er sich in sie verliebt hatte, sollte er das selbst merken und ihr dann mutig eingestehen. Aber dazu war es nicht gekommen.

Sophie war gespannt, was Ferdinand Katharina Wichtiges mitzuteilen hatte. Sie las langsam weiter: *Es war ein warmer Tag. Das Getreide war schon abgeerntet worden, irgendwo zirpten ein paar Grillen.* Sophie konnte sich das alles genau vorstellen. Seit dieser Zeit hatte sich hier in der Umgebung auf dem Weg nach Trips nichts verändert. *Und dann begann Ferdinand zu reden. Er hat mir mit fester, ruhiger Stimme gesagt, dass er sich scheiden lassen möchte und auch die Schuld für das Auseinanderbrechen seiner Ehe auf sich nehmen will. Er meint, Luise wird sich nicht dagegen wehren. Sie und er haben sich auseinandergelebt. Ihr ist vor allem die Schreinerei wichtig, und die kann der junge Mann übernehmen, den er ausgebildet hat und der jetzt ge-*

*rade seinen Meister macht. Er, Ferdinand, wird schon eine neue Stellung finden. Darüber macht er sich keine Sorgen. Und dann möchte er mich so schnell wie möglich heiraten. Er liebt mich aus ganzem Herzen, und das wird immer so sein. Er will mich nie wieder weglassen, ohne zu wissen, wo ich bin und wie es mir geht, so wie in den vergangenen fünfzehn Jahren. Einmal hat er Viktoria angerufen und sie nach mir gefragt, aber sie hat nichts verraten.*

*Dann hat er mich fest in den Arm genommen, und so haben wir lange auf dem schmalen Weg gestanden. Ich dachte an den Sagenstein, und dass mein Ausflug zu ihm vielleicht doch geholfen hat. Oder mein Wunsch war so stark, dass er Ferdinand erreicht und ihn stark gemacht hat. Ich wusste, dass wir nun endlich zusammengehören durften, ohne schlechtes Gewissen, ohne Heimlichkeiten. Nach so vielen Jahren.*

*Ich bin überglücklich. Ferdinand hat nun doch alle Skrupel überwunden und sich für mich entschieden. Es wird nicht leicht für ihn sein. Luise muss zustimmen, die Leute werden reden, und die Schreinerei, die er nun verlassen muss, läuft ausgezeichnet. Aber er ist sich ganz sicher, dass dies der richtige Weg für ihn ist und für mich auch.*

*Es ist gut so. Wir haben nun viel Zeit, jetzt, wo alles klar ist. Er kann in aller Ruhe mit Luise reden und die Scheidung einreichen. Wir wollen uns ab und zu sehen, aber nicht zu oft, erst wenn er frei ist. Dann wird für uns ein neues Leben beginnen. Ich habe meiner Mutter nichts davon gesagt. Sie würde es nicht mehr verstehen, denn sie lebt jetzt in ihrer eigenen Welt. Aber Viktoria habe ich besucht und ihr alles erzählt. Sie hat mich umarmt und sich gefreut. Sie hat auch schon Pläne gemacht, was wir zusammen unternehmen werden, wenn ich dann auch ein Kind bekommen würde. Ich könnte noch zehn Kinder bekommen, hat sie gemeint. Aber mir würden zwei oder drei reichen.*

*Und nun habe ich jeden Tag Sonne im Herzen.*

*Ferdinand hat mir einige Tage später, als er mich wieder besuchte, gesagt, dass sein Vater vor ein paar Jahren gestorben ist. Seine Mutter lebt noch mit einer seiner Schwestern auf Sylt. Er will demnächst hinfahren und ihnen alles erzählen. Er weiß gar nicht mehr, warum er so lange gewartet hat, er fühlt sich nun viel ruhiger und zuversichtlicher als all die Jahre. Und eines Tages nimmt er mich mit nach Sylt als seine Frau, um sie alle kennenzulernen.*

Sophie ließ das Heft sinken. Das war ja eine Überraschung. Hatte Katharina also doch noch einige Jahre mit Ferdinand verbringen können? Aber warum wusste niemand etwas davon? Oder waren beide damals irgendwohin gezogen, um dem Gerede aus dem Weg zu gehen und ganz von vorn anzufangen?

Sie setzte sich auf dem Sofa zurecht und nahm das Heft wieder zur Hand. Die nächsten zwei Seiten waren leer, aber dann kam wieder ein Bericht: *Winter 1970. Es läuft alles gut. Die Scheidung ist eingereicht. Weihnachten könnten wir vielleicht schon zusammen als richtiges Ehepaar verbringen. Wir sind immer noch vorsichtig, treffen uns nur selten, aber bald wird das alles anders sein. Gestern brachte er ein großes, flaches Paket und bat mich, es gut aufzuheben. Seine Mutter hat es ihm bei seinem letzten Besuch mitgegeben. Es ist ein Bild, das sein Vater gemalt hat und das sein Lieblingsgemälde war. Er hat es immer bei sich zu Hause unter Verschluss gehalten. Einmal ist ein Kunstsammler gekommen und hat ihm eine Menge Geld dafür geboten. Aber sein Vater hat es nicht verkauft. Er hat es eingepackt und auf dem Dachboden verborgen, weil oft Leute zu ihm gekommen sind, um sich Bilder auszusuchen, und wenn sie dieses Bild sahen, wollten sie es sofort haben. Wir haben das Paket aufgemacht. Ein wunderbares Bild! Es heißt »Dünenrosen«. Ich konnte mich gar nicht satt daran sehen.*

Sophie legte das Heft auf den Tisch zurück. Sie stand auf und lief im Zimmer hin und her. Da war es, das Bild, und es war ihr jetzt auch klar, warum im Internet in den Kunstforen dieses Bild immer als verschollen galt und kein Foto davon existierte. Und warum es inzwischen so wertvoll geworden war. Katharina hatte es bei sich aufbewahrt. Aber was war dann damit geschehen? Wo war es jetzt? Was hatten Katharina und Ferdinand damit gemacht?

Sie setzte sich wieder und begann weiterzulesen: *Inmitten großer, weiß blühender Büsche Dünenrosen steht hoch über dem Meer eine junge Frau, es ist seine Mutter. Ferdinand sagt, die Stelle kennt er, er hat selbst oft dort oben gesessen. Der leichte Wind vom Meer hat ihre langen hellen Haare nach hinten geweht. Auch ihr luftiges Kleid bewegt sich in der Brise. Sie schaut übers Wasser und lacht so fröhlich, dass man am liebsten mitlachen möchte. Sie ist eine wunderschöne Frau. Ich kann verstehen, dass Ferdinands Vater das Bild nie hatte hergeben wollen. Es war sein Lieblingsbild. Als Ferdinand seiner Mutter von seiner großen Liebe zu mir erzählte, hat sie ihm das Bild geschenkt. Vielleicht sollte es ihm Glück bringen. So wie sie selbst glücklich gewesen ist mit ihrem David.*

*Wir haben das Bild wieder eingepackt, und ich habe es im Schlafzimmer unters Bett geschoben. Es soll das Erste sein, was wir in einer gemeinsamen Wohnung zusammen auspacken und aufhängen. Es ist wie ein gutes Omen für mich. Auch weil seine Mutter nun von mir weiß und uns beiden ihren Segen gibt. Das beruhigt mich. Für mich ist es wichtig, dass die Menschen um mich herum zu uns stehen. Meine Eltern hätten mir sicher Vorwürfe gemacht, hätten es nicht verstanden, dass eine Ehe auseinandergehen kann. Für sie galt noch das Versprechen, immer zusammenzubleiben. Aber Vater ist tot, und Mutter weiß nichts mehr. Sie schläft viel, sie dämmert ihrem Ende entgegen. Ich habe sonst keine engen Freunde. Nur Viktoria kennt unsere Pläne, und sie ist sehr glücklich darüber.*

Sophie sah, dass das Tagebuch hier endete, denn es kamen nur noch unbeschriebene Seiten. Was war geschehen? Es musste etwas passiert sein, etwas Schlimmes. Sonst hätte Katharina das Tagebuch nicht so enden lassen. Sie hätte bestimmt weitergeschrieben und von ihrer Liebe zu Ferdinand erzählt.

Und was war mit dem Bild passiert? Unterm Bett hatte Sophie schon nachgeschaut, da war nichts.

Sie blätterte bis zur letzten Seite, in der Hoffnung, doch noch eine Notiz zu finden. In dem Moment fiel ein Zettel heraus, ein Zeitungsausschnitt – Polizeibericht vom 19. Dezember 1970. Es war der Bericht über einen tödlichen Autounfall. Ein zweiundvierzigjähriger Mann war von einem Lastwagen auf eisglatter Straße frontal in seinem Auto gerammt worden und auf der Stelle tot gewesen.

Sophie saß reglos auf dem Sofa. Sie wagte kaum zu atmen. Jetzt wusste sie, warum Katharina ihren Ferdinand nie hatte heiraten können. Der Mann in dem Auto war Ferdinand gewesen. Ein Foto war dabei, ein völlig zerstörter Wagen auf einer schmalen Straße, rechts und links gesäumt von dicht stehenden Bäumen mit starren, schneebedeckten Zweigen, durch die fahl die Sonne schien.

Jetzt war das Rätsel gelöst, warum Katharina ihre Geschichte niemandem erzählt hatte und warum Sophie niemals irgendetwas von anderen über all dies erfahren konnte. Damals wussten nur vier Personen von ihrer großen Liebe – Katharina, Ferdinand, seine Mutter und Viktoria.

Und alle vier waren inzwischen gestorben.

# 42

Sophie sank auf dem Sofa nach vorn und bedeckte ihr Gesicht mit den Händen. Sie spürte den Schmerz, der Katharina damals überfallen hatte, als hätte sie selbst ihren geliebten Mann verloren. Nun kannte sie Katharinas ganze Geschichte – eine Geschichte ohne ein glückliches Ende. Und trotzdem war es eine erfüllte Geschichte gewesen, denn Katharina und Ferdinand waren über seinen Tod hinaus durch ihre Liebe verbunden gewesen. Sophie hatte es gespürt, dass trotz allen Leids Katharinas Herz immer voller Liebe geblieben war. Es war ein tröstlicher Gedanke, dass sie nun vielleicht mit ihm irgendwo zusammen sein konnte. Und sie wusste nun auch, dass das Bild in Katharinas Besitz gewesen war. Sie hätte es niemals weggegeben, um keinen Preis der Welt.

Und deshalb gab es eigentlich keinen Zweifel mehr, dass irgendjemand das Bild eines Tages entdeckt, gestohlen und an einen Sammler verkauft hatte. Katharina hatte ihr Haus nie abgeschlossen, die Menschen in Karow kannten einander alle und vertrauten sich gegenseitig. Aber ein Fremder hätte sich ohne weiteres bei ihr einschleichen können. Vielleicht hatte Katharina auch jemandem von dem Bild erzählt. Auf jeden Fall war es für Sophie endgültig verloren, daran bestand kein Zweifel mehr.

Sie stand mühsam auf und suchte einen großen Umschlag, steckte die Hefte hinein und schrieb Michaels Adresse darauf. Michael war Katharinas Patenkind gewesen, also hatte auch er ein Anrecht darauf, ihre Tagebücher zu lesen. Nur Clarissa sollte die Texte nicht bekommen, wünschte sich Sophie. Sie würde sie vielleicht abtun als alte Geschichten, die man schnell vergessen sollte. Aber wahrscheinlich hatte sie gar kein Interesse daran, und Michael würde ihr auch nichts davon erzählen.

Was er jetzt wohl machte? Ob er glücklich war? Ob er sie vermisste, wenn er endgültig fort war? Und die Insel auch? Sophie war sich ziemlich sicher, dass es ihm nicht leichtfallen würde. War das Clarissa wirklich wert?

Sie goss sich noch ein Glas Wein ein. Katharinas Bericht war zu Ende, ihre Liebe Vergangenheit. Und ihre eigene zu Michael hatte keine Zukunft. Er würde in den nächsten Tagen nach Stralsund ziehen, und sie musste sich jetzt endgültig um eine Wohnung kümmern. Das Leben ging weiter, und es war kein schlechtes Leben, auch wenn sie nicht alles bekam, was sie sich wünschte. Und morgen war ein neuer Tag. Das hatte sie von ihrer Oma und von Katharina gelernt, und das würde sie nicht vergessen.

Es war schon sehr spät, aber sie konnte einfach noch nicht schlafen. So ging sie langsam die Treppe hinunter und ins Wohnzimmer von Katharina. Sie strich noch einmal über den Sessel, in dem die alte Frau so gern gesessen hatte. Im Schlafzimmer stand noch das Bett, in dem sie so friedlich eingeschlafen war. Im Schrank hingen ihre Kleider, und der leichte Duft nach Uralt-Lavendel entströmte ihnen. In der Küche machte sich Sophie ein letztes Mal eine Tasse Malzkaffee, den Katharina so geliebt hatte. Und während sie ihn in kleinen Schlucken trank, nahm sie Abschied von diesem gemütlichen Raum, in dem sie so oft gekocht und mit Katharina Gespräche geführt hatte.

Schließlich stand sie auf und ging durch den schmalen Flur nach draußen. Ein halber Mond stand am klaren Himmel, die Luft fühlte sich kühl und frisch an, in einem Beet leuchteten gelbe Osterglocken. Die Schneeglöckchen waren schon verblüht und hatten nur ihre Blätter in der Wiese zurückgelassen, die man in der Dunkelheit kaum erkennen konnte.

Sophie ging durchs Gras zu der großen Weide, die bereits die ersten kleinen Blättchen trieb. Unter diesem Baum hatte Katharina so gern gesessen und sie auch mit Michael. Sie strich über die raue Rinde und legte die Arme um den dicken Stamm. Dieser Weide stand schon hier, als Katharina ein kleines Kind und im Garten herumgetollt war. Sie hatte sie als junge Frau erlebt und dann fünfzehn Jahre lang nur selten gesehen. Sie hatte am kurzen Glück der zwei Liebenden teilgenommen und später am Kummer und an den Tränen von Katharina. Und ganz am Schluss war wieder Leben in den Garten eingekehrt, mit Mona und ihr. Und wer wusste schon, was in der Zukunft auf sie wartete. Vielleicht eine Familie mit Kindern, das wäre für Sophie der schönste Gedanke.

Hinter der Weide erhoben sich in der Dunkelheit die sanften Hügel der Düne, die das Haus immer vor zu scharfen Winden geschützt hatten. Sie würden es auch weiter schützen.

Sophie wollte nicht warten, bis die Möbelpacker kamen, um sich von all dem hier zu verabschieden. Sie wollte jetzt Abschied nehmen, heute, mitten in der Nacht und ganz allein. Und sie spürte nicht nur Traurigkeit, sondern auch Dankbarkeit für die Zeit, in der sie hier hatte sein können.

Diese Nacht, in der sie nur das Rascheln des Windes in den Zweigen der Weide hörte und einmal das ferne Rufen eines Käuzchens, brachte Ruhe und Zuversicht in ihr Herz. Sie hatte den Beruf, den sie sich erträumt hatte, sie konnte mit einer netten Kollegin zusammenarbeiten, und sie hatte ein wunderbares Kind und in Julian einen guten Freund. Und wenn sie auch nicht mit dem Mann, den sie liebte, leben konnte, so war es doch ein guter Gedanke, dass ihr Herz trotz allem immer noch zur Liebe bereit war und nicht verhärtet oder abweisend. Auch Katharina hatte immer Liebe in ihrem Herzen gehabt.

# 43

Am nächsten Tag kam Julian am Nachmittag in die »Praxis-Baustelle« und überfiel sie sofort mit einem Vorschlag.

»Ich habe dir doch gesagt, dass ich eine Idee mit mir herumtrage«, erklärte er Sophie.

Sie räumte gerade ihre Pinsel und Farbrollen auf und legte die Folie auf dem Fußboden zusammen. Sie hatte zwei Wände in ihrem Sprechzimmer in einem hellen Apricot gestrichen, die beiden anderen in Weiß. Beate schaute kurz herein und nickte zufrieden. »Das macht den Raum gemütlich und warm, und den kleinen Patienten geht es vielleicht schon besser, wenn sie sich wohlfühlen«, sagte sie zustimmend.

»Und, ist die Idee gewachsen oder baden gegangen?«, wollte Sophie nun von Julian wissen.

»Gewachsen, von allen Seiten begutachtet und für annehmbar befunden«, verkündete Julian verheißungsvoll.

»Schieß los! Ich bin gespannt.«

»Du ziehst bei mir ein, in die zwei leer stehenden Zimmer. Küche und Bad teilen wir uns. Dann musst du keine Miete zahlen und kannst in aller Ruhe weitersuchen, falls du überhaupt noch eine Wohnung möchtest. Du kannst so lange bleiben, wie du willst. Und wenn du feststellst, dass ich der Mann deines Lebens bin, dann machen wir Nägel mit Köpfen und heiraten. Außerdem habe ich keine Einwände gegen Katzen und Meerschweinchen.«

»Julian«, Sophie ließ sich auf einen Stuhl sinken, »du willst dein geliebtes Junggesellendasein für mich und Mona aufgeben? Hast du dir das wirklich gut überlegt?«

»Du weißt genau, dass ich dich liebe«, erwiderte er ernst. »Mein Angebot ist kein Opfer, sondern eigentlich ein Wunsch von mir. Ohne Bedingungen, ich will dir nur zeigen, dass es gar nicht so schlecht ist, wieder mit einem Mann zusammenzuleben.«

»Ich weiß gar nicht, was ich dazu sagen soll«, erwiderte Sophie. »Ich muss erst einmal eine Nacht darüber schlafen. Ach, Julian, es wäre schön so zu dritt. Ich habe das Alleinsein satt, und außerdem ...« Sie hielt inne, außerdem ist Michael fort, hätte sie beinahe gesagt, aber das war nur für sie selbst bestimmt.

»Denk darüber nach«, bat Julian eindringlich. »Du könntest zu Fuß zur Praxis gehen, und Mona müsste nicht mit dem Bus zur Schule fahren.«

»Du schleichst dich ganz schön raffiniert immer weiter in mein Leben ein«, bemerkte Sophie vorwurfsvoll, aber sie lächelte dazu.

»Anders kann ich dich ja nicht bekommen«, gab er zurück.

Als Julian wieder gegangen war, kam Beate noch einmal herein. »Ich habe unfreiwillig mitgehört«, sagte sie, »aber ich finde die Idee gut. Du solltest nicht allzu weit entfernt von der Praxis wohnen. Und Julian wäre da, wenn du einmal abends oder nachts zu einem Notfall rausmüsstest, du kannst Mona doch noch nicht allein lassen.«

»Ja, ich weiß.« Sophie starrte auf die Wände. Mit Julians Vorschlag hätte sie eine ganze Menge Probleme auf einmal gelöst. Und es war da ja noch immer die Option, wenn es nicht gut ging, wieder auszuziehen. Julian hatte von Heirat gesprochen. Sie seufzte tief, das war ein Thema, bei dem sie sich fühlte wie auf einer schwankenden Hängebrücke. Wollte sie heiraten oder nicht? Oder genauer, wollte sie Julian heiraten?

»Immer diese schwierigen Entscheidungen«, murmelte sie. »Wie war das denn bei dir, Beate? Hast du genau gewusst, dass Sven der Richtige für dich ist?«

»Ja, ich habe mich in ihn verliebt und er sich in mich, es hat von Anfang an gepasst. Was ist mit dir? Julian scheint nicht deine ganz große Liebe zu sein, oder? Aber du magst ihn, so viel ich sehe. Kann es sein, dass dein Herz an jemand anderem hängt?«

Sophie stand energisch auf. »Vielleicht, aber das hat keine Zukunft, und ich sollte besser an das denken, was ich habe, als an das, was ich nicht habe.«

»Das ist ein vernünftiger Vorsatz«, stimmte Beate ihr zu. »Und in drei Wochen bist du deine eigene Chefin in deinem Sprechzimmer, musst keine Vertretungen mehr machen und kannst nicht mehr gekündigt werden.«

»Und wir werden eine eigene Kassenzulassung haben und zum ersten Mal alles selbst abrechnen können. Wenn ich darüber nachdenke, bin ich richtig stolz darauf, was aus dem kleinen Mädchen geworden ist, das frische Brötchen ausgetragen und dabei davon geträumt hat, einmal Ärztin zu werden.«

»Mein Vater wollte unbedingt, dass ich Lehrerin werde, da müsste ich nicht nachts raus und hätte jedes Wochenende frei. Als er hier angefangen hat, gab es noch keine Bereitschaftsdienste im Krankenhaus, und er war oft ziemlich erschöpft von den Nachtbesuchen. Wir haben es da schon viel besser«, erklärte Beate. »Und wenn er erzählt, wie oft er Platzwunden genäht und Schwangerenvorsorge gemacht hat oder bei alkoholisierten Autofahrern Blut abnehmen musste, da bin ich froh, dass wir das alles nicht mehr machen müssen. Und es gab noch keine Computer und keine Handys. Es hat sich seitdem so viel verändert. Er musste immer jede Behandlung auf dem Krankenschein eigenhändig eintragen.«

»Und man weiß nicht einmal, ob das nun besser oder schlechter ist«, erwiderte Sophie nachdenklich.

»Früher hat man Diagnosen viel mehr mit Erfahrung gestellt. Das ist richtig«, sagte Beate. »Und auch irgendwie mit Intuition. Heute verlässt man sich auf die Apparate und nicht mehr so aufs eigene Gefühl. Beides zusammen wäre am besten. Übrigens werde ich mich noch in Homöopathie weiterbilden, dann haben wir auch dieses Gebiet abgedeckt.«

»Wir sind wirklich ein gutes Team«, gab Sophie zu. »Du weißt gar nicht, wie froh ich darüber bin. Jeden Tag, wenn ich aufwache, denke ich daran. Und es ist kein Traum, sondern Wirklichkeit.«

In den nächsten Wochen hatte Sophie viel zu tun und kam wenig zum Nachdenken. Ende März war ihr Sprechzimmer fertig, und ab dem ersten April war sie Dr. Sophie Hesekiel, Fachärztin für Kinderkrankheiten, alle Kassen. So stand es auf dem Schild vorn an der Tür. Darunter hing das für Beate: Dr. Beate Lukas, Kinderärztin, alle Kassen.

Julian hatte die Schilder bereits fotografiert und Sophie auf einer CD überreicht. Die Fotos schickte sie per Mail ihrem Vater, ihrer Mutter und natürlich an Winterkorns. Sie überlegte, ob sie Michael auch eins zusenden sollte. Seit ihrem Spaziergang am Nonnensee hatte er nichts mehr von sich hören lassen, und sie wusste nicht einmal, ob die Tagebuchhefte von Katharina gut bei ihm angekommen waren. Aber sie entschied sich dann dagegen. Er wohnte jetzt in Stralsund, Rügen war für ihn Vergangenheit.

# 44

Es wurde Frühling auf der Insel. Die Buchenwälder schimmerten schon in einem ganz hellen Grün, und über den Himmel zogen unzählige Vögel in einem bunten Haufen oder in strenger V-Formation. Auf den Wiesen, die so schnell grün geworden waren, dass man sich in wenigen Tagen fast wie in einer anderen Landschaft fühlte, leuchtete der Löwenzahn in Hunderten gelben Tupfen, und die ersten weißen Blüten zeigten sich an Kirschbäumen und Schlehenbüschen.

Sophie hatte lange über Julians Vorschlag, zu ihm zu ziehen, nachgedacht. Nun wollte sie ihn an einem Abend Anfang April zum Essen einladen und dann mit ihm alles besprechen.

Er kam mit einem großen Blumenstrauß aus roten Tulpen und blauen Iris und einem kleinen aus Vergissmeinnicht für Mona, und er war voller Erwartung.

Sophie hatte Waffeln gebacken, die sich Julian gewünscht hatte.

»Mona wächst«, stellte Julian fest, als er sie begrüßt hatte.

»Ich komme im Sommer in die Schule«, verkündete sie stolz.

»Dann darfst du aber keine ausgefransten Jeans mehr

anziehen«, ermahnte sie Julian, »nur noch hübsche Röcke und Kleider. Und du solltest deine Haare wachsen lassen und zwei schöne Zöpfchen flechten mit roten Schleifen drin.«

Das brachte ihm eine Kissenschlacht mit Sophies geliebten Sofakissen und eine Ermahnung ein, dass, wenn er nicht brav an den Tisch kommen würde, es keine Waffeln geben würde.

»Und, was hast du nun beschlossen?«, fragte Julian, sobald er die erste Waffel gegessen hatte. »Du hast noch keine Wohnung und musst in zwei Wochen hier raus. Ihr zieht also zu mir, nicht wahr?«

Sophie nickte. »Ja, aber …«

»Darüber reden wir später. Jetzt stoßen wir erst einmal darauf an, und dann denken wir über den Umzug nach.«

»Mona möchte nicht weg von Karow, sie ist nur einverstanden, wenn wir zu dir ziehen«, erklärte Sophie. »Das hat den Ausschlag gegeben.«

»Also hat Mona die Entscheidung gefällt, nicht du?«, wollte Julian wissen und sah Sophie vorwurfsvoll an.

»Mona hat auch etwas zu unserer Wohnsituation zu sagen«, erwiderte Sophie. »Kann ich dir noch eine Waffel geben?«

»Aber sicher, ich bin noch lange nicht fertig«, meinte Julian.

Sophie war froh, dass das Thema Wohnung und vor allem das Aber noch eine Weile aufgeschoben war. Nach dem Essen, als Mona dann zu Lena ging, schlug Julian vor, sich im Garten unter die Weide zu setzen, wo sie alles miteinander klären konnten, wobei er das Wort *alles* betonte. Sophie sollte ruhig ihre Bedenken vorbringen.

Das Gras hier war schon richtig hoch und dicht. Sophie hatte es nicht mehr gemäht. Sollten doch die Leute, die nun bald hier einzogen, den Garten wieder auf Vordermann bringen. Der Forsythienstrauch leuchtete gelb in der Sonne, unzählige weiße Gänseblümchen sahen aus wie kleine Sterne, und blasslila Veilchen bildeten hübsche Nester. Die Weide hatte bereits hellgrüne Blätter, und irgendwo oben auf der Düne hinter dem Garten in den Heidebüschen sang eine Amsel. Und in so einer wunderschönen Umgebung musste Sophie nun Julian erklären, dass sie einen anderen Mann liebte.

»Julian«, begann Sophie zögernd, »ich glaube, ich sollte ganz ehrlich zu dir sein. Ich werde weiter eine Wohnung suchen, auch wenn ich erst mal zu dir ziehe. Und ich werde dich nicht heiraten können.«

Julian lehnte sich auf der Gartenbank zurück und sah sie unter gesenkten Lidern an. »Ich habe es geahnt«, gab er sanft zurück. »Ich bin schließlich nicht blind. Ist es Michael?«

Sophies Augen weiteten sich. »Wer hat dir das erzählt?«, fragte sie befangen, aber auch irgendwie erleichtert.

»Niemand. Ich habe es gesehen, wenn du ihn angeschaut hast. Ich kenne dich nun schon über ein halbes Jahr. Und ich mag dich sehr, da spürt man solche Dinge. Mein Angebot bleibt trotzdem bestehen, und ich habe dir auch schon einmal gesagt, ohne Bedingungen. Du kannst mit Mona so lange bleiben, bis ihr eine Wohnung habt, in der ihr euch wohlfühlt.«

Sophie blickte ihn voller Wärme an. »Julian, du bist so ein guter Freund«, gab sie gerührt zu. »Ich habe dich gar nicht verdient. Und ich bin wirklich froh darüber, dass es dich gibt.« Sie schwieg einen Moment, dann setzte sie leise hinzu: »Du weißt sicher auch, dass ich keine Chance bei ihm habe.«

»Er müsste eigentlich mit fliegenden Fahnen zu dir überwechseln«, stellte Julian angriffslustig fest. »Keine Ahnung, wie so ein Kerl nicht merkt, dass du seine Clarissa bei weitem überstrahlst.«

»Er liebt sie eben«, entgegnete Sophie.

»Ich würde ihm gerne mal richtig die Meinung sagen«, gab Julian zurück. »Eine Frau wie dich lässt man sich nicht entgehen. So, und nun verrat mir, an welchem Tag ich die Möbelpacker bestellen soll.«

Sophie schüttelte lachend den Kopf. »Du kannst einem jede Befangenheit nehmen, auch das ist etwas, was ich an dir liebe. Ich hatte ein bisschen Angst vor diesem Gespräch, denn ich möchte dich nicht verletzen.«

Er sah sie an und legte ihr den Arm um die Schultern. »Liebe kann man nicht erzwingen«, erwiderte er. »Das habe ich bereits festgestellt, ich bin ja schon ein großer Junge. Und wer weiß, wozu das alles mit uns gut ist. Wenn wir mal alt und weise sind, werden wir vielleicht zurückblicken und merken, dass dein Weg und auch meiner der richtige war, wohin auch immer er uns führt.«

Sie einigten sich dann noch auf den nächsten Samstag als Umzugstag. Als alles besprochen war, stand Julian auf. »Was sagte deine Großmutter immer? ›Bittere Pillen muss man schnell schlucken und nicht lange darauf herumkauen.‹ Ich werde also wieder zu meinem sonnigen Gemüt zurückkehren, wenn ich diese bittere Pille geschluckt habe. Vielleicht kommt doch noch alles ganz anders.«

Er verabschiedete sich von Sophie mit einem braven Kuss auf die Wange und ging zu seinem Auto. Sophie blieb noch eine Weile unter der Weide sitzen und kämpfte mit den Tränen. Und sie wusste eigentlich gar nicht genau, warum.

# 45

Zwei Wochen später saß Sophie in ihrem neuen Sprechzimmer. Eine kleine Patientin war gerade mit ihrer Mutter gegangen. Eine Infektion mit Brechdurchfall ging zurzeit um, somit gab es bereits viel zu tun. Sie schaute nachdenklich aus dem Fenster. Draußen veränderte sich die Natur mit jedem Tag – blühende Büsche und Blumen in allen Farben, das Gras leuchtete tiefgrün, und einige Wiesen waren übersät mit Schlüsselblumen.

Sie schüttelte den Kopf und konnte es kaum glauben. Auch bei ihr hatte sich viel verändert in den letzten Wochen. Sie wohnte nun schon zehn Tage bei Julian, und es ging sehr gut. In ihrem Inneren kehrte langsam wieder die Zuversicht ein, dass das Leben, genau wie der Frühling draußen, sich nicht einschüchtern ließ von kalten oder schwierigen Zeiten und einfach trotzdem alles zum Blühen brachte, wenn es an der Zeit war.

Es war schon später Vormittag, und Sophie hatte keine weiteren Patienten mehr auf der Liste. Sie würde für heute Feierabend machen. Die junge Sprechstundenhilfe kam herein und kündigte ihr ein Ehepaar an, das privat zu Sophie wollte.

Sophie runzelte die Stirn. Wer konnte das sein? Sie behandelte keine Erwachsenen, auch nicht Privatpatienten.

Sie stand auf und ging auf die offene Tür zu. Eine Frau trat ins Sprechzimmer, ihr Gesicht verriet ein Alter von über sechzig, in den hellen Haaren waren schon einige graue Strähnen, aber ihre Bewegungen waren noch genauso geschmeidig und lebhaft wie vor vierzehn Jahren.

»Hallo, Sophie«, sagte sie, »ich bin wieder da.«

»Mama«, war alles, was Sophie herausbrachte. Sie musste sich setzen, denn dass ihre Mutter aus Neuseeland zurückkam, damit hätte sie am allerwenigsten gerechnet. Und auch noch ohne sich vorher anzukündigen. Dann erst bemerkte sie den Mann hinter ihrer Mutter. Er war groß, schlank und lächelte leicht verlegen.

Und dann lagen sie sich in den Armen, Mutter und Tochter, ohne lange zu überlegen. Und dieses Mal wusste Sophie, warum ihr die Tränen über die Wangen liefen. Sie hatte ihre Mutter mehr vermisst, als sie sich immer eingestehen wollte, und nicht mehr daran geglaubt, dass sie wieder zurückkommen würde. Und nun war sie da, nach langen vierzehn Jahren, in denen Sophie sie eigentlich oft gebraucht hätte.

»Das ist Henry, mein Mann«, erklärte ihre Mutter, als Sophie sich gefasst hatte.

»Du bist verheiratet?«, fragte Sophie fassungslos.

»Aber ja, warum nicht?«

»Als wir Weihnachten miteinander telefoniert haben, hast du nichts davon gesagt, und auch nicht, dass du kommen willst«, entgegnete Sophie, noch immer völlig verblüfft.

»Da habe ich es auch noch nicht gewusst«, gab ihre Mutter zurück.

Sophie schüttelte ungläubig den Kopf. Nach so vielen

Jahren stand ihre Mutter wieder vor ihr, und dazu mit einem neuen Mann. Das war kein Traum, es war Wirklichkeit.

Sie holte tief Luft und deutete auf die zwei Stühle neben dem Schreibtisch. »Setzt euch doch. Und nun erklär mir, Mama, warum du so unangemeldet kommst und was ihr vorhabt.«

»Sie hat ein Foto mit einem Praxisschild darauf bekommen und ist mächtig stolz auf ihre Tochter«, sagte der Mann. Er lächelte, seine Stimme klang tief und sehr sympathisch.

»Genau«, ergänzte die Mutter, »und da wir uns sowieso kurz zuvor entschieden hatten, nach Deutschland zurückzukehren, haben wir uns sofort aufgemacht. Henry ist auch so ein Globetrotter wie ich, aber jetzt sind wir es langsam müde. Und was wir von Rügen bisher gesehen haben, ist das ein Ort, der uns sehr gefällt, nicht wahr, Henry?«

Er nickte, und seine Augen blickten leicht belustigt auf seine resolute Frau. »Meer und Strand und grüne Wiesen, mehr brauchen wir nicht«, stimmte er zu.

»Und ihr wollt tatsächlich hierbleiben, auf meiner Insel? Wie habt ihr euch das vorgestellt?«, wollte Sophie wissen. Sie konnte das alles noch gar nicht fassen.

»Wir haben gestern eine nette kleine Pension bezogen und gehen nun auf die Suche nach einer Wohnung, möglichst im Grünen«, berichtete Sophies Mutter.

»Eine Wohnung suche ich auch«, sagte Sophie. »Aber das ist nicht so einfach, eine günstige zu finden.«

»Na, dann können wir uns ja zusammentun«, rief die Mutter fröhlich. »Und ich kann für dich kochen, wenn du aus der Praxis kommst. Und Mona wird sich über ihre Oma freuen. Ich bin schon sehr gespannt auf sie.«

Sophie schwirrte der Kopf. So viele Neuigkeiten, so viele Pläne, das musste sie zuerst einmal verdauen. Sie wusste ja nicht einmal, ob sie es mit ihrer Mutter unter einem Dach aushalten würde. Und dann war da noch Henry. Er schien ein ruhiger Mann zu sein, und seinen Lachfältchen nach besaß er Humor. Den muss man bei meiner sprunghaften Mutter auch haben, dachte sie.

»Ich fahre jetzt erst einmal nach Hause«, erklärte sie nach einer Weile. »Zu Julian, bei dem ich wohne, und ihr könnt euch ein wenig Bergen ansehen. Gegen Nachmittag, wenn Julian auch da ist, trinken wir dann zusammen Kaffee und überlegen, wie es weitergehen soll. Julian wird kopfstehen, wenn er hört, dass ihr da seid.«

»Scheint ein netter Junge zu sein«, bemerkte die Mutter lächelnd. »Wir haben uns viel zu erzählen, Sophie. Und ich freue mich auf meine Enkelin, und Henry auch. Er kann ihr eine Menge beibringen. Früher war er ein bekannter Leichtathlet, er schlägt heute noch einen Salto vorwärts aus dem Stand.«

Du lieber Himmel, dachte Sophie, als beide gegangen waren, was blüht mir denn da in den nächsten Wochen. Damit hätte ich wirklich niemals gerechnet. Aber vielleicht konnte ein Heim mit den beiden zusammen doch ganz angenehm werden.

Was hatte Julian gesagt? Vielleicht kommt doch noch alles ganz anders. Genau das war nun eingetreten. Wieder musste sie mit einer neuen Situation zurechtkommen und Entscheidungen fällen. Aber das bin ich ja inzwischen gewöhnt, dachte Sophie. Das Leben ist nun mal keine lange gerade Alleenstraße.

Julian war entzückt von Sophies Mutter, als er in seine Wohnung kam. Am Nachmittag saßen sie alle bei Kaffee und Kuchen zusammen. Und Mona, die nun eine Oma und einen Opa zum Anfassen hatte, bestaunte ehrfurchtsvoll den Handstand mit Abrollen, den ihr Henry vorführte. Sie konnte es kaum erwarten, einen Salto beigebracht zu bekommen. Sophies Befürchtungen, sie würde erst einmal Distanz zu der Oma halten, die sie nur aus Briefen kannte, war also unbegründet.

Sie hatten sich viel zu erzählen – von Reisen durch Neuseeland, von Sophies neuer Praxis, von Monas Ponys und ihrer Freundin Lena – und schauten sich unzählige Fotos an.

Als später wieder ein bisschen Ruhe eingekehrt war, sagte Julian: »Jetzt wird sich vielleicht doch dein alter Traum von einem Bauernhof erfüllen, Sophie, wenn deine Mutter und Henry mitmachen und ihr Sparbuch beisteuern. Ich würde mich für dich freuen. Und hoffe, dass ich mir dann jederzeit bei euch frische Eier holen kann.«

»Am liebsten möchte ich wieder nach Karow«, warf Mona ein.

»Ist das Haus hinter den Dünen denn schon verkauft?«, wollte Julian wissen.

»Ja, leider, als ich vor ein paar Tagen vorbeigefahren bin, waren Handwerker im Haus«, erklärte Sophie. »Mir sind fast die Tränen gekommen.«

»Und der Hof von Michael in Dalkvitz?«

Nein, Sophie wollte nicht nach Dalkvitz, nicht in diesen Hof, den Michael so liebevoll ausgebaut hatte. Nicht ohne ihn!

»Der Hof ist viel zu groß. Außerdem hat er sicher auch

schon neue Besitzer«, meinte sie. »Ihr wollt doch in den nächsten Wochen möglichst viel von Rügen sehen«, wandte sie sich nun an ihre Mutter. »Dabei könnt ihr euch nach einem Heim für uns umschauen. Und ich kann mich in aller Ruhe meiner Praxis widmen.«

»Das machen wir«, war ihre Mutter einverstanden. »Ich weiß gar nicht mehr, warum ich so lange fort war. Hier ist es so schön, oder werde ich vielleicht alt?«, fügte sie an ihren Mann gewandt hinzu.

»Wir sind beide nicht mehr die Jüngsten«, bemerkte Henry und drückte ihr die Hand. »Und wenn man ein Enkelkind hat, das schon bald zur Schule kommt, ist es gut, ein bisschen ruhiger zu werden.«

Noch im Bett kreisten in Sophies Kopf die Gedanken, und sie konnte keine Ruhe finden. Was war das für ein Tag gewesen! Aber dann malte sie sich ein kleines Haus aus, in dem sie mit Mona und ihrer Mutter und Henry wohnen würden. Ein Garten sollte schon dabei sein, und sie würde eine Dünenrose pflanzen, eine echte. Sie würde aber niemandem erzählen, warum. Das war ihr Geheimnis. Und mit diesem schönen Gedanken schlief sie dann doch ein.

# 46

Sophie ertappte sich in den nächsten Tagen manchmal dabei, dass sie es immer noch nicht glauben konnte, dass ihre Mutter zurückgekommen war. Sie hatte ihre Heimat verlassen, als Sophie einundzwanzig war, und hatte allein und ohne Partner fast vierzehn Jahre lang in Neuseeland gelebt, ohne festen Wohnsitz oder feste Arbeitsstelle. Sie selbst war ganz anders, sie hatte sich immer nach Sicherheit gesehnt, nach festem Boden unter den Füßen. Sie war kein Globetrotter. Und nun hatte sie ihr Ziel erreicht, war Ärztin geworden, hatte eine Praxis, und es sah so aus, als wenn sie nun auch noch ein richtiges Heim bekommen würde, zusammen mit ihrer Mutter und Henry. Das war ja fast schon eine Großfamilie. Drei Generationen unter einem Dach.

Sie musste an Katharina denken, die so glücklich gewesen war, als sie und Mona bei ihr eingezogen waren. Auch Katharina hatte sich eine Familie gewünscht, aber erst in den letzten Monaten ihres Lebens bekommen.

Ich würde gern wissen, wer das Haus hinter den Dünen gekauft hat, dachte Sophie. Hoffentlich bleibt die alte Weide stehen. Und hoffentlich wohnt bald eine glückliche Familie darin. Hätte ich ein dickes Sparschwein gehabt, dann würde dieses Haus jetzt mir gehören mit den ganzen

Geschichten, die es erlebt hat, und den Menschen, die in ihm gewohnt haben. Es hatte den Krieg unbeschadet überlebt, die sowjetische Besatzung und die Zeiten der DDR. Und das dicke Reetdach hatte Katharina beschützt, als sie um Ferdinand trauerte und allein war.

Sie überlegte in den folgenden Tagen immer wieder, ob sie noch einmal nach Karow hinausfahren sollte. Und dann, an einem Mittwochvormittag, als im Wartezimmer nur noch zwei Patienten für Beate saßen, stieg sie kurz entschlossen ins Auto und fuhr los, die alte bekannte Straße nach Karow. Alles sah diesmal ganz anders aus als damals im Oktober, als sie mit Mona angekommen war. Rechts und links erstreckten sich jetzt golden leuchtende Rapsfelder, dazwischen Wiesen mit frischem Grün, und auf den Äckern lugten die Spitzen des Getreides hervor. Überall in den Gärten blühten die Forsythien, und die Pfingstrosen hatten schon dicke Knospen.

Das Haus hinter den Dünen lag in der Sonne. Niemand war zu sehen, keine Handwerker arbeiteten draußen oder drinnen. Einige Geräte und Baumaterial lagen herum. Wahrscheinlich wird eine neue Heizung eingebaut, dachte Sophie. Der Rasen müsste dringend gemäht werden, im Gras standen die abgeblühten Narzissen. Katharina hatte jeden Herbst neue Blumenzwiebeln gesteckt, um Ostern eine gelb blühende Wiese zu haben. Nun gehörte die Wiese anderen Leuten.

Das ZU-VERKAUFEN-Schild war nicht mehr da, es gab also neue Besitzer. Aber eingezogen waren sie offensichtlich noch nicht.

Sie ging vorsichtig um das Haus herum, die Bank unter der Weide stand da wie immer, und Sophie setzte sich und betrachtete die Umgebung. Ein halbes Jahr hatte sie in diesem gemütlichen Haus gewohnt und gedacht, es wäre für viel länger. Es war so still um sie herum, dass man die Zweige oben auf den Hügeln knacken hörte. Ein Eichhörnchen raschelte durchs Gebüsch und ein paar Sperlinge stritten sich tschilpend um irgendwelche Körnchen in der Sandmulde, in die Mona immer hineingesprungen war. Sophie atmete tief durch. Der Apfelbaum neben dem Haus trug rosafarbene Blüten, und erste Bienen summten um ihn herum.

Auf einmal hob Sophie den Kopf, im Geist sah sie die kahlen Büsche der Dünenrosen vor sich oben an der Steilküste, die sie mit Michael im Februar besucht hatte. Jetzt war Mai. Dünenrosen blühten früher als Kartoffelrosen, schon im Mai, genau wie der Apfelbaum. Sie brauchte heute noch ein bisschen Zeit für sich selbst. Sie würde auf die Halbinsel Wittow fahren, zu der Stelle, wo sie mit Michael damals gewesen war. Sie würde sich neben die blühenden Büsche setzen und übers Meer blicken. An diesem Ort hatte sie sich so glücklich gefühlt. Und sie würde nicht trauern. An solch einem verwunschenen Platz konnte man das nicht, er würde ihr Ruhe und Kraft geben für alles, was noch kam. Das wusste sie jetzt.

Sie nahm ihr Handy und rief ihre Kollegin an. »Beate, ich nehme mir ein paar Stunden Auszeit. Ich möchte zu den Dünenrosen. Kannst du die Stellung halten? Ich bin am Nachmittag wieder zurück und hole dann Mona aus dem Kindergarten ab.«

»Na klar. Das tut dir bestimmt gut, Sophie. Genieß die paar Stunden für dich. Schau dir Rügen im Frühling an. Ich habe ihn früher oft hier erlebt, aber noch immer kommt es mir wie ein Wunder vor, wenn auf einmal alles wieder wächst und blüht und duftet.«

Schon die Fahrt über die Alleenstraße war Balsam für Sophies Seele. Auf der Fähre zur Halbinsel Wittow stand sie an der Reling und schaute über den Breetzer Bodden auf der einen Seite und den Buger Bodden auf der anderen. Das flache Wasser schimmerte grünblau. Schwäne und Enten schaukelten auf den leichten Wellen. Möwen flogen über ihren Kopf hinweg, und ein Bussardpärchen zog seine Kreise. Als sie dann mit dem Auto weiterfuhr, drang der Duft nach sonnig warmer Erde von den Feldern durch die offenen Fenster.

Auf der Halbinsel Wittow, das hatte ihr Michael damals erzählt, wuchsen Getreide, Kohl und Raps fast von allein. Die fruchtbare Erde hier gab den Menschen alles, was sie brauchten. Im Sommer waren die Urlauber in diesem Teil Rügens meist mit dem Fahrrad oder zu Fuß unterwegs. Das war für Sophie ein beruhigender Gedanke. Die Dünenrosen hatten hier noch einen Platz, an dem sie nicht vertrieben wurden.

Sie kam an den einsam gelegenen Höfen vorbei, an kleinen Weilern. Hinter Altenkirchen bog sie schließlich auf den Feldweg ein, der Richtung Klippe führte. Am selben Platz wie vor drei Monaten mit Michael ließ sie das Auto stehen.

Jetzt im Frühling war der Weg durch die niedrigen Büsche enger geworden, das Gras schon hochgeschossen. Grüne Zweige streiften ihre Arme. Meisen und Finken flogen auf, als sie vorbeikam. Dann endlich erreichte sie die Stelle, an der man aus dem Gebüsch heraustrat und am Steilufer stand, hoch über dem Meer.

Und da waren sie, die Dünenrosen, voller cremeweißer Blüten, die in der Mitte goldgelbe Samenfäden trugen. Sie verbreiteten ihren eigenen, typischen Duft. Die kleinen Blätter leuchteten in einem hellen Grün, und jeder Zweig hatte unzählige winzige Stacheln. Rosa spinosissima, die Wildrose mit den kleinen, aber wehrhaften Stacheln, hatte ihr Michael erklärt. Die Dünenrose hatte sich hier an dieser Stelle erfolgreich gegen andere Gewächse verteidigt, blühte jedes Jahr wieder aufs Neue, eine eher unscheinbare Rose, aber für Menschen, die mit dem Herzen sehen, ein kleines Juwel. Auch das hatte Michael gesagt.

Sophie setzte sich auf den trockenen, sandigen Boden und schaute übers Meer. Ja, dies war ein Ort, an dem man wieder auftanken konnte, an dem man spürte, dass es sich lohnte, wieder aufzustehen, wenn man gestolpert war.

Hierher wollte sie, so oft es ging, kommen und später auch einmal Mona mitnehmen, damit sie nie vergaß, wie schön das Leben war, auch wenn nicht alle Wünsche in Erfüllung gingen.

Sie lehnte sich ein wenig zurück und schloss die Augen. Die Sonne schien warm auf ihr Gesicht, ein leichter Wind fuhr ab und zu durch ihr Haar. Eine tiefe Ruhe herrschte um sie herum, nur von den Schreien einer Möwe unterbrochen. Irgendwo hinter ihr knackte ein Zweig, vielleicht ein Hase oder ein Igel, der durchs Gebüsch lief. Aber dann kamen die Geräusche näher. Hoffentlich kein Wanderer, der mich hier stört, dachte Sophie unwillig. Das war ihr Platz, hier wollte sie ganz allein sein, und niemand sollte diesen geheimen Ort entdecken. Sie öffnete die Augen und drehte sich um. Hinter ihr stand Michael. Seine Augen leuchteten auf, als er sie sah, aber seine Miene blieb ernst. Die dunklen

Haare schimmerten im Sonnenlicht goldbraun. Er hatte einen für sie ungewohnten Dreitagebart, aber es war trotzdem das Gesicht, das sie so gut kannte.

Sophie brachte eine Weile kein Wort heraus, aber dann seufzte sie tief auf. »Michael, wie kommst du hierher?«

Er lächelte und kam näher. »Hast du noch Platz für mich?«, fragte er, und jetzt erst bemerkte sie, dass er ein großes, flaches Paket bei sich hatte.

»Ja, sicher«, antwortete Sophie und rückte beiseite.

Er setzte sich, lehnte das Paket an den Dünenrosenbusch und strich vorsichtig mit der Hand über die Blüten. »Sie blühen so zuverlässig wie jedes Jahr«, bemerkte er erfreut.

»Bist du wegen der Rosen hier? Wolltest du auch nach ihnen schauen?«, erkundigte sich Sophie.

»Nein, deinetwegen«, antwortete er.

Sie sah ihn überrascht an.

»Aber woher hast du gewusst, dass ich hier bin?«

»Ich wollte dich in der Praxis besuchen, und deine Kollegin hat mir gesagt, dass du zu den Dünenrosen fahren wolltest. Und da wusste ich sofort, wo du zu finden bist.«

Sophie spürte ihr Herz heftig klopfen. So lange hatte sie ihn nicht gesehen, und doch so vertraut war er ihr noch immer. Warum war er gekommen? Was wollte er von ihr?

»Gefällt dir die Praxis?«, wollte sie wissen. »Wir haben viel umgebaut. Auf mein Sprechzimmer bin ich richtig stolz.«

»Das freut mich, Sophie. Aber ich wollte dir etwas geben. In den letzten Wochen habe ich die Renovierungsarbeiten in Katharinas Haus geleitet. Die Familie, die dort nun bald einzieht, war damit einverstanden, dass in dem Haus nicht viel verändert wird. Und dann ist etwas Unglaubliches geschehen: Meine Leute haben im Dachboden die Holzdielen erneuert, um eine Dämmung einzubauen, und dabei haben sie das Bild gefunden. Es war in einem Hohlraum unter den Brettern versteckt.«

»Das Dünenrosen-Bild?«, fragte Sophie fassungslos.

»Ja. Als ich das Tagebuch gelesen hatte, das du mir geschickt hast, war ich sicher, dass das Bild irgendwo noch da ist. Katharina hätte es niemals hergegeben und bestimmt irgendwo ganz sicher aufbewahrt. Das war auch mit ein Grund, dass ich die Arbeiten selbst überwacht habe.«

»Und es ist wirklich das Original von Videlis, dem Vater von Katharinas Ferdinand?«

»Ganz sicher. Das Bild war gut eingepackt, es ist vollkommen in Ordnung und wunderschön. Ich habe es hier.« Er zeigte auf das Paket.

Sophie konnte es immer noch kaum fassen. »Kann ich es sehen?«

»Ich möchte dir vorher noch etwas dazu sagen«, erklärte Michael ernst.

Er schlang die Arme um seine Knie. Diese Geste hatte Sophie schon öfter an ihm beobachtet, wenn er neben ihr gesessen hatte und sich sammeln wollte, um ihr etwas zu erzählen. Er blickte aufs Meer, und nach einer Weile sagte er dann: »Ich habe das Bild auch nicht gekannt. Im Internet existiert kein Foto von ihm, es gibt nur Katharinas Beschreibung. Als ich es ausgepackt habe, war ich … es war, als würde mir jemand auf einmal einen Vorhang vor den Augen wegziehen. Da steht eine junge Frau auf einer Düne zwischen den Dünenrosen. Sie trägt die Haare offen. Die haben genau die gleiche Farbe wie deine, und sie hat dieselben Augen wie du und deinen Mund. Und sie lacht, wie du lachst, wenn du dich über etwas freust. In diesem Moment wusste ich, dass ich dich in den vergangenen Wochen vermisst habe – deine Zuversicht, die Art, wie du zuhören kannst; das Leuchten in deinen Augen, deine liebevolle Art im Umgang mit den Menschen. Ich habe dich jeden Tag und jede Minute vermisst. Und ich wusste auf einmal, dass ich dich liebe, seit dem Tag, an dem ich dich zum ersten Mal gesehen habe.« Er sah Sophie an. »Das wollte ich dir sagen, bevor ich gehe. Ich habe mich von Clarissa getrennt. Sie ist eine beeindruckende Frau, und ich habe sie immer bewundert, aber ich liebe sie nicht. Nun bekommst du das Bild. Du kannst es verkaufen, dann kannst du deinen Kredit abzahlen. Ich wünsche dir alles Gute. Du sollst mit Julian glücklich werden. Ich selbst habe vor, einige Monate ins Ausland zu gehen. Danach werde ich wohl wieder in meine alte Wohnung in Bergen ziehen.«

# 47

Sophie hatte atemlos zugehört, in ihrem Kopf drehte sich alles. Michael war frei, und er liebte sie. Aber warum wollte er dann gehen? Wegen Julian? Dachte er, sie lebte mit Julian zusammen, weil sie ihn liebte? Sie wandte sich ihm zu und legte ihm ganz sanft ihren Finger auf die Lippen, und als er sie mit überraschten Augen anschaute, sagte sie: »Michael, es ist alles ganz anders. Ich liebe dich auch, vom ersten Tag an, als ich dich gesehen habe.«

In seinem Gesicht stand Ungläubigkeit. Sophie legte ein wenig mehr Druck auf ihren Finger und fuhr fort: »Ich wohne nur so lange bei Julian, bis ich eine eigene Wohnung habe. Ich mag ihn sehr, aber Liebe war es nie und wird es auch nie sein. Du bist der Mann, mit dem ich leben möchte.«

Sie spürte, wie er die Lippen öffnete und seine Augen sich weiteten. Eindringlich und immer noch voller Zweifel blickte er sie an. Dann nahm er ihre Hand und vergrub sein Gesicht in ihrer Handfläche. Schließlich sah er wieder hoch. »Aber warum hast du es mir bis heute niemals gesagt?«, wollte er wissen, und seine Stimme klang tief bewegt.

Sophie antwortete leise: »Du warst mit Clarissa verlobt, schon vergessen? Und ich war so unglücklich!«

Er schüttelte den Kopf, und dann, mit einer entschiedenen Bewegung, nahm er Sophie aufatmend in die Arme, drückte sie an sich und flüsterte in ihre Haare: »Ich war ein Esel. Wie kann man nur so ein Esel sein wie ich?«

Sophie lachte, und die Tränen liefen ihr über die Wangen. »Ich liebe Esel«, sagte sie leise, und dann brachte sein Kuss, liebevoll und stürmisch, sie zum Schweigen.

Die Sonne schien auf die Dünenrosen, das Meer erstreckte sich immer noch blau bis zum Horizont. Die Welt hatte sich nicht geändert, und dennoch hatte alles sich geändert.

Sophie und Michael saßen eng umschlungen nebeneinander und blickten über das Meer. Erst nach einer Weile regte sich Michael und schaute Sophie an. »Ich lasse dich nie mehr gehen, damit musst du jetzt leben, Frau Doktor. Du gehörst zu mir. Ich werde dich so bald wie möglich aus deiner Wohnung holen und aus der Reichweite von Julian, auch wenn er dich nicht bekommen kann. Hättest du etwas dagegen, in Dalkvitz einzuziehen? Wir werden uns da ein kleines Paradies schaffen. Ich brauche dringend jemanden, der mir bei der Einrichtung hilft.«

»In deinen Bauernhof? Hast du ihn nicht verkauft?«

»Nein, ich habe alle Angebote abgelehnt. Ich weiß nicht einmal, warum. Und nun möchte meine Schwester Adelina mit ihrem Mann und den Zwillingen in das hintere Haus einziehen, in die größere der Wohnungen dort. Kannst du dich erinnern?«

»Ja, ich habe immer von diesem Hof geträumt.«

»Dann kannst du weiterträumen, denn wir werden in das vordere Haus ziehen.«

»Mit der Küche, die den Ausgang zum Garten hat«, rief Sophie mit strahlenden Augen.

»Und der langen Diele, die in stürmischen Nächten an beiden Enden gut verschlossen sein muss, damit der wilde Jäger nicht durchreiten kann«, fügte Michael hinzu.

»Und mit den zwei gekreuzten hölzernen Pferdeköpfen am Giebel.«

»Es wäre auch gut, wenn Mona noch Geschwister bekommen würde. Einzelkinder werden sonst zu sehr verwöhnt.«

Sophie legte den Kopf in den Nacken und lachte. »Bist du immer so schnell? Das muss ich mir noch gut überlegen. Ich möchte auf keinen Fall meine Praxis wieder aufgeben.«

»Das sollst du auch nicht, Adelina ist ja da. Sie ist eine begeisterte Hausfrau und Mutter. Sie kann selbst keine Kinder mehr bekommen, aber über ein paar Neffen und Nichten würde sie sich freuen und sie gerne mit betreuen.«

»Ach Michael, das alles klingt wie ein Traum«, seufzte Sophie glücklich. Nach einer Weile fiel ihr etwas ein: »Es gibt noch mehr Neuigkeiten, Michael. Meine Mutter ist aus Neuseeland zurückgekommen, mit einem neuen Ehemann. Sie will hierbleiben und sucht eine Wohnung.«

»Wenn ihr die kleineren Räume im hinteren Haus reichen, hat sie schon eine.«

Sophie strahlte. »Genau, wie ich es mir immer gewünscht habe. Alles unter einem Dach beziehungsweise unter zwei, die nebeneinanderliegen. Und in dem Stall auf der Seite kann ich dann endlich meine Hühner halten und Mona ihr Pony oder einen Esel.«

»Wenn ich dir nicht genüge«, erwiderte Michael mit leuchtenden Augen.

Die Sonne begann schon zu sinken, als er das Bild endlich aus seiner Verpackung holte. Von den Rosen auf dem Gemälde konnte man fast den Duft riechen, so bezaubernd waren sie gemalt, und die junge Frau sah tatsächlich Sophie ähnlich. Hinten auf dem Bild stand »Sylt 1926«, das war zwei Jahre, bevor Ferdinand auf die Welt gekommen war.

Sie sahen beide lange schweigend das Gemälde an.

»Katharinas Geschichte hat mich sehr angerührt«, erklärte Sophie. »Aber ich habe auch Mut durch sie bekommen, meinen Weg zu gehen, und das, was mir bestimmt ist und ich nicht ändern kann, anzunehmen. Sie war eine einmalige Frau.«

»Ja«, stimmte Michael zu, »letzten Endes hat sie dafür gesorgt, dass wir uns gefunden haben. Wir werden sie nie vergessen. Ich möchte auf ihrem Grab einen kleinen Busch Dünenrosen pflanzen. Sie hat sie immer geliebt.«

# 48

Vier Wochen später stand Sophie in der Küchentür zum Garten im Dalkvitzer Bauernhof und blickte über eine Gästeschar, die sich auf der Wiese zwischen den zwei Häusern tummelte. Sie konnte es noch kaum glauben, was alles geschehen war, und vor allem in den letzten Wochen.

Da saß ihre Mutter mit Henry an einem der Gartentische und unterhielt sich angeregt mit Michaels Schwester Adelina. Deren Zwillinge übten mit Mona im Gras den Handstand mit Abrollen und hatten großen Spaß dabei. Gegenüber saß Dr. Karl mit seiner Frau. Seine Tochter Beate ließ sich von Adelinas Mann Dennis, dem Landschaftsgärtner, die Pläne erklären, nach denen er den Garten um das hintere Haus gestalten wollte. Beate hatte in Bergen eine Wohnung gefunden, und da ein Garten dazugehörte und sie keine Ahnung von Blumen und Bäumen hatte, war Dennis für sie heute der interessanteste Gast. Ihr Mann Sven ließ die kleine Tochter Elli auf seinen Schultern reiten und winkte Sophie vergnügt zu.

Sophie dachte daran, dass sie ein bisschen Sorge gehabt hatte, wie Mona auf Michael und den Umzug nach Dalkvitz reagieren würde. Aber dann hatte sie erfreut gemeint, dass sie dann ein Pflegepony auf dem Reiterhof übernehmen kann, das sie jeden Tag putzt und ausmistet und dafür oft reiten darf. Michael gegenüber war sie bisher eher zurückhaltend, aber er hatte in seiner ruhigen Art dieses Zögern akzeptiert. Inzwischen hatte sie aber ihrer Mutter anvertraut, dass Michael von ihr genehmigt sei.

»Hast du es dir so vorgestellt?«, fragte Michael, der hinter ihr zur Tür gekommen war und sie um die Taille fasste. »Eine Großfamilie auf einem Bauernhof. Jeder hat seine eigene Wohnung, und in der Mitte unter der großen Buche können sich alle treffen, wenn sie wollen.«

»Es ist noch viel schöner als in meinen Träumen«, erwiderte Sophie. »Stell dir vor, mein Vater will im August kommen und zwei Wochen Ferien auf Rügen machen, mit der ganzen Familie. Er hat die Bäckerei aufgegeben und will nun endlich einmal den Norden Deutschlands kennenlernen.«

»Und meiner«, setzte Michael hinzu, »plant mit meiner Stiefmutter eine Reise in den Schwarzwald. Und wenn ich ehrlich bin, ich würde auch gern einmal sehen, wo du aufgewachsen bist und wo deine Großmutter mit den weisen Sprüchen gelebt hat.«

»Das können wir in Monas Herbstferien machen. Sie möchte auch wissen, wo ich zur Schule gegangen bin und wie es dort aussieht. Sie kann sich eine so bergige Landschaft mit dichtem Tannenwald gar nicht vorstellen. Und irgendwann einmal fahren wir zu Winterkorns an den Gardasee. Die werden dich mögen, das weiß ich schon jetzt.«

Sie standen schweigend in der Tür. Nach einer Weile meinte Michael: »Ich habe noch einen Wunsch. Du weißt, dass die jüngere Schwester von Ferdinand noch lebt. Sie ist inzwischen über achtzig, aber sie wohnt noch im Haus ihrer Eltern auf Sylt. Ich würde ihr gern die Tagebücher von

Katharina bringen. Und dann könnten wir zusammen die Stelle besuchen, an der das Dünenbild gemalt wurde. Sie weiß bestimmt, wo das war.«

»Ja, aber das sollten wir im nächsten Mai machen, wenn die Dünenrosen blühen«, entgegnete Sophie. »Ach, Michael, dieses Bild, es bedeutet mir so viel. Und ich bin froh, dass ich es nun nicht verkaufen muss, da ich ja in ein paar Wochen einen betuchten Mann heiraten werde.«

»Und ich bekomme eine Frau mit Schulden, die inzwischen schon mehrmals mitten beim Kaffeetrinken aufgesprungen ist, weil ihr Handy geklingelt und irgendeine Mutter einen Rat für ihr Kind gebraucht hat. Daran muss ich mich auch gewöhnen.«

»Es ist so schön mit dir. Wir lernen uns noch immer jeden Tag besser kennen. Ich weiß jetzt, dass du deine Schuhe schön ordentlich in der Diele nebeneinander abstellst, wenn du nach Hause kommst, aber dafür die Spülmaschine völlig chaotisch einräumst. Du kannst wunderbar zeichnen, wie es sich für einen Architekten gehört, wenn du jedoch ein Lied aus dem Radio nachsingst, triffst du keinen Ton richtig. Und du bist ein Uhu, gehst abends spät ins Bett und stehst morgens spät auf. Ich dagegen bin eine Lerche, früh raus und früh ins Bett. Das ist alles sehr interessant, und ich hoffe wir werden noch viele neue Dinge an uns entdecken.«

»Bestimmt«, antwortete Michael, dann sah er zur Einfahrt hinüber. »Wer kommt denn da noch?«, fragte er erstaunt. »Sind noch nicht alle da?«

»Das ist Julian. Mona rennt schon auf ihn zu.«

»Und was hat er in seinem Anhänger?«

»Keine Ahnung«, sagte Sophie, »aber so, wie ich ihn kenne, irgendetwas Verrücktes.«

Und als Julian dann den Hänger aufmachte und voller Stolz zwei kleine Esel an der Leine führte, machte sie große Augen und konnte es nicht glauben. Einen übergab er Mona, und mit dem anderen kam er auf Sophie zu.

»Einen Esel soll man nicht allein halten«, erklärte er. »Es ist ein Pärchen, und wenn ihr Eselkinder wollt, wäre das gut machbar. Euer Stall ist groß genug.«

»Lieber Himmel, Julian, das ist wieder mal ein typischer Einfall von dir«, meinte Sophie lachend. »Ich weiß doch gar nicht, was man mit einem Esel machen muss.«

»Oh, kein Problem. Ich kenne da eine Expertin, die schon seit über zehn Jahren Esel hat. Von ihr habe ich diese zwei bekommen. Ich werde sie demnächst mal mitbringen, damit du alles von ihr lernen kannst.«

»Ist diese Eselfachfrau zufällig jung, hübsch und unverheiratet?«, wollte Sophie wissen.

Julian legte den Kopf schief, dann lachte er ein bisschen verlegen. »Nun ja, das ist sie. Aber es ist noch nichts Ernstes.«

»Aber es könnte etwas Ernstes werden?«, hakte Sophie nach.

»Lass Julian Zeit«, unterbrach Michael sie. »Wir Männer brauchen manchmal ein wenig länger, bis wir darauf kommen, wer unsere große Liebe ist.«

»Ich weiß, ich werde auch ganz geduldig sein. Wisst ihr, was meine Großmutter immer gesagt hat: ›Das ist ein schlechter Kater, der immer nur vor einem einzigen Mäuseloch sitzt.‹ Das passt auf dich, Julian, und ich habe bestimmt nichts dagegen!«

»Aha!«, antwortete Julian mit funkelnden Augen. »Ich habe auch eine Großmutter, und die wusste auch etwas:

›Den Mädchen und der Straßenbahn muss man nicht nachrennen, es kommt immer wieder eine.‹«

Daraufhin strubbelte Sophie ihm das Haar und zog dann kräftig daran, bis Michael dazwischenfuhr und beide trennte. »Kommt jetzt Kuchen essen, sonst ist bald nichts mehr da.«

Es wurde noch ein wunderschöner Nachmittag. Die Sonne strahlte von einem wolkenlosen Himmel. Die Kinder konnten mit dem Wasserschlauch eine Spritzpartie veranstalten, bei der Julian begeistert mitmachte. Sophie und Michael saßen mal bei der einen Gruppe Gäste mal bei den anderen. Lena und ihre Eltern kamen auch noch dazu. Die beiden Esel grasten ruhig auf der Wiese hinterm Haus, und als einer seinen ersten Schrei ausstieß, gab es allgemeines Lachen.

»Die werden jetzt regelmäßig zu hören sein«, erklärte Julian. »Esel schreien alle paar Stunden, aber nur solange es hell ist, in der Nacht sind sie still.«

»Das ist ja beruhigend«, meinte Sophie und seufzte ein wenig. »Aber ich denke, ich werde mich an die Eselsrufe gewöhnen.«

»Ich wusste schon immer, dass du ein vernünftiges Mädchen bist«, antwortete Julian.

Spät in der Nacht, als Sophie neben Michael in der kleinen Schlafkammer lag und schon kurz vorm Einschlafen war, wurde sie noch einmal hellwach. »Michael, du musst mir etwas versprechen«, bat sie eindringlich.

»Alles, was du willst«, antwortete er lächelnd. »Solange es kein Haus aus Beton und Glas ist.«

»Du weißt doch, dass ich die guten alten Dinge aus der guten alten Zeit liebe«, erwiderte Sophie. »Aber ich möchte auch etwas Neues: Nämlich immer im Mai einen Tag lang nur mit dir zu den Dünenrosen auf Wittow fahren. Abgemacht?«

Er drückte sie an sich. »Versprochen! Ich habe auch schon daran gedacht. Und dann schicken wir Katharina einen Gruß übers Meer bis zum Horizont. Und wenn wir beide alt sind und graue Haare haben, lassen wir uns von unseren Enkeln hinfahren. Und sie werden sagen, sie sind schon ein wenig wunderlich geworden, unsere Großeltern. Und dann werden wir ihnen die Geschichte vom Haus hinter den Dünen in Karow und von dem Bild, das dort so lange versteckt war, erzählen.«

»Genau so machen wir es«, flüsterte Sophie und legte den Kopf an seine Schulter. Nun konnte sie beruhigt schlafen. Draußen stand der Mond voll und hell über den Häusern in Dalkvitz, über dem Bauernhof und über zwei kleinen zufriedenen Eseln.

Ein herzliches Dankeschön geht mal wieder an Frau Marion Vazquez (Lektorat) und Herrn Dirk Meynecke (Buchplanung) für ihre Unterstützung beim Entstehen dieses Buches.

Als Quellen haben mir gedient: Sagen und Märchen der Insel Rügen, von Albert Burkhardt, Altberliner Verlag; So isch no au wieder, Redensarten im schwäbischen Land, von Ernst Kammerer, Knödler Verlag.